P.G. Connor

Die Z Akten

P.G. Connor

DIE Z AKTEN

ROMAN

Illustrationen: A. Mara
Buchcover: Sarah Richter
Lektorat/Korrektorat: Benjamin Ressel
Buchsatz: Stefan Stern

Copyright © P.G. Connor 2016.
Herstellung und Verlag: BoD – Books on Demand, Norderstedt
All Rights Reserved / Alle Rechte vorbehalten.
Originalausgabe, Auflage 1

Vervielfältigungen, auch auszugsweise, bedürfen der schriftlichen Erlaubnis des Autors. Die Handlung dieses Buches, Personen und Orte sind frei erfunden.

P.G. Connor
BP 62,L-4451 Belvaux, Luxembourg
pgconnor@gmail.com

ISBN Taschenbuch: 978-3-7431936-1-1

DANKSAGUNG

Bedanken möchte ich mich ganz herzlich bei:

Meiner Frau Selma und meinem Sohn Patrick. Ohne eure Geduld, Hilfe und Nachsicht wäre dieses Projekt zum Scheitern verurteilt gewesen.

Meinem Lektor Benjamin Ressel, der mich auseinandergenommen und korrekt wieder zusammengesetzt hat. Der beste Korrekturensohn weit und breit.

Sarah Richter (The Art of Sarah Richter) für das ultraschöne Cover und die unkomplizierte Zusammenarbeit.

A. Mara für die hübschen Illustrationen und Stefan Stern für den Buchsatz.

Meinem Bruder Claude.

Tanja, Moni, Sandra und Nicki. Ihr wisst, warum.

Mom und Pops, wo auch immer eure Engelsflügel euch hingetragen haben.

Schlussendlich den Lesern dieses Romans, die mir mit konstruktiver Kritik begegnen. Ihr seid die beste Inspirationsquelle.

DANKE.

P.G. Connor
Autor

– Hoffnung –

Hochkonzentriert und geräuschlos bewegte er sich über den mit feuchtem Laub bedeckten Waldboden und fasste nach dem Griff seines Bowie-Jagdmessers. Wind fegte durch die Baumkronen. Noch ein paar Meter, und er war dran. Die scharfe Klinge glitt sanft aus der Lederscheide.

Plopp.

Dieses Geräusch. Dieses zischende Surren in der Luft. Unverkennbar. Mike konnte es nicht fassen. Schon wieder hatte sein Kumpel Jo ihn vor vollendete Tatsachen gestellt. Mike schob das Jagdmesser unverrichteter Dinge wieder zurück an seinen Platz und fuhr sich verzweifelt durch sein verschwitztes dunkelbraunes Haar.

»Herr Wick?«, sagte er, atmete tief aus und sah fassungslos zum Himmel.

»Huh?«

»Warum mache ich mir die Mühe, dir zu erklären, wie wir vorgehen, wenn du dich nicht daran hältst?«

»Wieso? Lief doch alles nach Plan!«

»Nein, das hat es nicht! Was hab ich dir vor ein paar Minuten gesagt?«

»Ach, wegen dem Ast, auf den ich getreten bin? Hey, du warst mal ein Jäger, ich nur ein Hausmeister. Meine Fehlertoleranz ist größer als deine, ich darf das. Und außerdem hat das Ding nicht auf den knackenden Ast reagiert. Es hat nicht einmal gezuckt«, stellte Jo zufrieden fest, verzog den Mund zu einem Lausbubenlachen und steckte die schallgedämpfte Pistole in sein Seitenholster.

»Nein, ich meinte nicht, dass du hier rumläufst wie ein Elefant im Porzellanladen, sondern dass du den Streuner abgeknallt hast. Ich hatte dir vorhin gesagt, dass ich ihn mit dem Messer erledige, weil uns die Munition ausgeht.«

»Ja ja, ist ja gut. Ich hab's verstanden.«

Beide näherten sich dem toten Streuner, der träge am Waldrand gestanden und mit milchigen toten Augen vor sich hingestarrt hatte.

»Na wenigstes hab ich auf Anhieb getroffen. Von Verschwendung kann also keine Rede sein.«

Mike schüttelte genervt den Kopf. »Pfff. Du willst es einfach nicht verstehen, was? Durchsuch ihn.«

»Ich? Mann, der stinkt! Muss das sein?«

»Jetzt mach schon. Du hast ihm das Gehirn weggeblasen, der tut dir nichts mehr. Mir knurrt der Magen, wir haben noch einen langen Weg vor uns und die Sonne geht gleich unter.«

»Ja ja, die werden uns die Suppe schon warm halten.«

Jo knurrte und stellte sich ungefähr einen Meter neben den Streuner, bückte sich leicht nach vorne und sah ihn an, wie er so da im Gestrüpp hängen geblieben war.

»Boah, ist der eklig. Nee, ich fass den nicht an. Sonst krieg ich die Krise.«

Mike schloss die Augen und ließ den Kopf hängen. Es war sinnlos, mit Jo zu argumentieren. Er war eben ein Dickschädel und das würde er auch bleiben, da war sich Mike sicher. Er sah sich den Untoten selbst genauer an. Die Kugel hatte sich ihren Weg durch den Hinterkopf gesucht und beim Austritt aus der Stirn eine grässliche Wunde gerissen. Die halbe Gesichtshälfte war weg und lag fein verteilt im umliegenden Laub. Mike zeigte auf ihn.

»Die Uniform. Er muss einmal Förster gewesen sein. Wenn er hier aus der Region war, hab ich ihn vielleicht sogar gekannt.«

Mike sah sich ein Loch auf dem Rücken des Streuners genauer an. »Man hat wohl auf ihn geschossen.«

»Oder er hat es selbst getan. Er hat ein Holster am Riemen, aber die Pistole fehlt«, bemerkte Jo.

»Vielleicht. Dann wusste er zu seinen Lebzeiten wohl nicht, dass ihn das zurückbringt.«

Jo nickte. »Na dann hab ich ja heute wenigstens etwas Gutes getan.«

Er bückte sich und hob etwas auf, das vor den Füßen des Untoten im feuchten Laub lag.

»Seine Schrotflinte ist übrigens in einem schlechten Zustand. Der Lauf ist verdreckt und das Metall oxidiert. Vielleicht kann Paul sie wieder funktionstüchtig machen?«

»Ja. So verblasst, wie die Uniform aussieht, stand der schon eine ganze Weile hier herum. Vielleicht schon seit dem Untergang. Nimm du die Waffe, ich schau mir noch seine Umhängetasche an.«

Mike öffnete sie und wühlte darin, fand vier Patronen, ein Schweizer Taschenmesser sowie Verbandszeug und nahm alles an sich. Dann bemerkte er die Seitentasche des Anoraks, die ungewöhnlich dick war. Er fasste hinein, zog einen dicken, feuchten Briefumschlag heraus und öffnete ihn. Darin befanden sich ein kleiner hellbrauner Teddybär und ein handgeschriebener Zettel. Er öffnete langsam das feuchte Papier, bemerkte das Logo einer Entzugs- und Rehaklinik und las in Gedanken den halb verschwommenen Text vor.

Mein Schatz
Ich bin so traurig darüber, dass ich an deinem fünften Geburtstag nicht bei dir sein konnte. Wie dir deine Mama sicher erzählt hat, ist Papa schwer krank. Deshalb ging sie mit dir weg und wir können uns nicht sehen, da ihr so weit weg wohnt. Ich

trage diesen Brief schon lange mit mir herum und hoffe, dass ich eines Tages den Mut habe, ihn dir zu schicken. Ich hoffe, dass du deinen Papa noch lieb hast. Ich denke sehr oft an dich. Deshalb schick ich dir diesen kleinen Teddybär. Er wird dich beschützen, bis ich dich wieder lieb drücken kann. Ich hab dich lieb und vermisse dich, mein Schatz.
Dein Papa

Mike stand gedankenverloren da und sah den Brief und den Teddy an, als Jos Stimme ihn in seinem tiefen Inneren abholte.

»Was hast du da?«

»Was?«, fragte Mike, sah Jo leicht verwirrt an und steckte den Brief mit dem Teddybären wieder in die Anoraktasche des Untoten.

»Ach, nichts. Komm jetzt. Der hat nichts mehr, was wir gebrauchen können.«

Jo ging voran und Mike blickte noch einmal auf den Toten zurück.

»Tut mir leid, Kumpel«, flüsterte er dem Toten zu und dann liefen sie weiter nach Osten, dem zunehmenden Vollmond entgegen, der groß und hell am Horizont aufgegangen war.

Eine sanfte, kühle Brise strömte durch den Wald und erleichterte den beiden das Vorankommen. Mike genoss diese Momente immer und atmete tief ein. Er liebte den typischen Geruch des Waldes im Frühsommer und kannte die umliegenden weiten Wälder sehr gut. Was ihm jedoch den letzten Nerv raubte, war die Tatsache, dass sie immer weniger Essbares auf ihren Besorgungstouren fanden. Diese Tour hatte sie weit weggeführt und was sie gefunden hatten, würde nicht einmal für zwei Tage reichen.

Mittlerweile war es schon recht dunkel geworden, als sie die urigen, mit Kletterpflanzen bewachsenen Mauern eines Klosters erreichten, die mannshoch waren. An der Haupteingangstür stand in einem Informationskasten noch das Datum der nächsten öffentlichen Messe – von vor über einem Jahr.

»Halt, wer da?«, schallte es schroff von der Mauer.

»Schrei nicht so rum, Micki. Die ganzen scheiß Untoten im Umkreis von zehn Kilometern können dich hören«, rief Jo ihr leise zu. Mike sah auf Jo herab, schaffte es aber nicht, sein schelmisches Grinsen zu unterdrücken.

»Was?«, fragte Jo.

»Nein, nichts«, antwortete Mike und lächelte.

»Hast du Angst, Häschen?«, witzelte Micki. »Mama ist ja da und passt auf dich auf.«

»Sei jetzt ruhig und öffne die Tür, verdammt«, rief Jo ihr zu. Micki war Jos Frau, sie hatten kurz vor der Apokalypse geheiratet und waren eigentlich unterwegs in die lange vorher geplanten Flitterwochen gewesen, als vor einem Jahr das ganze Übel plötzlich über die Welt hereingebrochen war. In der Stadt unterhalb des Klosters waren sie im Chaos stecken geblieben.

Micki öffnete die Tür zum Klosterhof, der auch schon mal schönere und gepflegtere Tage erlebt hatte. Die Hecken wuchsen wild in den Himmel und das Gras war kniehoch. Neu waren jedoch die Gemüsebeete neben der Kapelle. Die beiden traten ein und Micki gab ihrem Mann einen zärtlichen Kuss auf die Stirn.

»Micki, hör auf damit. Du weißt, dass ich das nicht mag.«

Micki lächelte. »Du bist halt mein kleiner Held.«

Mike schüttelte den Kopf, lachte und ging zum Klostergebäude. Bevor er eintrat, drehte er sich noch einmal zu ihnen um.

»Wenn ihr fertig seid mit eurem liebevollen Austausch von Körperflüssigkeiten, kommt rein und gebt Paul die Flinte, damit er sich die ansehen kann.«

Jo nickte und streckte Mike den Mittelfinger entgegen. Der war jedoch schon im Gebäude verschwunden. Micki berührte mit ihren Fingern Jos Wangen und küsste ihn leidenschaftlich, während er ihr mit seinen Händen sanft die Hüften entlang immer weiter nach oben strich.

»Jo!«, kicherte Micki und klopfte ihm auf die Finger, als er ihre wohlgeformten Brüste fast berührt hatte. »Nicht jetzt und hier!«

»Ach was, die Streuner stört es nicht. Ich hab dich vermisst, Schatz.«

Mike betrat den Schlafsaal des Klosters, wo alle anderen beisammen waren und die vorzügliche Gemüsesuppe aßen, die das Ehepaar Mann zubereitet hatte.

»Hey Mike, wieder da?«, rief Paul Brunner, ein mittelgroßer Typ, durchtrainiert und kahl geschoren.

»Ja. Jo hat einen Schießprügel für dich, sieh ihn dir mal an, vielleicht kriegst du das Ding noch hin.«

»Okay, werd ich machen. Gleich morgen früh«, entgegnete er und nähte weiter an seinem T-Shirt, einem verwaschenen grünen Fetzen mit der kaum noch erkennbaren Aufschrift *ARMY* auf Brusthöhe. Als ehemaliger Berufssoldat kannte er sich mit Waffen aus. Er war einer von zehn Soldaten gewesen, die zur Bewachung des Klosters zurückgelassen worden waren, und der einzige, der dageblieben war. Er hatte sonst niemanden mehr, zu dem er hätte gehen können. Seine Familie war die Armee gewesen, und die gab es nicht mehr.

Mike stellte seinen Rucksack auf den Boden und setzte

sich zu Leon Webber. Der sah auf den vollen Rucksack. »Na, hast du doch noch was Wertvolles gefunden?«

»Nicht allzu viel, Dok. Verbandszeug, ein paar Flaschen Wasser, einige Konservendosen. Eigentlich wird es immer weniger«, sagte Mike sorgenvoll. »Wir finden nur noch hier und da was. Und es wird mir zu gefährlich. Ich kann nicht mehr nur mit Jo alleine raus. Wir müssen weiter hinaus und vielleicht irgendwo übernachten. Zu viert oder fünft, das wäre okay. Alleine schaffen Jo und ich das ganze Zeugs sonst nicht schnell genug hierhin.«

Leon schüttelte skeptisch den Kopf. Er war Arzt und Wissenschaftler der staatlichen Seuchenkontrollbehörde *SKB* gewesen und mit der Armee in die Stadt gekommen.

»Außer Paul und noch zwei oder drei anderen wird wohl niemand das Kloster verlassen. Die meisten von uns sind immer noch traumatisiert. Die Manns sind zu alt, und Pepe lässt seine Tochter sicher nicht alleine hier zurück. Und vergiss nicht, dass zu jeder Zeit jemand am Tor Wache halten muss«, meinte Leon und Mike wusste nur allzu gut, dass es so war.

»Wer soll das übernehmen, wenn die Besten von uns draußen sind? Außerdem könnte die Armee ja noch zurückkommen. Dann muss vielleicht jemand schnell runter in die Stadt.«

Leon klammerte sich noch an diese Hoffnung, die einzige, die ihnen noch blieb. Mike hatte es schon längst aufgegeben. Er war sich sicher, dass niemand mehr kommen würde, um sie abzuholen.

»Wir treffen außerhalb der Stadt auf immer mehr Streuner. Wir müssen die Augen überall haben und das bedeutet Stress. Dies führt zu Fehlern und die sind tödlich«, sagte Mike.

»Wo kommen die ganzen Streuner denn her? Die Umgegend war doch evakuiert worden und die meisten Überlebenden hatte die Armee zum Luftwaffenstützpunkt gebracht.«

»Entweder treibt es sie aus der Stadt raus, oder sie kommen von außerhalb. Vielleicht sogar vom Stützpunkt. Ich weiß es nicht.«

Paul hatte sein T-Shirt wieder übergezogen und gesellte sich dazu. Er hatte das Gespräch mitbekommen.

»Ich bin wie Mike der Meinung, dass wir hier wegmüssen. Ob es uns gefällt oder nicht.«

»Wisst ihr«, sagte Leon. »Als die WHO und die UNO weltweiten Katastrophenalarm ausriefen, Satellitenverbindungen und die Stromversorgung immer öfter zusammenbrachen, waren wir froh, hier gelandet zu sein. Wir hatten echt Glück. Hier ist es sicher.«

»Hör zu, Leon. Hier ist es vielleicht sicher, aber wir haben nur noch Vorräte für vier bis sechs Wochen«, meinte Mike und seine Tonlage verriet Leon, dass er so langsam genervt war, ihn von seiner Meinung überzeugen zu müssen.

»Wenn wir das Gemüse und die Äpfel im Klostergarten ernten, haben wir noch einen zusätzlichen Vorrat für ein paar Wochen. Ab dann hungern wir! Jo und ich waren den ganzen Tag im Wald unterwegs, uns ist nicht ein Wildtier über den Weg gelaufen. Wir haben nur ein paar angefressene Kadaver gefunden. Es gibt einfach nicht mehr genug Essbares in der Umgebung. Es tut mir leid, aber wir müssen weg hier. Und zwar jetzt. Ich habe keine Lust, mich im Winter gezwungenermaßen auf den Weg machen zu müssen, ohne irgendwelche Verpflegung im Gepäck.«

Ich weiß, Mike, aber es macht mir Angst, hallte es durch Leons Gedankenwelt.

»Wie viel Benzin haben wir noch?«, wollte er wissen.

»Der Lkw und der Pick-up sind vollgetankt, zusätzlich haben wir noch vierzig Liter Benzin in Kanistern. Das weißt du ganz genau.«

Leon runzelte die Stirn und fuhr sich durch seinen Drei-Tage-Bart. »Damit kommen wir nicht allzu weit, das ist dir ja wohl klar?«

Mike sah ihn augenrollend an. »Als der Armee das Benzin ausging, hab ich alles, was ich noch auftreiben konnte, hierher gebracht. Mehr gibt es nicht mehr.«

Einige der Anwesenden hatten der Unterhaltung zugehört und machten sich ebenfalls Gedanken um ihre Zukunft. Sie sahen nervös zum Fenster hinaus und tuschelten miteinander. Mike konnte ihre Angst vor dem, was außerhalb der Klostermauer auf sie wartete, förmlich spüren und riechen. Von den einst hundertfünfzig Personen im Kloster waren nur noch dreiundzwanzig geblieben. Bis auf zwei Brüder waren die anderen auf eigene Faust weggegangen und man hatte nie mehr etwas von ihnen gehört.

»Wie auch immer«, beschwichtigte Leon. »Heute Abend werden wir nirgends hingehen. Schlaft jetzt alle und morgen reden wir weiter.«

Die halbe Nacht dachte Leon über das vergangene Jahr nach.

Meine Güte. All die Technologie, der medizinische Fortschritt und das Wissen, das die Menschheit angesammelt hatte. Und wir konnten nichts bewirken gegen diese Seuche. Und jetzt? Jetzt müssen wir raus hier und uns dieser grausamen Welt stellen.

Der Arzt hatte nicht gut geschlafen, als er früh am Morgen wach wurde. Er machte Feuer im Kamin des Schlafsaals, um Wasser zu erhitzen. Auch Mike war schon wach. An Durchschlafen war seit langem nicht zu denken gewesen. Ihn plagte die Versorgungsknappheit, und Erinnerungen von vor einem Jahr holten ihn in seinen Träumen immer wieder ein. Als passionierter Jäger hatte der ledige Mittdreißiger das regional gut bekannte Outdoor-Geschäft *Defranco's Adventures* in der Stadt betrieben. Ein Familienunternehmen, dessen Laden noch in den ersten Tagen des Untergangs vom wütenden Mob geplündert und in Brand gesetzt worden war. Dabei war er fast ums Leben gekommen.

Er setzte sich zu Leon an den Kamin und rieb sich mit den Händen durch sein verschlafenes und müdes Gesicht.

»Gehst du heute noch mal raus?«, fragte Leon, und Mike nickte.

»Ich muss. Es gibt noch einen Bauernhof oben an der Landstraße, da waren wir noch nicht. Dort könnten wir noch was finden, was wir gebrauchen können.«

»Dann musst du ja an diesem grausigen Ort vorbei, von dem du mir erzählt hast! Ist es nicht zu gefährlich dort? Ich frag nur wegen Mark und Jonas.«

Mike erinnerte sich ärgerlich an die beiden Brüder.

»Nein, ist es nicht. Die beiden mussten ja unbedingt die Helden spielen«, ärgerte er sich kopfschüttelnd. Als Jo und er die beiden gefunden hatten, waren sie an Gesicht und Armen bis auf die Knochen abgenagt und nur noch durch ihre Kleidung zu identifizieren gewesen. Jonas war bereits tot, doch Mark hatte sich verwandelt und Jo musste ihn erschießen.

»Hatte ich sie nicht gewarnt?«, fragte er Leon.

»In der Tat, das hattest du. Wen nimmst du mit auf die Tour?«

»Jo und Paul, wenn's dir recht ist.«

»Lass mir Paul hier, damit wenigstens jemand die Klostertür im Auge hat«, entgegnete Leon. »Nimm Micki mit.«

»Nein, sie hat die ganze Nacht am Tor Wache gehalten und sich erst vor einer Stunde hingelegt. Dann nehme ich Pieter mit«, schlug Mike vor. »Der fliegende Holländer kann schnell laufen, wenn's sein muss, und ordentlich zupacken, falls wir was finden.«

»Okay, ich werde es ihm sagen.«

Leon wollte gerade gehen, als Taina hastig in den Schlafsaal gelaufen kam. »Kommt schnell, das müsst ihr euch ansehen, schnell, schnell.«

Einige waren überrascht oder erschrocken, andere sahen sich verdutzt an. Taina hatte von Micki die Wache am Klostertor übernommen. Die schwarzhaarige Achtundzwanzigjährige war mit Leon und ihrem Vater aus der Stadt geflüchtet, als dort alles den Berg runterging. Doch ihr *Vater* hatte es nicht geschafft.

»Was hat Taina denn jetzt?«, fragte Jo gähnend. Er war mittlerweile auch wach geworden, was nicht seinen Gepflogenheiten als Langschläfer entsprach, und weckte Micki auf. Sie hörten Taina wieder rufen und alle beeilten sich nach draußen, um zu sehen, was los war.

»Dort«, sagte Taina und fasste sich mit beiden Händen in ihr langes Haar. »Seht ihr, ich hatte recht, ich hatte verdammt noch mal recht. Vor einem Monat, erinnert ihr euch? Unfassbar!«

Hoch oben am Himmel flog ein Flugzeug. Ehe die anderen es damals hatten sehen können, war es wieder hinter Wolken verschwunden. Nur leichte Kondensstreifen waren zu sehen gewesen, die die anderen als Zirruswolken abgetan hatten. Jetzt konnten sie es alle sehen und waren sprachlos. Es glitzerte geradezu im Sonnenschein. Plötzlich drehte das Flugzeug in einer engen Kurve nach Norden ab, in die Richtung, aus der es gekommen war, und verschwand wieder.

Immer noch starrten alle sprachlos in den blauen, fast wolkenlosen Himmel.

»Das war kein Passagierflugzeug. Ich glaube, das war eine Militärmaschine«, sagte Paul.

»Wie willst du das wissen? Die fliegt zu hoch, um etwas zu erkennen«, meinte Jo.

»Zivile Flugzeuge fliegen nicht so enge Kurven, die da aber schon«, meinte Paul.

»Von wo kommt die her? Von der Airbase?«, fragte Leon.

»Das glaube ich nicht«, entgegnete Paul skeptisch. »Dann würden wir sie öfter sehen und sie würde tiefer fliegen. Wir liegen hier genau in der Flugschneise des Flughafens und der liegt ja nur hundertfünfzig Kilometer entfernt von hier. Die da fliegt gut und gerne in zehn Kilometern Höhe. Die kommt von weiter weg.«

Ein wenig Hoffnung keimte auf, zu lange hatten sie auf irgendein Zeichen von draußen gewartet. Auf die ersehnte Rettung, die bis jetzt nie gekommen war, obwohl die Armee es versprochen hatte. Einige hatten feuchte Augen bekommen vor Freude und alle gingen wieder ins Hauptgebäude. Nur Taina blieb stehen und sah weiter in den Himmel. Micki sah zurück und ging zu ihr. Sie wischte eine Träne von Tainas Wange.

»Was ist denn los, mein Schatz?«

»Ach, nichts«, sagte sie, doch sie merkte, dass Micki ihr das nicht abkaufte. »Ich musste an meinen Vater denken. Ich wäre so glücklich, wenn er noch hier wäre und diesen Augenblick erleben könnte. Er hatte die Hoffnung schon aufgegeben. Das hier, das wäre der Schubs gewesen, den er gebraucht hätte.«

Micki nahm sie in ihre Arme und tröstete sie. Obwohl Taina wie eine Wildkatze gegen die Streunerhorde angekämpft hatte, wurde ihr Vater vor ihren Augen mehrmals gebissen. Er schrie so laut er konnte, um die Streuner von ihr abzulenken und opferte sich für seine Tochter. Taina konnte schlussendlich nur noch zusehen, wie die Streuner ihn zerrissen.

Nach einer Weile folgten die beiden Frauen den anderen in das Hauptgebäude.

»Das ist der Beweis, dass es noch Überlebende gibt da draußen«, sagte Mike. »Irgendwo haben die einen Flugplatz und die können Flugzeuge starten lassen. Irgendwo da draußen gibt es eine sichere Zone.«

»Und wie sollen wir rausfinden, wo das ist?«, fragte Jo ratlos. »Wenn wir das Autoradio abhören, ist da gar nichts.«

»Wenn wir zum Flughafen gelangen könnten, dann …«, meinte Paul, doch Mike unterbrach ihn sofort.

»Du weißt, dass die Straße dorthin von Autos blockiert ist, wir können nur über Umwege dorthin gelangen. Und die Armee hat alleine aus unserer Gegend über zweitausend Menschen dorthin gebracht. Seitdem haben wir nichts mehr gehört. Wer weiß, wie es dort aussieht. Und dass sie nicht zurückgekommen sind, um uns abzuholen, spricht für sich.«

Nach einer Weile der Stille fuhr Mike fort. »Wie auch immer, wir werden uns darum Gedanken machen müssen, aber jetzt will ich zu dem Bauernhof, bevor andere das tun.«

»Welche anderen?«, entgegnete Jo erstaunt. »Wir haben mit Ausnahme der Streuner keine lebende Seele mehr draußen gesehen.«

Mike gab Jo einen freundlichen Klaps auf den Hinterkopf. »Wenn wir das Flugzeug gesehen haben, haben es vielleicht auch andere Überlebende gesehen. Und die machen sich vielleicht auch auf den Weg und suchen hier und da nach Nahrung. Der Erste in der Reihe darf sich zuerst bedienen.«

Das leuchtete Jo ein. Mike rief einen großen blonden Kerl zu sich, der in der anderen Ecke des Schlafsaals auf einer Couch lag. »Wir gehen raus, Pieter. Mach dich fertig, wenn du willst. Wir könnten deine Hilfe gebrauchen.«

Pieter nickte freudig und holte seine Sachen. Sicher wäre der zwei Meter große Holländer aus Rotterdam lieber mit einem Lkw rausgefahren, aber wann immer jemand draußen benötigt wurde, war der Fernfahrer als Erster zur Stelle.

Als sie an einer Waldlichtung ankamen, lag die von Autos gesäumte Landstraße vor ihnen. Einige Fahrzeuge waren ineinander verkeilt, andere standen hier und da am Straßenrand oder lagen im Straßengraben. Gepäck und sonstige Hinterlassenschaften lagen auf der Straße verstreut herum. In ein paar Autos verwesten Tote still vor sich hin. Die Luft roch erbärmlich und Pieter zog sich seinen Pullover über die Nase.

»Hemel, Arsch en Zwirn«, fluchte er in seinem üblichen, liebenswerten deutsch-niederländischen Sprachmix. »Dat is ja kaum zu aushalten hier.«

Mike und Jo machte der Gestank fast nichts mehr aus, sie hatten sich daran gewöhnt. In anderen Fahrzeugen saßen Untote, die versuchten, ihren Wagen zu verlassen, als sie die Lebenden bemerkten. Doch sie schafften es nicht. Mike und Jo hatten diesen Ort schon untersucht gehabt und alles Brauchbare mitgenommen. Außer dem Bauernhof, zu dem sie wollten, und einer Tankstelle, ein paar Kilometer in entgegengesetzter Richtung, gab es hier nichts außer Viehweiden. Und die Tankstelle, das wusste Mike von der Armee, war schon in den Anfangstagen des Untergangs geplündert worden.

Mike blickte gedankenverloren auf einen großen dunkelbraunen Fleck auf der Straße. Er bückte sich und berührte mit zwei Finger seiner Hand die getrocknete Blutlache.

»Die armen Jungs«, sagte Jo traurig.

»Ich hatte sie davor gewarnt, alleine rauszugehen. Jonas wollte nicht hören und Mark musste ja unbedingt bei Nacht nach seinem Bruder suchen. Was für ein Irrsinn.«

»Ja, ich weiß. Hätten sie auf dich gehört, würden sie heute noch leben«, sagte Jo und sah zu Pieter rüber, der etwas abseits stehen geblieben war und sich die toten Insassen in einem Auto ansah, darunter ein Kind.

Diese armen Leute, dachte sich Pieter, der zum ersten Mal hier war. *Sie wollten wohl zur Schutzzone in der Stadt. Und endeten hier.* Ein kalter Schauer überfuhr ihn.

Mike hatte es an seinem Gesichtsausdruck bemerkt, ging zu ihm und legte seine Hand auf Pieters Schulter.

»Komm, lass uns gehen. Bis zum Bauernhof ist es noch ein ganzes Stück.«

Sie verließen den verhängnisvollen Ort zügig der Straße nach in Richtung des Bauernhofs.

Als sie sich dem Gehöft auf hundert Meter genähert hatten, versteckten sie sich bei einer kleinen Baumgruppe. Abgenagte, bleiche Gerippe von gehörnten Tieren lagen vor ihnen auf der Wiese. Mike nahm sein Fernglas und beobachtete den Ort. Unmittelbar neben dem weißen, zweistöckigen Haupthaus gab es noch eine größere sowie eine kleine Scheune. Ein alter, verrosteter Anhängerwagen und ein Traktor parkten neben den Scheunen. Zwei Streuner liefen dort ziellos herum und es sah ansonsten absolut ruhig aus. Wildblumen und Unkraut wuchsen auf dem geschotterten Feldweg, der zum Haupthaus führte, und Kletterpflanzen hatten die Seitenwände der kleinen Scheune schon halb bedeckt.

»Okay«, sagte Mike. »Sieht verlassen aus. Wir erledigen die zwei Streuner und sehen uns dann zunächst das Haupthaus an. Danach die beiden Scheunen, einverstanden?«

Die beiden anderen nickten und alle gingen rasch vorwärts. Mike warnte Jo, keinen Schuss zu vergeuden, um Munition zu sparen. Sie schlichen sich ganz langsam an die beiden Streuner ran. Mike pfiff leise. Die beiden drehten sich zu ihnen um und kamen auf sie zu. Als sie nah genug dran waren, sprangen Mike und Pieter hinter der Hecke hervor. Einer der beiden Streuner griff nach Mike, dieser wendete sich seitlich ab und hieb ihm wuchtig die Klinge in die Schläfe. Der Streuner klappte zusammen, fiel auf den Boden und wirbelte dabei Staub auf. Pieter packte den zweiten Streuner am Hals und bohrte ihm die Klinge seines Messers tief ins Ohr. Er ließ den Streuner los und dieser fiel mit dem Messer im Kopf zu Boden. Pieter musste seinen Fuß auf den Kopf des Streuners stellen, um sein Messer wieder herausziehen zu können. Obwohl der Streuner schon arg verfault aussah, waren seine Knochen das wohl noch nicht ganz gewesen. Das Messer löste sich nur schwer, doch dann zerbrach der Schädel unter Pieters Gewicht und er stampfte mit seinem Fuß das Gehirn des Streuners zu Brei. Es trat aus dem Schädel aus und der eklige gelbe Saft überspülte seinen Schuh. Mike und Jo, die das ganze Spektakel mit angesehen hatten, konnten die holländische Fluchkanonade nicht verstehen, die Pieter von sich ließ. Doch allein das Timbre war den beiden Aussage genug.

Die drei bemerkten, dass noch weitere Untote verstreut herumlagen und alle wiesen Kopfverletzungen auf.

»Die da liegen schon länger hier herum, so vertrocknet, wie sie aussehen. Ich nehme mal an, dass schon jemand hier gewesen ist«, meinte Jo.

»Sieht so aus. Lass uns das Haus durchsuchen«, schlug Mike vor und alle drei bewegten sich vorsichtig Richtung Haupthaus.

Mike klopfte zuerst an die geschlossene Tür und als sich im Haus nichts regte, schlug er das Türfenster ein, entfernte ein paar Glassplitter und öffnete die Tür von innen. Dann ging er als Erster hinein, gefolgt von Jo und Pieter.

»Hier sieht es aber verdammt ordentlich aus. Wie wenn jemand hier gewesen wäre die letzte Zeit. Seid vorsichtig«, flüsterte Mike den anderen zu. Sie gingen zuerst ins Wohnzimmer. Außer einer Stoffcouch und zwei Stoffsesseln in einer bunt gemixten Farbauswahl, die auf die Achtzigerjahre hinwies, sowie einem größeren Wohnzimmerschrank und einem Eckschrank aus guter alter Eiche war das Zimmer für seine Größe recht spärlich mit Gegenständen dekoriert. Nicht einmal ein Teppich lag auf dem Laminatboden. Auffällig war nur das übergroße Familienfoto in Schwarzweiß, das in der Mitte der Wohnzimmerwand hing. Mike wunderte sich, dass der Boden und die Möbel nicht staubig waren, was in vielen verlassenen Häusern, die er betreten hatte, nicht dem Normalzustand entsprach.

Sie untersuchten die Schränke, fanden aber außer Andenken und einer Postkartensammlung nichts Wertvolles. Mike zeigte auf die Küchentür. Sie betraten den Raum und fingen an, dort alle Schränke und Schubladen zu untersuchen. Ein Küchenschrank war prallgefüllt mit Konservendosen, und die Hausapotheke war mit dem Nötigsten ausgestattet. Jo entlockte dies einen anerkennenden Pfiff. In den Schubladen fanden sie ein paar scharfe Messer und in einem Wandschrank standen mehrere Flaschen Cognac, Whisky und drei Paletten Dosenbier. »Bingo!«, freute sich Jo. »Doch wie bringen wir das jetzt alles zum Kloster?«

»Vielleicht finden wir einen Handwagen oder so was in der Art in der Scheune«, hoffte Mike. Pieter bot sich an, die kleine Scheune schon mal zu erkunden.

»Nein, Pieter, nicht alleine, du kennst meine Prinzipien«, sagte Mike. »Bringen wir zuerst alles zur Tür und dann gehen wir gemeinsam zu den Scheunen.«

Jeder nahm eine Palette Dosenbier und stellte sie in den Flur vor die Haustür. Als Mike und Jo in der Küche die Konserven aus dem Schrank auf den Tisch stellten, fiel Mike auf, dass Pieter nicht da war. Er ging zur Haustür und sah den Holländer zur Scheune gehen.

»Pieter, komm zurück« rief er ihm zu.

»Ik kuck nur nach, ob die Düren der Scheune versloten sind. Falls ja, brauchen wir was, um sie aufzubreike. Macht ihr mal weider in der Keuke.«

Mike wollte ihn zurückhalten, doch Jo zog ihn an der Jacke. »Lass ihn doch, hilf mir, das ganze Zeugs rauszuschaffen, dann können wir schneller hier weg.«

Den Inhalt der Hausapotheke sowie die Messer hatten sie in ihre Rucksäcke gepackt. Den Schrank mit den Konservendosen hatten sie geleert und alles auf den Tisch gestellt, damit sie ihre Rucksäcke füllen konnten. Mike und Jo brachten die ganzen Flaschen zur Tür. Sie wollten zurück zur Küche, als es hörbar klickte. Beide drehten sich verwundert um und sahen in den Lauf einer Pistole. In der Tür stand eine mittelgroße, schlanke Person. Das Gesicht war zum Teil durch lange dunkle Haare verdeckt. Doch Mike erkannte sie sofort. Die Person war auf dem Familienfoto im Wohnzimmer abgebildet.

»Legt eure Waffen auf den Boden, ihr Arschlöcher! Los, wird's bald!«, sagte die Frau in einem harschen Ton und bewegte sich einen Schritt auf die beiden zu. Die engen Jeans betonten ihre langen Beine und die Reitstiefel ließen sie größer erscheinen, als sie eigentlich war. Beide legten vorsichtig ihre Waffen auf den Boden und hoben ihre Hände hoch.

»Was habt ihr in meinem Haus zu suchen?«

»Ich … äh … Wir wollten …«, stammelte Jo vor sich hin und wurde jäh unterbrochen von einem lauten, furchterregenden Schrei. Die Frau schreckte auf und sah verwirrt in die Richtung, aus der der Schrei gekommen war. Mike reagierte sofort, sprang auf die Frau zu, schlug ihr die Waffe aus der Hand und verpasste ihr mit seinem Ellbogen einen Schlag aufs Kinn. Sie fiel hin und hielt sich ihr Kinn vor Schmerzen.

»Jo, behalt sie im Auge.«

An der Scheune angekommen, sah Mike Pieter auf dem Boden liegen. Blut spritzte aus seinem Hals. Ein Streuner lag auf dem Boden und hatte ein Messer im Kopf. Drei weitere Streuner hatten sich über den ehemaligen Fernfahrer gebeugt und ihn angefressen. Pieter hustete Blut aus dem Mund, versuchte aber immer noch, die Streuner von sich fern zu halten.

»Verdammt«, fluchte Mike, hob die Waffe, die er der Unbekannten abgenommen hatte, zielte auf den Kopf eines Streuners und drückte ab. Es klickte nur. Überrascht sah er die Pistole an und zog das Magazin raus. Sie war nicht geladen. Er schmiss die Knarre weg und zückte sein Messer, als einer der grässlich entstellten Untoten auf ihn zukam. Er erledigte ihn mit einem festen Stich in die Schädeldecke. Das Messer drang tief ein und der Streuner sackte auf der Stelle zusammen. Die beiden anderen Streuner, die sich zunächst noch für Pieter interessiert hatten, ließen nun von ihm ab und kamen auf Mike zu, weil er laut schrie, um sie anzulocken. Der erste fauchte Mike an. Mike fiel auf, dass der Streuner nicht so stark verwest aussah wie die beiden anderen. Er musste sich erst vor kurzem verwandelt haben. Er nahm sein Messer, griff den Untoten am Schopf, zog dessen Kopf nach hinten und stach unter dem Kinn ins weiche Fleisch. Die Klinge trieb durch den Mund in den Schädel. Der Streuner gurgelte noch einmal und fiel um, als Mike sein langes Messer aus der Wunde zog. Als der letzte auf ihn zukam, wich Mike ihm aus, setzte ihm den Fuß vor die Beine und zog an seinem Hemd, sodass er hinfiel. Dann kniete er sich auf ihn und bohrte ihm das Messer in den Hinterkopf.

Als Mike sich umsah, bemerkte er, dass Pieter das Scheunentor geöffnet hatte. Er war von den Streunern überrascht worden, die wohl im Inneren der Scheune gefangen gewesen waren und hatte sich gegen alle vier auf einmal nicht wehren können. Es waren wohl einer oder zwei zu viel gewesen. Mike beugte sich über Pieter und erkannte, dass die Verletzungen am Hals zu schwer waren und er seinem Freund nicht mehr helfen konnte. Auch an Pieters Armen konnte er Bisswunden feststellen. Pieter gurgelte und röchelte noch ein paar Mal, ohne ein Wort sagen zu können. Mike versuchte, ihn zu beruhigen. Dann spürte er, wie der Druck von Pieters Hand an seinem Arm nachließ und diese auf den Boden fiel. Das Licht des Lebens in seinen Augen erlosch. Er setzte sich zu ihm und nahm Pieters Hand.

Jo hatte die Frau gepackt und zur Scheune gebracht. Als er Pieter und die toten Streuner sah, brach eine Welt für ihn zusammen. »Oh Gott. Ist er …?«

Mikes Gesichtsausdruck war für Jo wie ein Schlag ins Gesicht. Er wusste, dass es alleine hier draußen gefährlich war. Nicht umsonst bestand Mike immer wieder auf seine Prinzipien, die Jo nicht immer ernst nahm. Pieter war einer der wenigen gewesen, die sich aus dem Kloster raus trauten, und er hatte auch keine Angst davor gehabt, Streuner abzustechen. Das würde einen herben Verlust für die Gruppe bedeuten. Mike zückte nach einer Weile sein Messer und stach Pieter ins Ohr. So hatte er wenigstens seinen Seelenfrieden und musste nicht als Streuner ein ewiges und jämmerliches Dasein fristen.

»Tut … Tut mir leid für euren Freund, mein Bruder hatte die Streuner …«, sagte sie mitfühlend, doch Mike fauchte die Frau an.

»Halt den Rand.« Die Frau schreckte zurück.

»Wir können ihn hier nicht einfach so liegen lassen«, meinte Jo.

»Nein, das werden wir auch nicht. Das ist das dritte Mal, dass wir jemanden verlieren, weil er alleine unterwegs ist. Jetzt verstehst du hoffentlich, warum ich meine Prinzipien habe.«

Jo nickte nur und brachte kein Wort mehr hervor. Mike ging vorsichtig in die Scheune, das Messer in der Hand. Die Scheune war leer, doch roch es übel nach Verwesung. Auf einem Geländer hingen Pferdedecken und Lederriemen. Er nahm sich einen Lederriemen, fesselte die Frau an den Handgelenken und brachte sie in die Scheune. Dann holten er und Jo die weißen Pferdecken, wickelten Pieters Leichnam ein und brachten ihn in eine Pferdebox. Jo ritzte von Schuldgefühlen geplagt mit seinem Messer ein Kreuz in das Holz der Boxentür. Sie verabschiedeten sich still von Pieter.

Ruhe sanft, mein Freund, dachte Jo und unterdrückte nach Kräften seine tiefe Trauer. Mike nahm die Frau am Arm und alle gingen ins Haupthaus.

Es war schon später Nachmittag und sie waren müde. Vor Einbruch der Dunkelheit konnten sie es nicht mehr zum Kloster zurückschaffen. Die beiden waren sich im Klaren darüber, dass sie die Nacht wohl im Haus verbringen und erst früh am nächsten Morgen zum Kloster zurückkehren würden.

»Was machen wir mit der Frau?«, fragte Jo.

»Das werden wir jetzt herausfinden. Zu Ihnen«, wandte Mike sich an die Frau. »Wie heißen Sie?«

»Mona Beck«, antwortete sie knapp, ohne Mike anzusehen.

»Wo ist Ihr Bruder?«, wollte Mike wissen. »Und vor allem, warum haben Sie uns mit einer Pistole bedroht, die nicht einmal geladen war?«

Jo war überrascht. »Was? Die war nicht geladen?«

»Nein, war sie nicht.«

»Sie sind in mein Haus eingedrungen, ohne zu fragen«, antwortete Mona. »Was hätten Sie denn getan? Ich kenne Sie nicht und wir hatten vor ein paar Monaten schon einmal ungebetenen Besuch. Man hatte uns damals ausgeraubt, alles weggenommen, was wir hatten und …« Mona senkte traurig ihren Kopf.

»Wer hat sie ausgeraubt?«, fragte Jo.

»Es waren Leute hier, die wir nicht kannten. Wir empfingen sie freundlich, doch als sie unsere Vorräte sahen, zogen sie Waffen, bedrohten uns, nahmen unsere Vorräte mit, misshandelten uns und fuhren weiter. Wir haben sie nicht mehr gesehen seitdem.«

»Wo ist Ihr Bruder?«, fragte Mike wieder.

»Ich weiß es nicht. Er ist vor fünf Tagen über die Landstraße nach Herrenberg gefahren. Dort gibt es einen Supermarkt, wo wir viele Konserven gefunden haben. Wir versorgen uns von dort aus. Aber er ist bis jetzt nicht zurückgekehrt. Wir wollten eigentlich weg hier, aber die haben auch unsere Benzinvorräte mitgenommen. Wir wären nicht sehr weit gekommen.«

Das kam Mike allzu bekannt vor. »Wo ist Ihr Wagen?«

»Mein Bruder hat ihn mitgenommen, er wollte so viel Verpflegung wie möglich mitbringen«, sagte sie.

»Wie weit ist es bis dahin, zu diesem Ort?«, fragte Jo.

»Ungefähr zehn Kilometer«, antwortete Mona. »Einfach nur die Landstraße entlang bis zum Ort.«

»Wenn Ihr Bruder seit fünf Tagen weg ist«, stand für Mike

fest, »würde ich mir nicht mehr allzu viele Hoffnungen machen.«

Mona schwieg. Sie hatte es schon befürchtet und sie überkam ein Gefühl der Traurigkeit.

»Vielleicht lebt er noch und kommt da nur nicht weg wegen den Streunern?«, meinte Jo.

»Vielleicht. Darüber reden wir morgen. Du übernimmst die erste Wache«, ordnete Mike an. »Weck mich gegen Mitternacht.«

Jo nickte. Mike lockerte Monas Fesseln ein wenig. »Legen Sie sich aufs Sofa und versuchen Sie, zu schlafen. Morgen bei Sonnenaufgang gehen wir los.«

»Wohin?«, fragte Mona.

»Das werden wir dann entscheiden«, sagte Mike, legte sich auf den Boden, schob sich ein Kopfkissen vom Sofa unter den Kopf und schlief rasch ein.

Währenddessen stand Micki wieder Wache beim Klostertor, als Taina sich zu ihr gesellte, um sie zu beruhigen.

»Es wird schon alles gut werden, die kommen zurück«, war sich Taina sicher. Micki nickte nur und eine Träne lief ihre Wange hinunter.

»Sie haben sich verspätet und übernachten irgendwo, gleich morgen früh sind sie wieder da. Du wirst schon sehen«, fügte Taina hinzu. »Und jetzt geh ein bisschen schlafen, ich übernehme die Nachtwache.«

Im Haupthaus des Klosters sprach Leon mit Paul. Letzterer wollte sich gleich morgens bei Sonnenaufgang auf die Suche nach den drei Verschollenen machen, doch Leon war dagegen. »Paul, wir haben nicht viele Wehrfähige unter uns. Wenn euch was passiert, sind wir hier aufgeschmissen.«

»Das werden wir auch sein, wenn die drei nicht zurückkehren, also spielt es keine Rolle.«

»Für uns hier spielt es eine Rolle. Wenn wenigstens du hier bist, gibt uns das ein Gefühl der Sicherheit. Ich bin mir sicher, dass sie morgen wieder hier auftauchen. Sie haben es noch immer zurückgeschafft. Und du solltest nicht alleine rausgehen, Mike mag das nicht.«

Paul nickte und wusste, dass Leon recht hatte. Er setzte sich wieder hin und säuberte und ölte die Schrotflinte, die Jo ihm mitgebracht hatte.

Die Sonne ging auf. Mike saß am Fenster und beobachtete gedankenverloren die Gegend. Wieder waren ein paar Streuner zum Anwesen gelangt und schlurften draußen herum.

»War was los?«, fragte Jo, der gerade wach wurde.

»Nein«, antwortete Mike und rieb sich mit seinen Händen durchs Gesicht. Mona wurde auch wach und beklagte sich sogleich über die Fesseln. Mike band sie los und warnte sie, keine Dummheiten zu begehen. Jo ging zu seinem Rucksack und holte drei Dosen eingemachter Birnen zum Frühstück.

»Wir gehen zurück zu unserem Camp. Sie können sich uns anschließen oder Sie bleiben hier, wie Sie wollen«, schlug Mike ihr vor, während er die Birnenhälften aus seiner Dose verschlang und den Saft trank.

Mona überlegte nicht lange. »Nein, ich werde meinen Bruder suchen gehen.«

Mike zog überrascht die Augenbrauen hoch. »Dann sterben Sie. Alleine da draußen haben Sie keine Chance, schon gar nicht mit einer ungeladenen Waffe.«

»Wir könnten Sie begleiten, Mike«, wandte Jo ein. »Wenn es da genug Verpflegung gibt und wir ein Auto finden, könnten wir heute Abend wieder zurück im Lager sein.«

»Wenn ihr mir helft, meinen Bruder zu finden, werden wir euch helfen, die ganzen Vorräte zu eurem Lager zu bringen«, schlug Mona vor. »Wir würden uns euch auch anschließen.«

»Wenn wir ihn überhaupt finden«, entgegnete Mike skeptisch und überlegte kurz.

»Was haben wir zu verlieren?«, meinte Jo achselzuckend. »Ein paar Konserven mehr im Sack können nicht schaden.«

»Also gut. Machen wir uns auf den Weg, wir haben keine Zeit zu verlieren.«

Mike gab Mona ein Messer. Dann verließen sie das Haus auf der Rückseite, denn dort waren keine Streuner zu sehen, und entfernten sich vom Bauernhof. Unterwegs gab Jo Mona Tipps. »Wenn Streuner auf dich zukommen, musst du sie in den Kopf stechen, nur das tötet sie.«

Mona nickte bestätigend. »Ich weiß, ich habe ein paar töten müssen.«

»Warum kam dein Bruder überhaupt auf die Idee, die Streuner in der Scheune gefangen zu halten?«

»Er kannte sie, als sie noch lebten. Er brachte es nicht übers Herz, seine Freunde zu töten.«

Gegen Mittag erreichten sie den Ort, von dem Mona gesprochen hatte. Mike nahm sein Fernglas raus und überprüfte die Gegend. Es war einmal ein mittelgroßer Ort gewesen. Drei Straßen führten in den Ort und mündeten an ihrem gemeinsamen Kreuzpunkt in einen Kreisverkehr. Dort befand sich der Supermarkt. Bis dorthin war es nicht allzu weit, nur ein paar hundert Meter, schätzte Mike.

»Für meinen Geschmack laufen auf der Straße zu viele Streuner umher. Aber wenn wir hinter den Häusern entlang schleichen, könnten wir es unbemerkt bis ins Zentrum schaffen, wo sich dieser Supermarkt befindet.«

Sie machten sich auf den Weg und erreichten, ohne großes Aufsehen bei den Untoten zu erregen, das Zentrum des Ortes und schlichen sich zum Hinterhof des Supermarktes. Mona zeigte auf einen Hintereingang.

»Dort, da sind wir rein. Die Tür ist mit Brettern blockiert, damit die Toten nicht rein können.«

Sie stiegen über einen flachen, verrosteten Zaun und gingen langsam auf die Tür zu, als Mona plötzlich erschrak. Im Seitenweg neben dem Supermarkt hatte sie den Geländewagen ihres Bruders erkannt.

»Ben«, sagte sie und lief dahin.

»Warte«, sagte Mike leise, doch zu spät. Mona rannte los und die beiden hechteten ihr hinterher.

»Mona, warte!«, rief Jo ihr zu. Streuner auf der Hauptstraße hatten sie gehört und bewegten sich nun auf den Seitenweg zu. Mona erreichte den Wagen. Sie wollte das leere Fahrzeug öffnen, doch es war verschlossen. Streuner hatten sich auf ein paar Meter genähert, ohne dass ihr dies aufgefallen war. Mike zog sein Messer und Jo die Pistole. Er drückte viermal ab und erledigte drei Streuner, die nur noch knapp zwei Meter von Mona entfernt waren. Mike erreichte Mona, schob sie hastig weg und stach einem Untoten tief ins linke Auge. Von der Straße her kam noch ein halbes Dutzend in ihre Richtung.

»Weg hier«, sagte Mike, nachdem er die gefährliche Situation erkannt hatte, nahm Mona am Arm und zerrte sie zum Hintereingang. Jo folgte ihnen und gab Rückendeckung. Mike entfernte die Bretter, die den Eingang sicherten und die drei quetschten sich durch das kaputte Türfenster hinein. Dann blockierte er den Eingang wieder, während Jo mit erhobener Pistole vorsichtig den Flur entlangging. Sie erreichten im Halbdunkel den Eingang zum Geschäftsbereich und

Jo öffnete langsam die leicht quietschende Tür. Als sich nichts rührte, klopfte er ein paarmal mit der Pistole an die Tür, doch außer den Geräuschen der Streuner von draußen war nichts zu hören. Es sah hier so aus, als ob schon jemand geplündert hätte. Die Regale waren staubig und fast leer. Nur noch unnützes Zeug lag herum, es war dreckig und roch nach Tod. Die drei schlichen an den Regalen entlang zur Fleischtheke.

»Ben«, sagte Mona mit weit aufgerissenen Augen, sackte zusammen und wurde ohnmächtig. Jo konnte sie gerade noch auffangen. Er und Mike sahen sich entgeistert an und ihnen lief der kalte Schauer den Rücken hinunter. Ihnen bot sich ein entsetzlicher Anblick. In der Theke lagen drei abgetrennte Köpfe. Einem hatte man die Augen ausgestochen, doch die Lippen bewegten sich noch. Die beiden anderen sahen übel zugerichtet aus, so als wären sie zusammengeschlagen worden, ehe man den Kopf vom Körper getrennt hatte. Man hatte diese Menschen sich absichtlich verwandeln lassen. Es stank bestialisch. Einer davon war Monas Bruder Ben gewesen. Das Abartigste war jedoch ein Schild mit der Aufschrift *Sonderangebot*, das jemand dort angebracht hatte.

»Wer tut denn so was?«, fragte sich Jo entsetzt.

»Ich weiß es nicht«, antwortete Mike und ihn überkam ein schreckliches Gefühl der Unsicherheit. »Wir sollten hier schleunigst verschwinden.«

Jo kümmerte sich um Mona, während Mike die Köpfe entfernte und mit dem Messer abstach. Hinter der Theke lagen die Körper der Toten, einer war in eine Polizeiuniform gekleidet.

Nach einer Weile kam Mona wieder zu sich und musste bitterlich weinen. Sie wollte ihren Bruder noch einmal sehen, doch Jo sagte ihr, dass Mike die Körper weggetragen hatte und es besser wäre, es dabei zu belassen. Mona sah Mike am beschmierten Fenster des Supermarkts stehen. Er beobachtete die Gegend aufmerksam. Als Mike merkte, dass Mona wieder zu sich gekommen war, ging er zu ihr.

»Es tut mir leid wegen deinem Bruder. Wir müssen jetzt hier weg, es ist nicht sicher hier und es gibt sowieso nichts zu holen.«

Genau in dem Moment hörten sie ein knatterndes Geräusch und draußen fuhren drei Motorräder in die Seitenpassage, in der auch der Wagen von Monas Bruder stand. Sie hörten die Männer sprechen und lachen, während ein paar Schüsse zu vernehmen waren. Dann war wieder Ruhe.

Mike flüsterte Jo leise zu: »Bleibt unten, hinter der Theke.« Jo nickte und drückte Mona runter. Mike versteckte sich zwischen zwei Regalreihen, als er hörte, dass die Männer am Hintereingang die Bretter entfernten und hineinkamen.

»So, jetzt holen wir den Rest und dann weg hier aus dieser scheiß Gegend.«

Ein zweiter antwortete. »Ja, wird wirklich Zeit, ich hab die Schnauze voll vom Hierrumhängen.«

»Hey, aber bist du sicher, dass wir die Streuner beim Wagen getötet haben?«, fragte eine dritte Stimme. »Ich kann mich nicht daran erinnern und die Blutspuren sehen frisch aus!«

»Ach, was weiß ich? Wir haben schon so viele abgemurkst.«

Sie betraten den Geschäftsraum und gingen in Richtung der Theke. Als sie dort ankamen, blieben sie erstaunt stehen.

»Was ist denn hier los? Wo sind meine verdammten Trophäen hin?«, sagte einer der Männer, der der Anführer zu sein schien.

Mona hatte über die Theke geblickt und sah die Männer auf sich zukommen. Sie erschrak und hielt sich ihre Hand vor den Mund, als sie die Personen erkannte. Es waren die, die sie vor ein paar Monaten überfallen, gequält und misshandelt hatten. Jo wollte Mona wieder runterdrücken, doch Mona stand auf, stolperte rückwärts und stieß mit dem Rücken gegen die Wand hinter der Theke. Die drei Männer schreckten einen Augenblick lang auf, ehe sie sich wieder fassen konnten.

»Na, sieh an, wen haben wir denn da? Das ist doch die Kleine von dem Bauernhof?«, wunderte sich einer der Männer.

»Ja«, meinte der zweite. »Oohhh… und sie hat wohl ihren Bruder gefunden.«

Die drei Männer lachten. Mike spürte, dass es jetzt ernst wurde.

»Die wollte sicher mit uns kommen, weil wir so hübsche Kerls sind«, sagte einer von ihnen, »und weil wir es ihr so gut besorgt haben!«

Die beiden anderen lachten abartig. Mona fing an, heftig zu schwitzen, als sie in Gedanken die Kerle auf sich sah, die sich einer nach dem anderen an ihr vergingen. Sogar an ihren ekligen Körpergeruch konnte sie sich erinnern. Ihr wurde übel. Jo sah Mona entgeistert an. Er hatte gedacht, man hätte sie nur zusammengeschlagen, aber nicht vergewaltigt, als Mona von Misshandlungen gesprochen hatte.

»Also hatte ich doch recht. Die Streuner draußen, das war wohl die Kleine.« Seine beiden Kumpel nickten.

Mona sah ängstlich zu Jo runter und dieser spürte förmlich, dass es jetzt keinen anderen Ausweg mehr gab. Er erhob sich blitzartig hinter der Theke und zielte mit seiner Pistole auf die Männer.

»Die Waffen lasst ihr schön stecken, ihr Abschaum.«

»Oooh, seht her«, sagte einer der Biker, ein schlaksiger Typ mit einem ungepflegten Vollbart und einer Nase, die augenscheinlich schon einmal gebrochen worden war. Sein krummer, platter Zinken zeichnete ihn als Raufbold aus. »Sie hat Verstärkung mitgebracht.«

»Ich schwöre, ich knalle euch alle über den Haufen«, warnte Jo.

»Wer versteckt sich denn noch so hinter der Theke?«, fragte der dritte Biker, ein etwas dicklicher braungebrannter Typ. Im selben Moment griff er nach seinem Messer.

»Lass stecken, du Arsch«, schrie Jo und zielte auf ihn.

»Hey«, sagte der mit dem Messer, »wer wird denn gleich so aggressiv werden?«

»Das sind die Kerle, die uns überfallen hatten, mich vergewaltigt und meinen Bruder misshandelt haben«, sagte Mona zu Jo.

»Ja, so sieht es wohl aus«, murmelte Jo vor sich hin und behielt die drei Männer im Blick.

Der Anführer zog die Schultern hoch. »Hey, er wollte uns bestehlen und hat uns bedroht, es war Notwehr.«

»Er hatte nur ein Messer dabei. Er war keine Gefahr für euch«, hielt Mona ihm vor.

»Wie geht es denn nun weiter hier?«, fragte der Anführer mürrisch. »Ich hab nicht vor, dieses Spielchen hier lange zu spielen. Wir sind drei mit Waffen, ihr habt nur eine. Und ich denke, die ist nicht mal geladen.«

Die beiden anderen nickten lachend.

»Ihr könnt euer Glück ja versuchen«, sagte Jo ruhig und zog den Hahn seiner Pistole.

»Jetzt mal sachte; in dem Raum hinter euch stehen noch Vorräte. Ich mach euch einen Vorschlag: Wir teilen alles, jeder geht seiner Wege und keinem passiert was. Hä? Das wäre nur fair.«

Im selben Augenblick zog der schlaksige Biker blitzschnell

sein Messer und warf es auf Jo. Dieser konnte sich gerade noch so wegducken, als das Messer kreiselnd über seinen Kopf flog. Jo erhob sich sofort wieder und drückte ab. Die Kugel hinterließ auf dem Weg durch das Gehirn ein sauberes Loch in der Stirn des Messerwerfers. Der Getroffene flog nach hinten gegen ein Regal und blieb auf dem Boden liegen. Der Dickere zog nun seine Waffe, doch Jo war schneller. Er schoss und traf den Mann in den Hals. Blut spritzte überall hin. Der Kerl fiel rückwärts um, strampelte wild mit den Beinen, hielt sich den Hals und röchelte nach Luft.

Der Anführer bemerkte, dass der Verschluss der Pistole offen blieb und Jo entgeistert seine Waffe ansah. Er hatte vergessen mitzuzählen und unbewusst seine letzte Patrone abgefeuert.

Die scharfe Klinge eines Bowie-Jagdmessers bohrte sich seitlich in den Hals und wurde nach vorne gezogen. Mike war, ohne dass der Anführer es bemerkt hatte, geduckt zwischen den Regalen hinter ihn geschlichen und erhob sich nun in dem Moment, als der Biker die Waffe auf Jo richten wollte. Der Mann war tot, noch ehe er auf dem Boden aufgeschlagen war. Mona schrie vor Entsetzen: »Sind sie tot?«

»Ja«, sagte Mike trocken. »Mausetot.« Er sah Mona an.

»Warum hast du uns nicht gesagt, dass sie dich ... Du weißt schon.«

»Ich ... Ich wollte es vergessen, es war ... «

»Schon gut«, beruhigte Mike sie, ging zu ihr und nahm sie kurz in den Arm. *Was für eine seltendämliche Frage, Idiot*, dachte er sich. »Schon gut.«

»Mist«, fluchte Jo. »Was zum Teufel geht hier ab?«

»Frag mich nicht, aber wir müssen hier schleunigst weg«, sagte Mike. Mona war immer noch geschockt. Sie zitterte am ganzen Körper und Angstschweiß lief ihr Gesicht herunter. »Die ... Die waren nicht alleine, da waren noch mehr von denen und alle trugen Waffen.«

Mike ging in den Raum, von dem die Biker gesprochen hatten, und fand dort drei Rucksäcke in einer Ecke, vollgestopft mit Konservendosen. Er nahm einen Rucksack, hing ihn Mona um und nahm die beiden anderen.

»Jo, geh voraus zum Auto von Monas Bruder.«

Er stellte einen Rucksack ab und holte einen Schlüssel aus seiner Hosentasche hervor.

»Hier ist der Schlüssel, ihr Bruder hatte ihn noch in seiner Hosentasche.«

Jo ging voran. Im Flur, der zum hinteren Ausgang führte, kam ihnen schon einer von Jos Lieblingen entgegen. Einer von der extrem verfaulten Sorte. Sein Gesicht war sehr ledrig und die Schädelknochen traten stark hervor. Sein milchiger Blick jagte Jo einen Schauer über den Rücken. Jo erledigte den Streuner mit dem Messer.

»Scheiß Stinker, ich hasse euch.«

Mike nahm den Bikern noch schnell die Waffen ab und steckte sie in einen Rucksack. Als er gehen wollte, sah er noch einmal kurz auf den toten Anführer. Dessen Blut lief noch immer aus der Halswunde und hatte schon eine große Blutlache gebildet. Als Jäger hatte er bereits viele Tiere erlegt und ausgenommen. Auch wenn diese Männer sich wie Tiere benommen hatten; es war anders. Ihm wurde bewusst, dass er gerade einen lebenden Menschen getötet hatte. Unbehagen breitete sich in ihm aus. Doch dann riss er sich zusammen und folgte Jo und Mona. Als sie draußen am Auto angekommen waren, sahen sie, dass die Männer einige Streuner mit Kopfschüssen erledigt hatten. Jo öffnete die Tür des Geländewagens, setzte sich ans Steuerrad und drehte den Zündschlüssel. Erst nach mehreren Versuchen sprang der Motor des betagten Toyotas an. Sie legten die Rucksäcke in den Wagen, stiegen ein und fuhren schnell weg.

Auf der Landstraße bemerkte Jo, dass die Tankfüllung schon auf Reserve war. »Wir schaffen es noch zum Bauernhof, aber das war es dann auch, dann ist der Sprit alle.«

Mike fragte Mona, ob sie vielleicht noch irgendwo Benzin hätte.

»In der kleinen Scheune steht noch ein Kombi, aber der Kühler ist kaputt. Ben konnte ihn nicht mehr reparieren. Vielleicht ist da noch Benzin im Tank. Ich weiß es nicht.«

Mona war fertig mit den Nerven und Mike konnte es ihr ansehen. Sie zitterte immer noch am ganzen Körper und war kreidebleich. Aber sie mussten unbedingt schnell weg. Es gefiel ihm nicht, dass diese Biker noch irgendwo Freunde hatten, die sicherlich nach ihnen suchen würden. Eventuell würden sie auch wieder zum Bauernhof zurückkehren. Das war kein sicherer Ort mehr. Und das Bild des toten Anführers, den er getötet hatte, ging ihm nicht aus dem Kopf.

Als sie am Gehöft ankamen, zeigte die Tankanzeige quasi nichts mehr an.

»Holen wir die Vorräte im Haus und dann nichts wie weg hier«, sagte Jo.

»Ja«, erwiderte Mike. »Aber zunächst werden wir den Wagen in der Scheune überprüfen. Ohne Benzin kommen wir nicht weit.«

Jo willigte ein und beide gingen zusammen mit Mona zur Scheune. Dort stand ein Streuner in zerrissenen und blutverschmierten Kleidern vor dem Scheunentor und drückte sein Gesicht gegen die Tür. Doch als er die drei registrierte, bewegte er sich auf sie zu. Mike zog sein Messer.

»Oh Mann, sieht der Scheiße aus«, stellte Jo fest. Das Gesicht des Streuners war halb eingedrückt und der Kiefer gegenüber dem Rest des Kopfes so verschoben, dass er nicht einmal hätte kauen können. Doch die Gier nach frischem, blutigem Fleisch trieb ihn weiter voran. Ein Auge hing aus der Augenhöhle und baumelte hin und her, als er sich bewegte. Mike machte kurzen Prozess und stach ihm in den Kopf. Mona ging zur Tür und öffnete sie langsam, während Mike nach innen sah und dann vorsichtig hineinging. Es war recht dunkel. Plötzlich kam er rückwärts wieder hinaus und hob die Hände. Jo und Mona staunten, doch sie begriffen sehr schnell. Mike schielte auf den Lauf einer doppelläufigen Waffe. Aus dem Dunkel der Scheune trat eine Person hervor, die sich den Kopf mit einem Handtuch abgedeckt hatte. Sie war bekleidet mit einer verschlissenen Armeehose und einem verwaschenen grünen T-Shirt mit der Aufschrift *ARMY*.

»Mann«, fuhr es Mike durch die trockene Kehle, »hast du mir einen Schrecken eingejagt. Dafür sollte ich dir eine Tracht Prügel verpassen.«

Paul senkte die Waffe und begann zu schmunzeln. »Wo zum Teufel wart ihr, ich suche euch schon den halben Tag lang. Und wer ist diese Frau? Und ... wo ist Pieter?«

»Wie lange bist du schon hier?«, fragte Jo.

»Bin gerade erst angekommen«, antwortete Paul und wischte sich mit dem Handtuch den Schweiß von der Stirn. »Als ich das Auto kommen hörte, hab ich mich schnell in die Scheune verdrückt. Ich konnte ja nicht ahnen, dass ihr es seid. Ihr habt Glück, dass ich hier bin. Leon wollte es mir ausreden. Aber ich musste euch einfach suchen, nachdem ihr heute Morgen nicht aufgetaucht seid.«

»Wir haben keine Zeit«, sagte Mike. »Wir müssen weg

hier, ich erklär dir alles später. In der Scheune steht ein Wagen. Wir müssen nachsehen, ob da Benzin im Tank ist.«

»Okay«, antwortete Paul. »Ich kümmere mich darum. Aber du hast mir immer noch nicht gesagt, wo Pieter ist?«

Mike sah ihn nur traurig an und ging in die große Scheune. Jo und Mona folgten ihm. Paul überkam ein unheimliches Gefühl, eine böse Vorahnung. Er presste die Zähne aufeinander, sodass seine Wangenmuskeln hervortraten, drehte sich um und folgte ihnen. Sie zeigten ihm, wo sie Pieter hingelegt hatten und erklärten ihm schnell, was sie erlebt hatten. Dass Pieter dabei gestorben war. Dass sie Menschen hatten töten müssen – und was Mona und ihrem Bruder passiert war.

»Au Mann, das ist heftig«, entgegnete er ergriffen. »Es tut mir so leid für Pieter. Er war ein guter Kerl. Und diese anderen Typen, habt ihr die gesehen?«

»Nein«, sagte Mike. »Deswegen will ich schnell weg hier. Sehen wir uns den Wagen an.«

Im Wagen in der kleinen Scheune war tatsächlich noch ein wenig Benzin im Tank. Paul leitete es mittels eines Schlauchs aus dem Tank in einen rostigen Kanister. Sie gingen zu Monas Wagen und füllten den Inhalt des Kanisters in den Tank. Jo und Mona legten die restlichen Vorräte aus dem Haus in den Kofferraum des Wagens. Dann stiegen sie ein und fuhren weg, Richtung Kloster. Mona blickte noch mal zum Bauernhof zurück und unterdrückte ihre Tränen nicht mehr.

Zur selben Zeit im Kloster. Leon lag auf seiner Schlafmatte und dachte nach. *Du weißt, was das bedeutet, Leon. Du hast es selbst gesehen, damals, unten in der Stadt. Nein, nicht daran denken … Nicht daran denken.*

Er machte sich ernsthafte Sorgen. Ihm war bewusst, dass sie auch ein Jahr nach dem Untergang immer noch nicht auf ein Leben in dieser Welt vorbereitet waren. Und jetzt waren die Besten unter ihnen draußen und schienen verschwunden zu sein.

Micki und Taina standen am Tor und sahen über die Mauer hinweg. Beide waren mit einer langen Eisenstange bewaffnet, die Paul zu einer Lanze geschmiedet hatte. Sie hatten damit schon mehreren Untoten von der Mauer aus in den Kopf stechen müssen, um diese abzuwehren.

»Taina«, sagte Micki und zeigte auf den Weg. Sie sah in Richtung des Waldweges und konnte ein Fahrzeug erkennen, das ohne Motorengeräusche den Waldweg hinunterpolterte. Die beiden Frauen duckten sich hinter die Mauer, als der unbekannte Wagen knapp zwei Meter vor dem Tor zum Stehen kam. Micki musste vor Erleichterung fast weinen. Sie erkannte Jo am Steuerrad und auch Mike, der neben ihm saß. Jo kurbelte das Fenster runter.

»Würden die Ladys vielleicht die Güte haben, ihren Hintern zum Tor zu bewegen und es zu öffnen, damit wir reingeschoben werden können? Uns ist nämlich das Benzin ausgegangen und wir hatte zwei scheiß Tage.«

»Josef Joachim Wick. Steig aus und schieb gefälligst selbst«, frotzelte Micki.

Mike sah Jo erstaunt an. »Josef Joachim? Warum weiß ich nichts davon?«

»Nein, das hat sie jetzt nicht gesagt.« Jo zog entsetzt die Augenbrauen hoch, sah Mike an und hielt ihm den Zeigefinger warnend entgegen. »Und für dich immer noch Jo, klar!«

»Ich glaube, da hast du jetzt den Bock geschossen ... Josef Joachim.«

Jo verzog das Gesicht und stieg aus. Wenn seine Frau ihn so nannte, dann war sie sauer, weil er es mal wieder zu weit getrieben hatte. Und wenn sie sauer war, konnte sie recht abweisend sein. Tagelang. Und das mochte Jo nicht an seiner Frau.

Leon hatte gehört, dass am Tor etwas los war, und eilte hinaus, gefolgt von Pepe Garcia und seiner Tochter Lisa. Pepe war ein mexikanischer Koch. Er war nur eins fünfundsechzig groß, etwas größer als Jo, aber muskulös. Seine schwarzen, krausen und schulterlangen Haare ließen ihn aussehen wie Sylvester Stallone in Rambo. Dabei war der Witwer eher ein ruhiger, besonnener Typ. Vor der Apokalypse besaß er lange Zeit ein Restaurant in der Stadt, das eigentlich seine Frau eröffnet hatte. Sie war jedoch ein paar Jahre zuvor bei einem Autounfall gestorben. Seine achtzehnjährige Tochter war die jüngste Überlebende der Gruppe. Lisa war eine richtige südamerikanische Schönheit gewesen. Ihre Gesichtszüge und ihr Körperbau entsprachen den Idealmaßen von Topmodels. Kurz vor der Apokalypse hatte sie sich auch gegen den Willen ihres Vaters bei einer renommierten Modelagentur beworben und war unter Vertrag genommen worden. Doch seit dem Untergang ließ sie sich gehen. Ihr einst wunderschönes, glatt gekämmtes, langes braunes Haar hing verzottelt und ungepflegt herunter. Die einst sanften und gepflegten Hände waren zerschunden und ihre Fingernägel schwarz von Schmutz. Sie kam mit dieser Welt nicht zurecht und redete seither nicht mehr viel. Ihr Vater machte sich Sorgen um ihr Wohlbefinden. Leon hatte versucht, mit ihr zu reden und sie auf andere Gedanken zu bringen.

Pepe war auch nicht gut drauf. Er hatte versucht, mit seiner Tochter nach Mexiko zu seiner Familie zurückzukehren, als die Lage in Europa immer dramatischer wurde. Stattdessen waren sie zusammen mit der Gruppe im Kloster gelandet.

Alle halfen dabei, den Wagen in den Klosterhof zu schieben. Micki schloss das Tor wieder und stellte sich leicht beleidigt vor ihren Mann.

»Ach komm, Schatz«, sagte Jo ganz lieb und nahm seine Frau, die ihn um gute zehn Zentimeter überragte, in den Arm. »Wir hatten wirklich zwei Tage voller Mist. Und … Aber das wirst du noch erfahren.«

»Ahja? Ich habe mir hier Sorgen um dich gemacht. Meine zwei letzten Tage waren also nicht besser.«

»Hast ja recht. Und dafür liebe ich dich umso mehr.«

»Und überhaupt: Wo ist Pieter?«, fragte sie sich umsehend und Jo senkte leicht den Kopf. Micki hielt sich entsetzt die Hände vors Gesicht.

»Und wen haben wir denn hier?«, fragte Leon neugierig.

»Darf ich euch Mona vorstellen?«, sagte Mike. »Sie lebte mit ihrem Bruder auf dem Bauernhof, von dem ich euch erzählt habe.«

»Herzlich Willkommen hier im Kloster, Mona«, begrüßte Leon die junge Frau und reichte ihr die Hand.

»Vielen Dank. Ich bin froh, auf Jo und Mike gestoßen zu sein. Ich weiß nicht, was sonst mit mir geschehen wäre … Ohne meinen Bruder.«

»Das tut mir sehr leid. Aber hier bist du in Sicherheit«, sagte Leon, der nicht weiter auf die Andeutung einging und nahm sie in den Arm.

»Micki, Taina, es liegen Vorräte im Wagen, könnt ihr die reinbringen?«, fragte Mike. Beide nickten.

Pepe sah seine Tochter an und meinte: »Komm Lisa, wir helfen mit.«

Mona bedankte sich noch mal bei Leon und half ebenfalls. Leon nahm Mike zur Seite und fragte leise: »Wo ist Pieter?« Mike sah ihn an und schüttelte nur den Kopf.

»Er hat es nicht geschafft«, erklärte Paul. »Aber Mike und Jo müssen euch etwas erzählen. Jetzt! Es ist sehr wichtig.«

»Eines vorweg, Leon«, sagte Mike und zog den Doktor zur

Seite. »Mona wurde vergewaltigt. Bitte kümmere dich besonders um sie.« Leon nickte und alle gingen ins Haus.

Als alle im Schlafsaal versammelt waren, bat Leon um Aufmerksamkeit. Sie versammelten sich alle um Mike und Jo und die beiden erzählten ihnen, was passiert war. Alle waren geschockt über Pieters Tod, ließen die Köpfe hängen oder tuschelten einander zu. Angst verbreitete sich wegen dem, was in Herrenberg passiert war. Mike konnte es wieder spüren, es in ihren Augen sehen. Wer waren diese Schurken? War das Kloster noch ein sicherer Ort?

Leon beeindruckte dies nicht. »Ich habe gesehen, zu was Menschen fähig sind, wenn alles den Bach runtergeht. Wir haben mächtig Glück gehabt, in diesem Kloster gelandet zu sein. Wir waren hier relativ sicher. Aber es war nur eine Frage der Zeit, bis sich das ändern würde. Wir wissen, dass es noch andere Überlebende gibt. Einige werden uns freundlich gesonnen sein, andere nicht. Es geht da draußen ums nackte Überleben. Mike und Jo haben dies erlebt und Monas Bruder hat es nicht überlebt. Wir müssen vorsichtig sein, sonst … werden wir enden wie diese armen Kreaturen da draußen.«

Einen Moment lang war es sehr still im Raum. Leons Worte hatten alle nachdenklich gemacht. Irgendwie wussten es alle. Der Zeitpunkt würde kommen, wo sie die Sicherheit des Klosters für das Überleben aufgeben mussten.

»Und ihr habt diese Leute wirklich getötet?«, wollte Pepe wissen. Mike nickte. »Uns blieb keine andere Wahl, entweder die oder wir.«

Micki nahm ihren Mann fest in die Arme und musste weinen, doch Jo konnte sie wieder beruhigen.

»Diese Leute hatten vorher bei uns Unterschlupf gefunden«, erzählte Mona. »Mein Bruder und ich haben unsere Vorräte mit ihnen geteilt, doch sie fielen daraufhin über uns her, raubten uns aus und misshandelten uns. Wir brauchten einige Zeit, um wieder auf die Beine zu kommen. Sie nahmen uns alles weg und ließen uns mit nichts zurück als unserem Leben. Ich weiß nicht einmal mehr, wie wir das geschafft haben.«

»Jetzt wird alles gut«, sagte Taina und nahm Mona tröstend in den Arm.

»Ich hasse diese Streuner genauso wie ihr auch. Aber ihr müsst jetzt lernen, damit umzugehen. Alle!«, meldete sich Jo zu Wort. »Paul kann uns weitere Speere herstellen, damit jeder eine Waffe hat, um sich wehren zu können.«

Einige, darunter das Ehepaar Mann, die schon weit über siebzig waren und somit die ältesten in der Gruppe, sahen Jo skeptisch an.

Paul nickte. »Ja, das kann ich machen. Aber wir müssen auch darüber hinaus denken. Wir können nicht hierbleiben. Wir können so eine große Gruppe auf Dauer hier nicht ernähren.«

Leon nickte und wollte etwas sagen, doch Taina kam ihm zuvor. »Das Flugzeug! Es gibt da draußen Leute, die uns helfen können. Wir müssen sie nur finden. Irgendwo gibt es eine Schutzzone oder einen Bereich, wo wir in Sicherheit sind.«

Mona sah Taina erstaunt an. »Ihr habt es auch gesehen? Das Flugzeug meine ich. Wir auch, ich und mein Bruder. Wir dachten schon, es wäre Einbildung und dass wir langsam verrückt werden!«

»Nein«, antwortete Taina. »Es ist real, wir alle haben es gesehen.«

»Mein Bruder hatte etwas von einer Marinebasis an der Küste erwähnt, dorthin hatte man die Regierung evakuiert, um sie auf ein großes Schiff zu bringen. Ich glaube bei Wilhelmsbrück.«

»Ja!«, erinnerte sich Paul und fasste sich an die Stirn. »Der große Marine- und U-Boot-Stützpunkt. Stimmt! Dorthin wurde die Regierung gebracht und alle VIPs und Strippenzieher. Und die Basis dort verfügt über einen großen Flugplatz. Aber bis dahin sind es fast fünfhundert Kilometer.«

»Das ist nicht zu machen«, sagte Mike. »So viel Benzin haben wir nicht. Die meisten Straßen sind blockiert und wir müssen an vielen Großstädten vorbei. Wie viele tausend Streuner laufen da rum? Wir müssten auf Neben- und Feldwege ausweichen, aber nur unser Pick-up ist geländetauglich. Mit dem Lkw über Stock und Stein? Da kommen wir nicht weit.«

»Und hier bleiben ist keine Option!«, fügte Jo hinzu.

Thomas Mann mischte sich in die Unterhaltung ein: »Meine Frau und ich sind unter diesen Umständen zu alt für so eine strapaziöse und weite Reise. Ich fürchte, das schaffen wir nicht.«

»Ach was«, sagte Micki. »Wir sind ja da und kümmern uns um euch. Das wird schon werden.«

»Du hast doch eine Karte der Region, Jo?«, fragte Leon. »Bring sie her.«

Jo nickte und kramte sie aus seinem Rucksack, breitete sie auf dem Tisch aus und alle sahen sich die Karte an.

– Aufbruch –

Mike zeigte auf die Karte. »Um nach Norden zu fahren, wäre es am einfachsten, die Autobahnauffahrt nördlich der Stadt zu nehmen. Aber wir müssten dann mitten durch die Stadt und wir wissen, dass die Auffahrt blockiert ist durch Autowracks. Und da laufen hunderte Streuner herum. Also ist das keine Option.«

»Nein. Eher nicht«, meinte Jo zustimmend. »Aber wir könnten es bis Seedorf schaffen, zur Marina am Waal. Wenn wir dort ein Boot finden, könnten wir den Fluss und die Kanäle im Norden hochschippern bis nach Wilhelmsbrück.«

»Wer sagt denn, dass dort noch irgendjemand ist?«, fragte Paul und Thomas Mann stimmte ihm zu.

Jo drehte sich zu ihm um. »Du hast doch gerade gesagt, die Regierung ...«

»Ja«, unterbrach ihn Paul. »Aber die könnten mittlerweile sonst wo sein und das Flugzeug kann auch von sonst woher kommen. Die könnten überrannt worden sein, wie die Sicherheitszone unten in der Stadt oder weiß der Teufel was!«

»Zuerst hätten wir das Transportproblem«, sagte Mike. »Das mit der Marina ist eine gute Idee. Bis nach Seedorf sind es gut fünfunddreißig Kilometer, wenn wir Nebenwege benutzen. Egal was wir unternehmen, das Benzin wird knapp werden. Gibt es sonst noch Optionen? Wenn ja, müssen die jetzt auf den Tisch. Wenn nicht, bin ich für Seedorf, in der Hoffnung, dass wir noch ein Schiff vorfinden. Und dann weiter über den Fluss nach Norden mit Ziel: *Wilhelmsbrück*.«

Paul war der Meinung, mit den Fahrzeugen so weit wie möglich nach Norden zu fahren, unterwegs andere Fahrzeuge auf Benzin zu überprüfen oder notfalls zu Fuß weiter nach Norden zu gehen. Doch niemand sonst konnte sich dafür erwärmen. Monas Erfahrungen mit den Bikern geisterten in jedermanns Kopf. Thomas Mann schlug vor, noch eine Weile im Kloster zu bleiben, doch außer seiner Frau lehnten dies alle anderen ab.

»Da wir nicht wissen, wie es in Seedorf aussieht, würde ich Folgendes vorschlagen«, sagte Leon. »Ein paar von euch fahren mit dem Pick-up dorthin und erkunden die Lage. Wenn wir von da aus wegkönnen, kommt ihr zurück, wir packen und machen uns gemeinsam auf den Weg. Wenn nicht, orientieren wir uns neu.«

Nach einer kurzen Bedenkpause waren alle damit einverstanden.

»Gleich morgen früh werden wir aufbrechen«, sagte Mike. »Aber wir müssen wenigstens zu fünft sein, damit wir auf alle Gefahren entsprechend reagieren können.«

»Okay«, sagte Leon. »Wen nimmst du mit?«

Er sah in die Runde und wusste, dass es an den üblichen Verdächtigen hängenbleiben würde. Die meisten wandten ihren Blick ab oder ihnen stand die Angst ins Gesicht geschrieben. Sie waren unerfahren und würden nicht lange draußen überleben, und Leon wusste instinktiv, warum Mike zögerte.

»Jo, Micky, Taina, Paul und ich«, sagte Mike.

»Lass Paul hier, damit er die Lanzen fertigstellen kann für die anderen. Wenn wir aufbrechen, sollte jeder eine Waffe haben. Außerdem muss jemand die Nachtwache übernehmen«, sagte Leon. »Ich werde sie mit Paul teilen.« Mike und Paul willigten ein.

»Ich kann auch eine Wache übernehmen«, meldete sich Pepe.

»Nein, Papa«, flehte Lisa ihren Vater leise an.

»Doch, Kind, es wird Zeit, dass ich meinen Teil dazu beitrage. Ich möchte, dass du in Sicherheit bist. Dafür muss ich auch was tun.«

Lisa war nicht begeistert, doch schlussendlich war sie damit einverstanden. Ihr Vater grinste zufrieden und nahm sie in den Arm.

»Ich«, meldete sich Mona freiwillig. »Ich werde mitgehen. Ich möchte mich nützlich machen.«

Mike nickte dankend. »Also gut, das hätten wir geklärt. Morgen bei Sonnenaufgang geht es los. Wir bereiten jetzt alles vor. Nehmt nur mit, was wir unbedingt brauchen, und dann ruht euch aus.«

»Ich habe aber nur ein Messer«, sagte Mona und Mike gab ihr seinen Eisenspeer.

»Übrigens. Ich hatte noch keine Gelegenheit, mich für mein ruppiges Verhalten zu entschuldigen, als ich dich unsanft auf den Boden befördert habe. Die Umstände eben. Das ist an sich nicht meine Art.«

»Ja, ich verstehe. Entschuldigung angenommen«, sagte Mona und lächelte ihn an.

Mike war jetzt guter Dinge, doch beim Rest der Gruppe blieb die Stimmung getrübt. Die Ungewissheit war größer als die Hoffnung.

Früh am Morgen waren alle zusammengekommen, um dem Erkundungstrupp viel Glück zu wünschen. Mike verabschiedete sich von Leon mit einem festen Händedruck.

»Du weißt, dass es eventuell ein paar Tage dauern kann, bis wir zurück sind, man weiß ja nie. Verlasst das Kloster nicht, um nach uns zu suchen. Wir werden zurückkommen. Egal wie.«

Leon nickte und wünschte ihnen viel Glück. Paul öffnete

das Tor und der Pick-up verlies das Kloster. Er schloss es wieder und sah durch einen Schlitz in der Pforte dem Pick-up noch eine Weile nach. Er fühlte ein dumpfes, ungutes Gefühl in der Magengegend. *Ach was, Mike macht das schon*, dachte er sich und ging ins Haupthaus, um die Spitzen der neuen Speere scharf zu feilen.

Jo saß wie immer am Steuer. Mike suchte im Radio die Frequenzen ab, doch außer belanglosem, statischem Rauschen war nichts zu hören. Die Welt war tot. Jedenfalls die Radiowelt. Sie waren mittlerweile ohne größere Probleme gute zwanzig Kilometer weit gekommen. Auch auf den Nebenstraßen waren hier und da Autos liegen geblieben. Manchmal leer, manchmal saßen noch Untote im Wagen, die versuchten, rauszukommen. Hier und da liefen Streuner ziellos über die Fahrbahn. Jo versuchte immer, sie zu umgehen, doch zwei- oder dreimal erwischte er einen ungewollt. Micki schreckte dann immer hoch. »Iiihh! Josef Joachim! Lass das!«

Mike musste grinsen und bekam dann prompt von Jo einen freundschaftlichen Faustschlag gegen die Schulter.

»Hör auf, Jo, und konzentrier dich auf die Straße«, protestiere sie dann. Als Jo dann wieder einen Streuner erwischte, der dieses Mal jedoch über die Motorhaube geschleudert wurde und Blutspritzer auf der Windschutzscheibe hinterließ, sah Mike Jo vorwurfsvoll an.

»Jo, pass bitte auf, du machst unser Auto noch kaputt und ich sag's dir jetzt schon: Du schiebst, wenn was passiert. Alleine!«

Jo musste grinsen und hob entschuldigend die Hände. »Was kann ich dafür, dass die mir vor den Wagen laufen?«

Die drei Frauen saßen hinten im Wagen, und Mona erzählte den beiden anderen von ihren Erlebnissen seit dem Untergang.

»Als alles drüber und drunter ging, hab ich meine Wohnung in Herrenberg verlassen und bin zu meinem Bruder auf den Bauernhof gezogen. Meine Eltern lebten auf Mallorca und zu ihnen konnten wir keinen Kontakt mehr aufbauen. Ich weiß nicht einmal, ob sie leben oder tot sind.«

»Geht mir genauso«, antwortete Micki und fühlte mit ihr, als Jo die Geschwindigkeit merklich verringerte. Sie näherten sich einer Kreuzung und sahen drei ineinander verkeilte Fahrzeuge dort stehen. Bei einem Fahrzeug hatte es einen Motorbrand gegeben. Sie hielten an, beobachteten die Gegend und stiegen aus.

»Riechst du das, Mike?«, fragte Jo.

»Ja«, sagte Mike, der sich die Wagen genauer ansah. »Du hast die Hosen voll.«

»Blödmann«, antwortete Jo und zog seine Pistole. Auch Mike hatte sein Schießeisen hervorgeholt. Die Luft roch noch leicht nach verbranntem Plastik.

»Das kann noch nicht lange her sein«, sagte Jo. Mike nickte und beide näherten sich den Fahrzeugen. Aus dem mittleren Fahrzeug ertönte ein kaum hörbares Röcheln. Mike ging näher ran. Im Auto lag ein Untoter in einer Polizeiuniform. Der Kiefer war weggebrochen und hing seitlich herab. Der Fahrer war wohl mit dem Gesicht gegen das Lenkrad geschlagen und schwer verletzt worden. Er war an seinen Verletzungen gestorben und hatte sich verwandelt. Der Untote sah grässlich aus. Jo inspizierte das vordere Fahrzeug. Es war leer. Derweil sah sich Mike das dritte Fahrzeug an, das dem Fahrzeug des Untoten hinten aufgefahren war. Eine Frauenleiche lag im Wagen. Ihre Beine waren unnatürlich verdreht.

»Splitterbruch«, stellte Mike schnell fest. »Die scharfen Knochenspitzen haben die Haut aufgeschlitzt. Ist wohl beim Unfall passiert, und dann hat jemand ihr den Gnadenschuss verpasst.«

»Was denkst du, was hier wohl los war?«, fragte Jo.

Mike dachte nach. »Sieht aus, als hätte jemand versucht, das mittlere Fahrzeug von der Straße abzudrängen oder auszubremsen. Das hintere konnte nicht mehr rechtzeitig anhalten und ist dem mittleren kräftig hintendrauf gefahren. Klassischer Auffahrunfall.«

Jo schüttelte den Kopf und musste grinsen. »Was die Versicherung wohl dazu sagen wird?«

»Ihr Blödmänner«, mischte Micki sich ein. »Könnt ihr endlich mit dem Scheiß aufhören? Mir ist nicht wohl hier. Können wir weiter? Hier helfen wir sowieso niemandem mehr.«

»Ist ja gut, Micki«, beruhigte Jo seine Frau. »Fahren wir weiter.«

Die anderen gingen zum Wagen zurück. Mike hielt Jo an und flüsterte ihm ins Ohr: »Wie viele Patronen hast du noch in deinem Magazin?«

»Vier, warum?«, fragte Jo erstaunt.

»Ich nur noch drei, bitte verschwende keine Munition, das hier gefällt mir nicht. Und lass dir bei den anderen nichts anmerken. Wir können keine Panik gebrauchen.«

Jo nickte, aber auch ihm wurde jetzt mulmig. Sie setzten sich in den Pick-up und fuhren weiter Richtung Seedorf.

Der Wagen kam über eine Anhöhe gefahren. Sie standen vor einem kleinen Nest, knapp ein Dutzend Häuser, die locker verteilt den Ort bildeten. Jo hielt an und Mike packte sein Fernglas aus.

»Was ist los, Jungs? Warum bleiben wir stehen?«, fragte

Taina neugierig und Jo zeigte nach vorn in Richtung des Dorfes.

Mike senkte das Fernglas. »Da hat jemand einem Streuner Zementblöcke als Schuhe verpasst und jetzt steht der da rum, mitten auf der Straße.«

»Wie? Was redest du da?«, entgegnete Micki ungläubig. Sie sah in Richtung des Dorfes und erblickte dort tatsächlich etwas Unbewegliches, das einer Vogelscheuche ähnelte.

»Was machen wir jetzt?«, fragte Jo und sah Mike fragend an.

»Zurückfahren können wir nicht, wir müssen weiter«, meinte Mike. »Und durch die Felder fahren, hmmm, ich weiß nicht. Wir bleiben vielleicht stecken oder holen uns einen Plattfuß.«

»Das sieht mir aber ganz nach einer Falle aus«, meinte Jo. »Wieso sollte jemand so was sonst inmitten der Straße aufstellen?«

Mike nickte nachdenklich. »Der da trägt auch eine Polizeiuniform. Das kann kein Zufall mehr sein.«

»Wir werden es rausfinden, fahren wir ein bisschen näher ran und sehen uns vorsichtig um?«, schlug Taina vor.

Niemandem gefiel das Vorhaben, aber sie wussten, dass sie ihr Ziel erreichen mussten. Also näherten sie sich behutsam der untoten Vogelscheuche. Dort stiegen sie aus und inspizierten den Ort. Es war ruhig. Mit Ausnahme der Vogelscheuche waren keine Streuner zu sehen oder zu hören. Diese versuchte, an das Frischfleisch heranzukommen, was aber nicht ging. Jemand hatte ihm schwere Zementblöcke an die Füße gebunden und einen dicken Holzspeer in den Rücken gebohrt, der seinerseits an seinem anderen Ende mit Zementblöcken beschwert war. Die Vogelscheuche konnte sich weder bewegen noch umfallen. Der Untote konnte nur seine Arme und seinen Kopf bewegen, und gierig versuchte er, an die Gruppe heranzukommen. Jemand hatte ihm mit einem Schnitt in die Wangen die Mundwinkel verlängert, sodass der Streuner aussah, als ob er lachen würde. Wieder erschien das Bild des toten Anführers im Supermarkt vor Mikes geistigem Auge.

»Der ist noch nicht lange verwandelt, sieht zu frisch aus«, stellte Mike besorgt fest und sah sich die Gegend prüfend an. Taina fand das Schauspiel ekelhaft und zog ihr Messer.

»Nein«. Mike versuchte noch, Taina zurückzuhalten, doch es war zu spät. Sie hatte die Klinge ihres Messers schon mit einem wuchtigen Hieb im Kopf der Vogelscheuche versenkt.

Taina zog mit einem Ruck das Messer aus dem Schädel, verstand Mikes Aufregung aber nicht. »Wieso?«

»Jetzt wissen die, die dafür verantwortlich sind, dass jemand hier war«, meinte Mike. »Los, weg hier, wir laufen hier rum wie Zielscheiben.«

Sie stiegen alle in den Pick-up, nahmen an der Kreuzung die Straße nach Osten Richtung Seedorf, das nur noch wenige Kilometer entfernt lag. Dort blieben sie wieder stehen und beobachteten die Ortschaft. Es war nur ein kleiner Weiler mit einer Haupt- und ein paar Nebenstraßen und östlich davon lag der See, der von der *Waal* gespeist wurde. Dort befand sich auch die Marina. Im Feldstecher konnte Mike das Bootshaus und mehrere Stege sehen und es dümpelten ein paar Boote vor sich hin. Eines war schon gesunken und ragte noch halb aus dem Wasser.

»Jo, sieh mal auf die Karte, wo führt der Feldweg hier hin?«, fragte Mike. Jo sah nach und stellte fest, dass er direkt runter zu den Bootsstegen führen musste.

Mike sah den Feldweg hinunter. »Fahr runter bis zu der Stelle, wo Hecken auf beiden Seiten den Weg säumen, dort bleibst du stehen und wir gehen zu Fuß weiter. Ich will nicht, dass man unseren Wagen sieht und schon gar nicht durch den Ort fahren.«

»Jawohl, Herr Kaleu«, witzelte Jo, salutierte und fuhr los. Bei den Hecken stiegen sie aus und gingen zu Fuß runter zum Bootshaus. Es liefen einige Streuner herum, die sich von Mikes Gruppe angezogen fühlten. Mike zückte sein Jagdmesser, Taina und Micki hoben ihre Lanzen und erledigten die Streuner, während Jo und Mona die Gegend im Auge behielten. Am Bootshaus überprüften Mike und Jo die beiden Türen. Sie waren verschlossen. Durch die staubigen, verschmierten Fenster und das Türglas konnte man fast nichts erkennen.

»Gutes Zeichen!«, fand Jo. »Sieht sauber aus. Vielleicht finden wir noch nützliche Dinge drinnen.«

Urplötzlich knallte es an der Tür und ein ekliges, halb verwestes Gesicht drückte sich von innen an das Türglas. Jo und Mike zuckten zurück.

»Ja, prima, Jo.« Mike lehnte sich gegen die hölzerne Fassade. »Du säuberst innen.«

»Warum ich?«, entgegnete Jo.

»Weil du der Kleinere bist«, sagte Mike und lächelte.

»Stellt euch nicht so an«, fuhr Taina dazwischen. »Pff, Männer.«

Sie hob ihren Eisenspeer und stach den Streuner im Innern durch das Türglas hindurch ab. Glas splitterte, der Streuner fiel und war erledigt. »So macht Frau das – ohne viel Aufhebens.«

Jo guckte Taina verdutzt an.

»Nimm dir ein Beispiel an ihr, Jo, und sei nicht so zimperlich«, nörgelte Mike, schlug das Fenster kaputt und entfernte vorsichtig die scharfen Splitter in der Tür. Dann sah er noch einmal überprüfend rein, und quetschte sich durch die Öffnung hindurch, während die anderen ihm nach und nach folgten. Der Streuner war mal eine Frau gewesen und musste sich schon eine ganze Weile dort befunden haben. Der Verwesungsgeruch und der Zustand des Körpers bestätigten diesen Verdacht. Es war überall staubig. Auf einem Tisch standen noch mehrere geöffnete Konservendosen und beschmierte Teller, und ein paar leere Wasserflaschen lagen herum. Micki sah die Bisswunden am Körper der Untoten und schauderte.

»Sie war wohl verletzt, hat sich hier eingesperrt, ist gestorben und hat sich verwandelt«, vermutete Micki.

»Sie hieß Maike und war eine Bekannte von mir«, sagte Mona traurig, die als Letzte den Raum betrat. Die anderen drehten sich erstaunt zu ihr um.

»Ich war öfters hier mit meinem Bruder oder meinen Eltern, wenn sie zu Besuch da waren. Hier konnte man gut essen und den Tag einfach abhängen an der frischen Luft. Maike und ihr Vater Walter waren die Besitzer der Marina. Es waren wirklich nette Leute. So was hat keiner von ihnen verdient.«

»Tut mir leid, Mona«, sagte Mike. »Kennst du dich hier aus?«

»Ja, ein bisschen.« Mona zeigte auf eine Tür. »Drüben ist das Büro ihres Vaters und hinter dieser Tür sind die Küche und der Lagerraum.«

»Jo, Micky, Taina, übernehmt die Küche und den Lagerraum, ich und Mona checken das Büro«, wies Mike an.

Jo und die beiden Frauen verschwanden in der Küche. Mike wollte die Tür zum Büro öffnen, doch sie war verschlossen. »Ok, dann eben mit Gewalt«, sagte er zu Mona und schlug mit seiner Schulter heftig gegen die Tür. Diese flog auf, woraufhin Mike das Gleichgewicht verlor und hineinpolterte.

Er stieß gegen die Beine eines Streuners und fiel ihm vor die Füße. Der Untote versuchte, ihn mit den Händen zu ergreifen, konnte ihn aber nicht erreichen. Er baumelte an einem Dachpfosten. Der Mann hatte sich erhängt, wohl ohne zu wissen, dass er dadurch nicht wirklich sterben würde.

»Und das ist Walter ... oder er war es mal«, sagte Mona leise, zog ihr Messer und stach ihm in den Kopf. Mike atmete hörbar erleichtert aus. Er stand auf und beide durchsuchten das geräumige Büro. Auf dem Schreibtisch lag ein Notizblock. Mona las die letzten Zeilen laut vor:

»-Maike ist gebissen worden, ich weiß nicht, wie lange sie noch überleben kann. Es ist niemand mehr da, der uns helfen kann.

-Seit zwei Tagen liegt Maike in hohem Fieber, ihr geht es sehr schlecht.

-Heute ist sie gestorben. Ich will nicht mehr ... Gott möge uns gnädig sein. «

Mike und Mona stellten sich die Haare an den Armen auf.

Währenddessen sahen sich Jo, Micki und Taina in der Küche um. Sie war dreckig und es gab hier nicht viel, was man gebrauchen konnte. Auf einer Ablage fand Taina eine Ausgabe des *Pressekuriers*, eines ehemals bekannten Boulevardblatts. Sie las die Schlagzeilen laut vor: »WHO ruft Pandemie aus. Wissenschaftler rätseln. Menschen verwandeln sich zu Menschenfressern.«

»Meine Güte, also doch weltweit?« fragte Micki und sah Taina über die Schulter.

»Ja, sieh mal hier. Wissenschaftler des *CDC* in Atlanta warnen vor der hohen Letalität der Erkrankung und befürchten, dass so schnell keine Impfstoffe zur Verfügung stehen werden. Die *SKB* bestätigt dies«, las Taina weiter vor.

»Ach, nichts Neues. Das hat Leon uns doch schon erzählt«, sagte Jo, ging zur Tür des Kühlraums und öffnete ihn.

»Ha ha«, schrie er vor lauter Freude. »Mädels, seht euch das an.«

Der Lagerraum war vollgestopft mit Konserven, Zehnliter-Trinkwasserbehältern, Cola, Fruchtsäften und sonstiger verpackter Nahrung. Allerdings stank es im hinteren Teil des Lagerraums, da dort Fleisch und Frischobst gelagert waren, die mangels Kühlung verfaulten.

»Bingo«, rief Taina freudig und legte die Zeitung weg, während Micki froh war, dass die Reise hierhin nicht umsonst war. Sie schlossen die Tür wieder und verließen die Küche, um den anderen zu berichten. Auch Mike und Mona fanden einiges Nützliches. Außer mehreren Angelruten hatten sie zwei Macheten, vier Funkgeräte mit Ladegerät für die Batterien, einige Messer und zwei Geschirrkisten samt komplettem Inhalt gefunden.

Dann gingen Sie nach draußen zu den Stegen und inspizierten die Boote. Es waren einfache Freizeitboote. Nichts Besonderes, aber damit konnte man die Waal hinauf nach Norden fahren. Jedoch waren die Tanks der Boote geleert worden.

»Mit dem Benzin, das wir haben, werden wir nicht weit kommen, wir müssen noch was besorgen, irgendwo. Vielleicht müssen wir runter in den Ort, nachsehen«, stellte Jo fest.

Mike nickte, war aber der Meinung, dass sie zuerst die anderen holen und im Bootshaus einquartieren sollten für ein oder zwei Tage. Dann hätten sie die Zeit, sich umzusehen. Alle waren damit einverstanden.

»Tragen wir die Leichen raus und verbarrikadieren die Tür mit den Tischen. Dann kehren wir schnell zurück zum Kloster. Wenn wir jetzt gleich losfahren, schaffen wir es noch vor Sonnenuntergang zurück«, sagte Mike.

– Die Strafe Gottes –

Mike fuhr diesmal zurück und er fuhr vorsichtiger als Jo, versuchte keine Streuner zu erwischen, die ihnen hier und da in den Weg kamen. Die Sonne war gerade untergegangen und der Horizont in ein tiefes Rot gefärbt, als sie sich dem Kloster wieder näherten. Mike fuhr den Waldweg entlang und hielt ein gutes Stück vor dem Klostergemäuer an.

»Was ist los, Mike?«, fragte Jo. »Warum bleibst du stehen?«
»Hier stimmt was nicht.«
Jo verstand nicht, was Mike meinte. Taina hatte es jedoch auch bemerkt. »Was ist da los?«
Jetzt sahen es auch Jo und die anderen. Das Tor zum Kloster stand auf. Ein Wagen war so geparkt, dass die Einfahrt blockiert war und das Dutzend Streuner nicht hereinließ, das vor dem Wagen herumlungerte und versuchte, hineinzugelangen. Im Hof brannte es, Rauchschwaden stiegen hoch, schwebten über dem Kloster und umgaben den Ort mit einer gespenstigen Hülle. Mona wurde plötzlich schlecht. »Das ist einer der Wagen von den Kerlen, die uns überfallen hatten.«
»Oh nein«, seufzte Mike während er den Motor schnell abstellte. »Das darf doch nicht wahr sein.«
»Was tun wir jetzt? … Mike?« Jo drängte auf eine Antwort.
»Jaaa«, entgegnete Mike. »Ich überlege.«
Eine ewige Sekunde der Stille später. »Wer geht mit? Wir gehen jetzt da rein und sehen nach, was los ist.«
»Willst du da etwa einfach rein marschieren?«, fragte Taina erstaunt. »Wir wissen doch gar nicht, was los ist!«
»Natürlich nicht«, antwortete Mike. »Wir umgehen die Streuner und klettern hinter dem Hauptgebäude über die
Mauer, dann sehen wir uns an, was da los ist.«

»Und dann?«, wollte Micki wissen.

»Das werden wir sehen«, sagte Mike. »Wer geht mit?«

Alle nickten, fühlten sich aber sehr unwohl bei dem Gedanken. Mike hob warnend seinen Finger.

»Ihr müsst jetzt absolut still sein.«

Sie verließen den Pick-up und umgingen im weiten Bogen das Kloster, um an der Rückseite anzugelangen. Die Mauer war nur circa zwei Meter hoch. Mike zog sich an ihr hoch und blickte vorsichtig drüber. Niemand war zu sehen, doch hörte er Stimmen, die vom Hof herkamen. Er drückte sich auf die Mauer und half den anderen rüber. Als alle auf der anderen Seite angelangt waren, ging Mike voran. Sie schlichen zwischen der Rückseite des Hauptgebäudes und der Klostermauer entlang in Richtung Klostertor. Dort standen alte Kisten und Holzfässer und Mike gab den anderen zu verstehen, dass sie sich dort verstecken sollten. Er ging zur Gebäudeecke, um sich einen Überblick über das Hofgelände des Klosters zu verschaffen, und riskierte einen Blick um die Ecke. Dort sah er einige Tote auf dem Boden liegen und ein größeres Lagerfeuer, an dem vier Männer und zwei Frauen saßen. Er erkannte die Toten. Es waren Mitglieder ihrer Gruppe und er wurde wütend.

Eine Hand fasste ihn an der Schulter. Mike schreckte auf und sein Puls raste hoch. Doch es war nur Jo, der sich angeschlichen hatte.

»Bist du auf Entzug?«, flüsterte Mike ärgerlich. »Ich hätte mir fast in die Hose geschissen!«

Jo lächelte, aber das verging ihm sofort, als er die blutigen Körper auf dem Boden liegen sah und sie erkannte. Mike zeigte auf ein Fahrzeug, das in den LKW gerammt war, der hinter dem Tor stand.

»Die haben die Tür mit dem Wagen gerammt. So sind sie reingekommen«, flüsterte er Jo ins Ohr.

Die Männer und Frauen am Lagerfeuer unterhielten sich und eine der Frauen fragte, was sie mit den restlichen Gefangenen machen sollten.

»Wir überlassen sie den Streunern. Dann kommt uns keiner von denen mehr in die Quere. Oder wir knallen sie ab. Mir egal«, sagte ein Kerl mit kurzen schwarzen, nach hinten gekämmten Haaren und lachte verächtlich.

»Was machen wir jetzt?«, flüsterte Jo.

»Komm, gehen wir zurück zu den anderen, aber leise«, flüsterte Mike. Als sie bei den Frauen ankamen, erzählte Mike, was er gesehen hatte: »Hört zu«, flüsterte er. »Die haben ein paar aus unserer Gruppe erschossen.«

Mona, Taina und Micki rissen kollektiv vor Schreck die Münder auf. »Aber sie haben nicht alle auf dem Gewissen«, erklärte er weiter. »Ich nehme an, sie haben die anderen in der Kirche eingesperrt.«

»Ich werde es denen zeigen«, flüsterte Taina und hob ihren Speer.

»Nein, Taina, warte. Wir haben das Überraschungsmoment. Jo, Micki und ich gehen hinter dem Gebäude an den Tomatenstöcken entlang zu ihrem Lagerfeuer. Da haben wir Deckung und die sehen uns nicht kommen. Wenn ihr mich schreien hört, kommt ihr von hier aus auf die zu. Haltet eure Lanze hoch, als wenn es eine Schusswaffe wäre. Es ist dunkel und sie werden es nicht sofort erkennen. Wir überraschen sie und ihr lenkt sie zusätzlich ab. Das wird sie einen Moment lang verwirren. Ihr nehmt ihnen dann sofort die Waffen ab, klar?«

Taina flüsterte: »Und was, wenn das schiefgeht?«

»Es gibt keinen Plan B«, sagte Mike ernst.

Sie waren einverstanden, obwohl keinem Wohl dabei war. Besonders, da Taina, Mona und Micki nur mit Messern oder

Eisenstangen bewaffnet waren. Micki, Jo und Mike gingen los.

»Tom«, sagte Manni, der Anführer der Bande. »Hol mir doch noch mal den Padre. Die haben immer was Wertvolles, das sie gerne verstecken.«

»Okay, mach ich«, sagte Tom und ging zur Kapelle. Dicki hatte am Lagerfeuer ein paar Konservendosen geöffnet und den Inhalt gierig verspeist. Er erhob sich wortlos und ging Richtung Hauptgebäude.

»Dicki, wo gehst du hin?«, wollte Manni wissen.

»Ich muss kacken«, rief er ihm zu.

Berta, eine der Frauen, rief ihm mit ihrer markant rauchigen Stimme zu: »Aber weit weg, ja. Ich will nicht den ganzen Abend in deinem Gestank sitzen, du Fettwanst.«

»Ja ja, leck mich«, murmelte Dicki, steckte sich seine Pistole in den Riemen und ging weg.

»Im Leben nicht«, rief Berta ihm hinterher.

Tom kam mit Pater Heinrich aus der Kapelle. Der Pater war gefesselt und misshandelt worden. Er hatte ein blutverschmiertes Gesicht und man hatte ihm ein blaues Auge verpasst. Er sah nicht gut aus.

»Aaah, da ist ja unser heutiger Ehrengast«, sagte Manni. »Kommen Sie, setzen Sie sich zu uns, Padre.«

Der Pater blieb stehen, sodass Tom ihn mit einem Fußtritt ins Knie zu Fall brachte.

»Padre«, warnte Manni und der Pater bemerkte jetzt die aggressivere Tonlage seines Peinigers. Manni zog die Augenlider langsam zusammen und verzog sein Gesicht zu einer drohenden Fratze.

»Ich hab nicht vor, die ganze Nacht mit dir weiter rumzudiskutieren. Ihr habt sicher hier irgendwo noch Vorräte gebunkert, Waffen, Sonstiges, was man in einer solchen Zeit gut gebrauchen kann. Und das will ich haben. Danach lassen wir euch in Ruhe und verschwinden auf nimmer Wiedersehen!«

»Göttliche Güte und Gerechtigkeit erfährt nur, wer Gutes tut. Das Böse ereilt die Strafe Gottes.«

Manni grinste und schüttelte den Kopf. »Echt? Vielleicht sollte er zuerst die strafen, die unsere Kumpels umgebracht haben! Ich mache dir einen letzten Vorschlag: Du verrätst uns, wo sich euer restliches Zeugs befindet, und wir lassen euch gehen, oder du nimmst an einem Festmahl teil.«

Jo, Micki und Mike schlichen gerade hinter dem Gebäude entlang zu den kleinen Gärten. Ganz vorne bei der Kapelle hatte der Pater mit Hilfe von Thomas Mann und seiner Frau mehrere Reihen Tomatenstöcke angepflanzt, die einen guten Sichtschutz boten. Sie schlichen sich dahinter näher an das Lagerfeuer ran. Mike beobachtete plötzlich, wie einer der Männer eine schallgedämpfte Pistole hob, sie dem Pater an die Stirn hielt und sagte: »… als Vorspeise«. Mike musste schlucken und dann schien alles im Zeitlupentempo abzulaufen, wie in einem Hollywood-Actionstreifen.

Ein Blitz aus der schallgedämpften Pistole des Mannes erhellte das Gesicht des Priesters für einen kurzen Augenblick. Sein Kopf wurde ruckartig nach hinten geschleudert. Er fiel rückwärts auf den Boden und blieb liegen. Mike, Micki und Jo waren erschrocken und für einen Moment wie paralysiert.

»Tom«, rief Manni und zeigte mit der Pistole auf die Leiche des Paters. »Schaff mir diesen Abschaum aus den Augen. Wirf ihn den Streunern zum Fraß vor und dann holst du mir den nächsten.«

Tom nickte lächelnd und schleifte den toten Pater zum Klostertor.

Dicki bog zur gleichen Zeit um die Ecke des Hauptgebäudes und wollte sich bei den Fässern erleichtern. Taina und Mona, die dort auf Mikes Signal zum Vorstürmen warteten, waren überrascht, als ein dicker Mann plötzlich um die Ecke bog.

Soviel zu Mikes genialem Plan und Überraschungsmoment, dachte sich Taina und hob die Eisenstange. Mona, die ihre Lanze im Wagen hatte liegen lassen, zog zitternd ihr Messer. Es war recht dunkel. Nur das Licht des Lagerfeuers, reflektiert von der Klostermauer, warf ein wenig Helligkeit ins Dunkle hinein. Dicki konnte die beiden Frauen nicht sehen, doch hatte er sich ihnen jetzt auf knapp zwei Meter genähert. Plötzlich blieb er stehen, weil er die Spitze einer Eisenstange sah, die auf ihn zukam.

»Na, wen haben wir denn da?«, sagte er leicht erschrocken. Es waren seine letzten Worte. Taina sprang vor und bohrte ihm mit voller Wucht die Eisenstange in den Oberkörper, während Mona hinterherkam und ihm ihr Messer ins rechte Ohr stach. Seinen massigen Körper konnten sie nicht halten und Dicki fiel auf den mit Blättern und Ästen bedeckten Boden. Manni und die Frauen hörten das Geräusch.

»Hey Dicki, hast du ein Kamel geschissen oder was?«, lästerte Berta. Alle lachten.

Tom war mit dem Leichnam beim Klostertor angekommen und legte ihn kurz nieder, um zu verschnaufen. Die Streuner krächzten und griffen gierig nach ihm in Erwartung eines leckeren Fetzen Frischfleischs.

»Ja ja, ihr Scheißkerle, gleich gibt es Futter.« Tom drehte sich wieder um, um ihnen den Leichnam des Priesters zum Fraß vorzuwerfen, als er aufschreckte.

Berta gähnte. »So, ihr Kinder des Grauens, ich leg mich jetzt hin und …«.

In dem Moment kam eine Person hinter dem Hauptgebäude hervor. Es war Taina. Sie hatte Dickis Pistole in der Hand und feuerte ein halbes Dutzend Mal schnell hintereinander auf Tom. Jeder Treffer ließ ihn zurückweichen. Der letzte Schuss traf ihn in den Hals und schleuderte ihn rückwärts auf die Motorhaube des Wagens, der das Tor blockierte. Gierig griffen die Streuner nach ihm, zogen ihn auf die andere Seite und zerrissen ihn. Tom hatte recht behalten. Das Dinner für die Streuner war angerichtet.

Auch Mike, Micki und Jo wussten zunächst nicht, was da geschah. Sie hatten nicht mitbekommen, dass da jemand auf Taina und Mona zugekommen war. Sie reagierten jedoch blitzschnell. Als sie sahen, dass die Männer und Frauen am Lagerfeuer nach den Waffen greifen wollten, sprangen sie hinter den Tomatenstöcken hervor. »Runter mit den Waffen. Sofort!«

Verwirrung und Überraschung lähmten Mannis Schergen am Lagerfeuer für einen Moment. Genau das, was Mike erhofft hatte. Der Mann neben Manni ergriff sein Sturmgewehr und hielt es gerade hoch, als Mike schon zwei Schüsse abfeuerte und dessen Kopf traf. Er wurde rückwärts auf den Boden geschleudert und blieb liegen. Auch die Frau neben Berta hatte ihre Pistole gezogen und wurde von Jo mit zwei Schüssen niedergestreckt.

Manni wusste nicht, wie ihm geschah. Trotzdem griff er nach seiner Pistole. Dann schrie er auf vor Schmerzen, hielt sich sein Bein und fiel zu Boden. Micki hatte ihren Eisenspeer nach ihm geworfen. Er durchbohrte sein oberes Bein, kratzte am Beinknochen vorbei und trat mit der Spitze an der Rückseite des Beins wieder aus. »Ihr Drecksäcke, ihr verdammten Drecksäcke.«

Berta war auch überrascht worden. Aus Reflex wollte sie

nach ihrem Sturmgewehr greifen, doch Jo warnte sie. »Nicht, oder es ist das Letzte, was du tust!«

Sie zögerte und hob die Hände. Mittlerweile waren auch Mona und Taina hinzugekommen. Manni krümmte sich vor Schmerzen. »Ihr Dreckspack, ich werd euch alle umlegen.«

»Das hast du ja voll vermasselt, würd ich sagen«, meinte Mike und zielte mit der Pistole auf ihn. Manni verzog sein Gesicht vor Schmerzen und Wut. Doch Mike erkannte etwas in seinen Augen. Diesen unverwechselbaren Blick. Eine Sekunde lang sah er ein Bild vor seinem inneren Auge. Den wilden Eber, dem er und Jo vor einiger Zeit auf der Spur gewesen waren. Dann stand das mächtige, wilde Tier vor ihnen und Mike hob seine Waffe, zielte und drückte ab. Die Waffe versagte und das Tier sah ihn an. Dieser entschlossene Blick, als es auf ihn losgestürmt war und er es mit seinem Jagdmesser erlegen musste. Dieser Blick hatte sich tief in Mikes Unterbewusstsein eingebrannt und kam wieder hervor, als er in Mannis Augen sah.

Dieser sprang mit einem Schrei auf sein gesundes Knie und griff nach dem Sturmgewehr, das neben ihm lag, doch Mike war schneller. Er feuerte seinen letzten Schuss auf Manni und traf ihn in die Schläfe. Der Biker fiel zu Boden und hauchte seinen letzten Atemzug aus, seinen Blick auf Pater Heinrichs Rosenkranz gerichtet, der dort im Laub lag.

»Ihr Bastarde«, sagte Berta, und dann erkannte sie Mona. »Du Flittchen, dachte ich es mir doch, dass du dahintersteckst. Manni hätte auf mich hören sollen, als ich ihm sagte, dass wir euch den Streunern hätten vorwerfen sollen.«

»Ja«, entgegnete Mona. »Das wäre wohl schlauer gewesen – angesichts der aktuellen Lage.«

Berta wurde wütend und zog ihr Messer, um sich auf Mona zu stürzen, doch Taina schoss ihre zwei letzten Patronen auf

Berta und traf sie in den Bauch. Die Bikerin fiel um und schrie vor Schmerz.

»Mist«, seufzte Jo. »Verdammter Mist.«

»Micki, Jo, Taina, seht nach den anderen in der Kapelle«, forderte Mike, nahm ein Sturmgewehr und hielt es Mona hin.

»Wenn sie Dummheiten macht, drückst du ab.«

Mike ging zu Berta, die nach Luft schnappte, hob sie auf und lehnte sie gegen einen Baumstamm. Ihr lief Blut aus dem Mund. Sie hatte wahrscheinlich schwere innere Verletzungen davongetragen.

»Behalt sie ja im Auge, Mona«, sagte er und ging in die Kapelle. Nur Leon, Paul, Pete, Lisa und das Ehepaar Mann hatten den Überfall überlebt. Mike und die anderen machten die Fesseln der Gefangenen los und umarmten sich. Ein Schuss ertönte draußen und alle schreckten auf.

»Bleibt hier«, schrie Mike und er und Jo, gefolgt von Taina, liefen nach draußen. Mona stand da, die Waffe auf Berta gerichtet.

»Was ist los, Mona?«, rief Jo.

»Sie hat sich verwandelt, ich hab ihr den Rest gegeben.«

Sie zeigte auf die Frau neben Berta. Jo hatte sie zwar tödlich getroffen, aber nur in den Brustkorb. Sie hatte sich recht schnell verwandelt und richtete sich gerade wieder auf, um nach frischem blutigem Fleisch zu gieren. Mona hatte sie von einem ewigen Dasein als Streuner erlöst. Alle atmeten auf. Auch die anderen kamen nun hinzu.

»Verdammt«, sagte Paul. »Das ging alles so schnell. Wir konnten nichts machen. Sie haben uns total überrascht.«

»Mach dir keine Vorwürfe«, beruhigte ihn Mike. »Du konntest nichts tun.«

Schmerzerfüllt stammelte Berta vor sich hin: »Ihr habt angefangen, ihr Pack, ihr wart es.«

»Nein«, sagte Mona. »Das wart ihr, als ihr meinen Bruder umgebracht habt.«

»Es reicht jetzt«, sagte Mike beschwichtigend. »Genug Unheil ist angerichtet worden.«

Berta krümmte sich wieder vor Schmerzen. Leon ging zur ihr und sah sich ihre Verletzungen an. Aus der Austrittswunde am unteren Rücken lief dunkelrotes Blut. Er blickte zu Mike hoch und schüttelte verneinend mit dem Kopf.

»Sie hat einen Leberdurchschuss, sie verblutet, ich kann nichts für sie tun.«

Mike seufzte, aber er hatte sich so was schon gedacht und beugte sich zu Berta runter: »Wer seid ihr und wo kommt ihr her? Weshalb überfallt und tötet ihr Menschen?«

Berta sah schmerzerfüllt zu ihm auf. »Hast du nicht mitbekommen, was die Zeit geschlagen hat?« Mike sah sie nur an, ohne etwas zu sagen.

Berta lachte verächtlich und hustete Blut aus. »Wer in so einer Welt überleben will, muss ein Jäger sein. Opfer werden gefressen«, stammelte Berta. »Wir waren Insassen einer JVA. Als der ganze Scheiß losging, haben die uns einfach uns selbst überlassen. Wir haben uns selbst befreit, uns selbst geholfen und wir haben überlebt.« Sie wurde nun sichtlich schwächer.

»Bis ihr Schwachköpfe aufgetaucht seid«, stammelte sie. »Aber, auch ihr … werdet Tod und … Verderben … nicht …«

Ihr Körper senkte sich zu Boden. Ihre geschlossenen Augenlider öffneten sich langsam und Leon schloss sie wieder. Alle sahen sie nur an, keiner sagte etwas. Nach einer Weile zog Mike sein Messer und verhinderte Bertas Verwandlung.

Die Nacht über verbarrikadierten sich die Überlebenden um Mikes Gruppe in der Kapelle. Sie waren erschöpft und müde.

Paul setzte sich zu Mike und erzählte ihm, was da abgelaufen war.

»Ich war mit Leon, Lisa und Pepe im Hauptgebäude. Pater Heinrich hielt für ein paar der Leute eine Messe im Freien und die anderen sammelten Gurken und Salat ein. Auf einmal hörte ich einen Wagen, ich dachte, ihr wärt es, und dann krachte es gewaltig. Die waren damit durch das Klostertor gefahren und in unseren Lkw gekracht. Ich sagte den anderen, sie sollen im Gebäude bleiben und lief zur Tür. Dann hörte ich Schüsse und Schreie.«

Paul hielt sich beide Hände an den Kopf und schloss die Augen.

»Ich sah mehrere Männer, die einfach wahllos in die Menge schossen. Die hatten mitbekommen, dass wir im Hauptgebäude waren. Auf einmal schrie jemand, dass sie die Überlebenden erschießen würden, wenn wir nicht sofort rauskommen würden. Ich blickte zum Fenster raus und sah, dass die Pater Heinrich eine Pistole an den Kopf hielten.«

»Ich war es, der Paul sagte, wir sollten raus gehen«, mischte sich Leon in die Diskussion ein. »Ich wollte das Leben von Pater Heinrich nicht gefährden.«

»Wir gingen also raus und ergaben uns«, sagte Paul. »Sie fesselten uns und brachten uns in die Kapelle, beschimpften und traten uns mit Füßen. Den Pater haben sie sehr lange misshandelt. Sie wollten wissen, wo unsere Vorräte und Waffen versteckt seien. Obwohl er ihnen die Wahrheit sagte, hörten sie nicht auf, den Pater als Lügner zu beschimpfen und ihn zu schlagen. Danach hörte ich noch vereinzelte Schüsse. Sie haben die Verletzten einfach erschossen. Ich konnte nichts tun.«

»Wie auch, Paul«, sagte Mike.

»Ich hätte mehr tun können«, sagte Paul. »Nein ... müssen.«

»Nein«, sagte Leon. »Niemand hätte etwas tun können, und wir können nur von Glück sagen, dass ihr weg wart, sonst hätte wohl keiner von uns überlebt.«

»Es tut mir so leid für die, die hier gestorben sind«, sagte Paul wehleidig. »Ich hatte eigentlich die Wache beim Klostertor. Ich dachte in dem Moment nicht, dass wir einer solchen Gefahr ausgesetzt sind. Deshalb half ich Pepe beim Kochen. Nie wieder werde ich so unvorsichtig sein.«

»Was passiert ist, können wir nicht ändern«, sagte Jo, der die ganze Zeit zugehört hatte. »Ich glaube, wir sollten jetzt alle ein bisschen schlafen, und morgen reden wir weiter.«

»Schlafen?«, fragte Paul. »Kannst du jetzt schlafen? Ich nicht.«

»Versuchen sollten wir es trotzdem«, sagte Mike. Er übernahm die erste Wache und wies Jo an, ihn später abzulösen.

Taina löste Jo frühmorgens ab. Der war jedoch durch den Lärm der anderen früher wieder wach geworden.

»Wo ist Mike?«, fragte er.

»Er ist draußen«, antwortete Taina, die an der Tür stand und durch ein kleines Fenster nach draußen sah. »Er sieht nach, ob Streuner reingelangt sind.«

Mike kam wieder an die Tür zur Kapelle und gab das Okay-Zeichen. Taina öffnete die Tür und alle gingen raus. Jetzt konnte man das ganze Ausmaß der Ereignisse vom Vortag erkennen. Überall lagen Tote rum, und am Klostertor hatten sich noch mehr Streuner versammelt und wollten ins Innere gelangen.

Mike: »Jo. Du, Micki und Taina, ihr müsst euch um die Streuner kümmern. Wir müssen versuchen, das Klostertor wieder in Ordnung zu bringen.«

»Ja, Boss«, sagte Jo und ging mit Taina und Micki zum Tor.

»Wir können diese Leute nicht einfach so hier liegen lassen«, meinte Leon.

»Nein, das tun wir auch nicht«, sagte Mike. »Wir bringen sie rein in die Kapelle und legen sie vor den Altar, aber nur die Unsrigen. Der Rest kann hier liegen bleiben und verfaulen.«

Leon nickte. »Und, Leon«, ergänzte Mike, »wir werden heute noch das Kloster verlassen. Wir fahren zur Marina nach Seedorf. Ich erzähl dir nachher davon.«

Sie brachten die Toten aus ihrer Gruppe in die Kapelle, während das Ehepaar Mann die leblosen Körper mit Decken und Matten zudeckte. Am Klostertor kümmerten Micki, Jo und Taina sich um die Streuner. Als die erledigt waren, räumten sie die Straße frei. Sie gingen dann wieder rein und inspizierten das Klostertor. Es war in der Mitte gebrochen und nicht mehr zu benutzen. Jo untersuchte das Fahrzeug am Tor und fand im Kofferraum noch mehrere Sturmgewehre, zwei Panzerwesten sowie drei Schachteln mit Munition. Im Fahrzeug, das in den Lkw gefahren war, lagen im Kofferraum zwei Rucksäcke mit Vorräten. Das Fahrzeug war aber so stark beschädigt worden, dass es nicht mehr zu gebrauchen war. Auch der Kühler des Lkws war kaputt und das ganze Kühlwasser ausgelaufen. Jo informierte Mike darüber.

»Wir haben also nur den Wagen am Tor und unseren Pick-up oben am Waldweg«, stellte Mike fest. »Taina, Micki, könntet ihr den Pick-up holen?«

Beide nickten, nahmen ihre Eisenstangen und gingen los.

»Und, Jo«, rief Mike ihm nach, »entleer die Tanks der kaputten Fahrzeuge, wir nehmen so viel Benzin mit wie möglich.«

Die Gruppe trug alles an Brauchbarem zusammen und brachte es zum Lkw. Währenddessen gingen Taina und Micki den Waldweg hoch zum Pick-up. Dort schlichen zwei

Streuner herum. Die beiden Frauen erledigten sie mit zwei Gnadenstößen in den Kopf. Dann fuhren sie mit dem Wagen runter zum Kloster. Mike hatte den Wagen von Mannis Gruppe schon in den Hof gefahren, den die anderen mit dem ganzen Zeug beluden.

»Okay«, sagte Mike. »Wir sind elf Personen. Das heißt, es wird jetzt ein bisschen eng werden, bis wir die Marina erreichen. In den Wagen können nur noch drei mehr rein, der Rest muss im Pick-up Platz nehmen.«

»Einen Moment bitte«, mischte sich Thomas Mann ein. »Meine Frau und ich … Wir gehen nicht mit.« Alle drehten sich erschrocken um.

»Wie, ihr geht nicht mit? Was soll das heißen? Natürlich kommt ihr mit!«, bekräftigte Micki.

»Nein, Micki«, antwortete Carola Mann gefasst. »Mein Mann und ich haben uns entschieden. Für uns hat, nachdem was gestern hier los war, das alles keinen Sinn mehr.«

»Aber …«, stammelte Micki. »Wir haben doch …«

»Micki«, unterbrach sie Thomas, »Carola und ich sind beide fünfundsiebzig. Wo sollen wir noch hin? Wir sind bei Alter und euch nur eine Last. Meine Frau und ich haben die ganze Nacht darüber gesprochen. Wir sind uns einig, dass der Weg hierhin, in dieses Kloster, unser letzter war. Wir können und wollen in dieser Welt nicht mehr leben.«

»Das kann nicht euer Ernst sein, wir beschützen euch, ihr kommt mit«, entgegnete Paul.

»Nein, Paul, ihr werdet ohne uns gehen, unser Entschluss steht fest«, sagte Carola. Alle waren betrübt. Leon trat an das Ehepaar heran.

»Ihr wisst, was das bedeutet? Wenn ihr sterbt, werdet ihr zu Untoten. Nur eine schwere Kopfverletzung kann das verhindern. Ihr könnt das nicht von uns verlangen.«

»Das wissen wir, Leon«, entgegnete Carola. »Wenn Gott es so will, dann wird es so kommen. Wir bleiben bei den anderen in der Kapelle. Sperrt uns dort ein, sodass wir nicht rauskommen und niemandem etwas antun nach unserem Tod. Dies ist unser letzter Wunsch an euch, bevor wir uns verabschieden.«

Den Frauen liefen die Tränen die Wangen runter. Lisa wurde fast ohnmächtig und ihr Vater Pepe musste sie festhalten. Carola und Thomas umarmten alle, nahmen sich beide an den Händen und gingen zur Kapelle. Die anderen folgten nur widerwillig.

In der Kapelle angelangt, drehten sich Carola und Thomas noch einmal um und er sagte: »Versucht, zu überleben und dem Ganzen einen Sinn zu geben. Dann haben wir nicht umsonst gelebt. Dies wäre uns die größte Freude. Und nun schließt die Türen und geht. Viel Glück und seht nicht zurück.«

Mike schloss widerwillig die Tür und stemmte ein Holzbrett an die Türklinke, sodass die Tür von innen nicht geöffnet werden konnte. Sie blieben noch einen Moment bei der Tür stehen. Jo tröstete seine Frau, nahm sie in den Arm und wischte eine Träne in ihrem Gesicht weg, die ihre Wange hinunterkullerte. Pepe gab seiner Tochter einen tröstenden Kuss auf die Stirn und drückte sie fest an sich.

Nach einer Weile gingen sie zurück zu den Wagen. Ein Streuner hatte sich an den Wagen entlang in den Hof geschlichen und kam auf die Gruppe zu. Taina hob wutentbrannt ihren Eisenstab, ging auf den Streuner los und schlug ihm mit einem heftigen Hieb den Schädel entzwei. Blut spritzte raus, als er umfiel. Taina hörte nicht auf, auf den Streuner einzuschlagen. Mike ging zu ihr, beruhigte sie und nahm sie in seine Arme, worauf Taina zu weinen anfing. Sie gingen zu den Fahrzeugen und stiegen ein. Doch Mike blieb stehen, sah zurück zur Kapelle, dachte einen Augenblick nach und ging wortlos dahin zurück. Er entfernte das Brett vor der Tür und ging hinein. Nach einer kurzen Weile kam er wieder hinaus, stemmte das Brett jedoch nicht wieder an die Tür und kam zurück zu den Wagen. Jo wollte ihn fragen was los war, doch dessen Gesichtsausdruck sagte ihm, dass jetzt wohl nicht der richtige Moment war.

Sie fuhren aus dem Klosterhof heraus den Waldweg entlang. Mike lenkte vorne im Pick-up, Jo folgte im zweiten Wagen. Nach etwa hundert Metern blieb Mike stehen und sah noch mal zum Kloster zurück. Der Wind wehte durch die Baumkronen und ließ die raschelnden Blätter tanzen. Irgendwo zwitscherte ein Vogel. Ein Streuner schlurfte in einiger Entfernung durch den Wald und bewegte sich auf sie zu. Mike wollte gerade weiterfahren, als er einen Schuss hörte. Stille. Bedrückende Stille. Jo sah in den Seitenspiegel des vorderen Wagens und Mike blickte zurück.

Sogar Leon hatte verstanden und ihm liefen jetzt die Tränen runter. Ein zweiter Schuss fiel. Alle zuckten zusammen.

Der Wind rauschte durch das Blätterdach, ein Blatt wirbelte durch die Luft und fiel zu Boden. Irgendwo zwitscherte ein Vogel und ein Streuner bewegte sich auf das Kloster zu. Mike legte den Gang ein und fuhr los. Jo folgte. Den ganzen Weg bis Seedorf sprach niemand ein Wort.

– Nirgendwo –

Am späten Nachmittag kamen sie ohne große Zwischenfälle in Seedorf an. Die Stimmung war weiterhin getrübt. Sie entfernten die Tische an der verbarrikadierten Tür und traten ein.

»Okay«, sagte Mike. »Tragen wir alles rein. Wir bleiben ein oder zwei Tage hier, bevor es über den Fluss nach Norden geht. Bleibt in der Nähe, geht nicht alleine raus und passt auf Streuner auf. Auch wenn es hier ruhig erscheint.«

Am frühen Morgen wachte Paul auf. Taina saß auf einem Tisch und sah durch das kaputte Türfenster nach draußen.

»Guten Morgen«, grüßte er Taina. »Na, müde?«

»Nein, ich könnte sowieso nicht schlafen«, erwiderte sie, doch ihre Augenringe verrieten Paul das Gegenteil. »Die letzten Stunden, das war jetzt ein bisschen zu viel auf einmal.«

»Ja. Das kann ich verstehen. Ich geh mal kurz raus.«

»Ich schließe mich dir an«, sagte Jo zu Paul und ging hinterher. Auch die anderen wurden langsam wach. Mike und Leon verließen ebenfalls das Haus und Leon war neugierig, wie es jetzt weitergehen würde und wie schnell sie diesen Ort verlassen würden. Mike hatte das Gefühl, dass Leon sich hier nicht sicher fühlte.

»Wir hatten uns die Boote angesehen. Wenn wir das weiße da nehmen und eines der langen Holzboote daran befestigen, könnten wir alle samt Proviant und Material von hier verschwinden«, sagte Mike. »Die Waal wird im Norden immer schmaler und seichter, bis nur noch ein kleines Rinnsal übrig bleibt. Ab dann müssen wir laufen. Oder wir nehmen die engen Kanäle nach Norden. Vielleicht finden wir unterwegs

Fahrzeuge. Oder eine Sicherheitszone, wo noch Menschen leben. Aber wie ich schon sagte: Das ist die große Unbekannte.«

»Was ist mit Wilhelmsbrück?«, fragte Leon.

»Im Idealfall gelangen wir dorthin und hoffen, dass es dort noch Überlebende gibt, die uns aufnehmen«, sagte Mike. »Aber nachdem, was im Kloster passiert ist, bin ich mir da nicht mehr so sicher. Und vor allem macht mir Sorgen, dass im Großraum Wilhelmsbrück fast zwei Millionen Menschen gelebt haben. Einst.«

Dieser Gedanke machte Leon eher noch nervöser. Nachdem alle etwas gegessen hatten, fingen sie an, das ganze Zeug zu sortieren, das sie dabei hatten. Paul war überrascht über die ganzen Waffen, die Mannis Bande bei sich gehabt hatte.

»Ich frage mich, wo sie diese G36 Sturmgewehre herhaben, die sind noch in einem relativ guten Zustand«, sagte Paul.

»Ich bin froh, dass wir das Zeugs haben«, meinte Mike. »Nichts gegen Eisenstangen, aber damit können wir uns weitaus mehr Respekt verschaffen, falls es nötig wird.«

»Ich hoffe nicht, dass es dazu kommt«, entgegnete Paul. »Wir haben für meinen Geschmack schon genug erlebt. Und ich bin da wohl nicht der Einzige mit dieser Meinung«, fügte er hinzu und drückte mit einem Wink seines Kopfes in Richtung Taina seine Besorgnis aus.

»Mach dir keine Sorgen um Taina, sie ist hart im Nehmen. Sie hat Kerle aus ihrer Biker-Bar rausgeschmissen, die doppelt so breit und einen Kopf größer waren als sie«, antwortete Mike und zeigte ihm das ganze andere Zeug und die Vorräte, die sie im Bootshaus vorgefunden hatten. Es trug ein wenig zur allgemeinen Beruhigung innerhalb der Gruppe bei.

»Okay«, sagte Paul. »Wir haben genug Waffen, sodass jeder damit ausgerüstet werden kann. Ich zeige euch allen, wie man damit umgeht.«

»Ja, tu das. Währenddessen werden Jo und ich mal in den Ort gehen und uns ein bisschen umsehen. Ich hoffe, dass wir noch ein wenig Benzin auftreiben können«, sagte Mike. Sie nahmen sich beide eine Eisenstange und eine Pistole, überprüften die Magazine der Waffen und gingen in Richtung des Orts. Paul zeigte den anderen auch, wie man Waffen auseinandernimmt, reinigt und wieder zusammensetzt. Alle sahen sehr interessiert zu. Außer Leon, sein Ethos als Arzt war wohl daran schuld. Er mochte keine Schusswaffen, war sich aber trotz allem der Gefahren der Zeit bewusst und nahm sich deshalb eine der Macheten in der Hoffnung, sie nicht benutzen zu müssen. Als sie mit dem Training fertig waren, ging Paul nach draußen, um sich die Boote anzusehen. Taina, Mona und Micki gingen mit, während sich Pepe und Lisa in der Küche umschauten. Leon legte sich hin, um sich ein bisschen auszuruhen.

»Das weiße Boot da, die *Rio*, gefällt mir gut«, sagte Paul. »Es sieht noch gut in Schuss aus. In der Innenkabine können vier von uns schlafen, während die anderen Wache halten.«

»Kennst du dich mit Booten aus?«, fragte Mona.

»Ach, ein bisschen. Ein Freund von mir hatte so ein ähnliches Boot. Bin mal mit ihm rumgeschippert, ist aber lange her«, erinnerte sich Paul und sah sich den Außenbordmotor an. »Ah, gut bestückt, ein Zweihundert-PS-Motor, damit kommen wir gut voran, aber die Dinger brauchen viel Treibstoff. Ich hoffe Jo und Mike können noch was auftreiben.«

Er hatte es gerade ausgesprochen, als hinter Hecken und Gestrüpp zwei Gestalten hervortraten. Alle guckten erstaunt. Es waren Jo und Mike und sie blieben mit erhobenen Händen stehen.

»Gefallen euch unsere neuen Accessoires?«, fragte Micki kokett und zeigte ihr G36 her, das sie wie das allerneuste

Fashionteil ihrer Lieblingsmodemarke stolz um die Schulter trug. »Musthaves für wilde Zeiten.«

Jo und Mike war nicht zum Lachen zumute, beide rollten mit den Augen. Dann gingen sie ein paar Schritte nach vorne und hinter ihnen erschien eine Frau mit blondem Kurzhaarschnitt und einem automatischen Gewehr. Sie war martialisch bekleidet und trug die Hosenbeine ihrer marineblauen Cargohose in den Stiefeln. Am Riemen trug sie kleine Taschen militärischen Stils für Munition sowie eine Wasserflasche.

»Waffen runter, sofort«, rief die Frau und hielt die Waffe an Mikes Kopf. Ihre stahlblauen Augen und ihr kalter Blick unterstrichen unmissverständlich ihre Aufforderung. Alle legten die Waffen nieder.

»Hände hoch und rüber mit euch zum Bootshaus, na los«, befahl die Frau. Alle befolgten die Anweisung.

»Ihr beide, auf die Knie! Wird's bald, oder soll ich euch Beine machen?«

Jo und Mike knieten nieder. Leon war wach geworden und hatte die Stimme gehört. Er schlich in die Küche, wo Pete und Lisa sich geduckt hatten, damit die Frau sie nicht durchs Fenster sehen konnte.

»Pete, hast du eine Waffe?«, flüsterte Leon.

»Nein, die liegen drinnen in der Kiste«, antwortete er. Leon sah sich um und sah nur Töpfe und Pfannen in der Ablage.

»Mist. Bleibt hier und zeigt euch nicht«, sagte er Pepe und Lisa. Er kroch in den hinteren Teil des Lageraums. Dort befand sich eine Tür, die als Liefereingang benutzt wurde. Er öffnete sie leise und schlich sich raus.

»Wer seid ihr und was wollt ihr hier?«, fragte die blonde Frau.

Paul bemerkte plötzlich eine dunkle Scheibe an ihrem Hinterkopf. Ein dumpfer Gongschlag ertönte, die Frau gab einen kurzen Grunzlaut von sich und fiel wie ein Sack ohnmächtig zwischen Mike und Jo auf den Boden. Die beiden blickten sich gegenseitig an, drehten sich um und sahen Leon mit einer großen Pfanne in der Hand dort stehen. Er ließ sie fallen und kümmerte sich sofort um die blutende Platzwunde am Kopf der Frau. Die anderen liefen eilig zum Bootssteg und nahmen ihre Waffen.

»Das nächste Mal geh ich mit Leon raus«, sagte Jo zu Mike.

»Das ist ganz allein deine Schuld, ich hab dir gesagt, du sollst nachsehen, ob uns niemand folgt. Wenn mein Arsch zwickt, ist auch was hinter mir, außer dir, Blödmann.«

»Du hast mir ges…«

»Heeey«, unterbrach Leon die beiden Streithähne. »Würdet ihr Ruhe geben und mir helfen, die Dame reinzubringen, ich hab ihr heftig eine übergebraten. Sie hat eine Platzwunde am Kopf, die verarztet werden muss.«

»Dame?«, schrie Jo. »Die hätte mich fast umgebracht.«

»Könntet ihr beide den Mund halten und Leon behilflich sein? Bitte?«, drängte Micki.

Jo und Mike standen murrend auf und trugen die blonde Frau nach drinnen. Leon verarztete sie und Mona legte ihr dann einen Verband an.

»Jo, bring einen Stuhl her. Wenn Leon fertig ist, fesseln wir sie daran fest«, sagte Mike. »Die kann ganz schön treten. Ich besorg ein Seil.«

Als Mona ihr die Wunde verbunden hatte, setzen Mike und Jo die Frau auf den Stuhl und banden sie an Armen und Füßen fest. Mona kam mit einer Schüssel Wasser und einem Lappen, tunkte den Fetzen ins Wasser und legte ihn der Frau auf die Stirn. Langsam kam die Frau wieder zu sich.

»Au, mein Kopf tut mir so weh«, sagte die Frau und wollte sich an den Kopf fassen, merkte aber, dass sie gefesselt war und sich nicht bewegen konnte. Sie sah die Blutstropfen auf ihrem verschmutzten T-Shirt. Ihre enge blaue Cargohose war am linken Knie aufgerissen. Ihr aufgeschürftes Knie lugte daraus hervor.

»Was soll das? macht mich los!«, schrie sie die anderen an und versuchte, ihre Hände aus den Fesseln zu ziehen. Doch Mike hatte den Knoten ordentlich festgezurrt.

»Beruhigen Sie sich«, sagte Leon sanftmütig. »Sie werden noch zwei Tage Kopfschmerzen haben und es tut mir leid, aber das mit Ihrem Kopf, das war ich.«

»Ihr sollt mich losbinden, ihr Arschgeigen, sofort!«, schrie die Frau. Wieder legte sie ihren unmissverständlichen kalten Blick auf. Ihre Augen fauchten einen geradezu an. Doch diesmal fiel ihre Aufforderung auf taube Ohren.

»Jetzt mal langsam«, sagte Mike unbeeindruckt. »Zuerst einmal wollen wir feststellen, dass Sie den Kleinen hier neben mir einfach umgeschubst und mir ins Hochzeitsgeschirr getreten haben. Das ist ja wohl nicht die feine englische Art, oder? Warum also sollten wir Sie losbinden?«

»So einfach lasst ihr euch also wegschubsen?«, stellte Taina erstaunt fest und musste lachen. Micki sah Jo an und schüttelte den Kopf. Der zog entschuldigend die Schultern hoch.

»Macht mich los, mir tut der Kopf weh«, schrie die Frau erneut und ihre feuerrote Gesichtsfarbe nahm vor Anstrengung nun eine noch intensivere Rotfärbung an. Ihre Adern traten vor Wut auf der Stirn hervor.

»Das wird er auch, wenn wir Sie losbinden, würde also nichts daran ändern«, sagte Mike, nahm einen Stuhl, drehte ihn mit der Rückenlehne zu ihr hin und setzte sich vor die Frau. Sie spannte ihre Armmuskeln an und versuchte wieder, ihre Hände aus den Fesseln zu ziehen. Das fügte ihr aber nur zusätzliche Schmerzen an den Handgelenken zu, die vom Scheuern an den Fesseln schon rot wurden.

»Fangen wir mal mit dem eigentlich Wichtigen an: Wer sind Sie, was wollten Sie von uns und warum mit Waffengewalt?«

Die Frau sah die Gruppe mit schmerzverzerrtem Gesicht an, erkannte aber ihre missliche Lage und beruhigte sich ein wenig. Ihre gefesselten, durchtrainierten Arme und Beine schmerzten. Sie atmete tief durch die Nase ein und versuchte, sich zu entspannen, so gut es ging.

»Sani«, sagte sie.

»Was soll das sein?«, fragte Jo.

»Mein Name, du Trottel. Sandra Berghoff, meine Freunde nennen mich Sani«, sagte sie ärgerlich.

»Für jemanden in Ihrer Lage wäre ich vielleicht ein klein wenig freundlicher! Wir könnten ja der böse Nachbar von nebenan sein, Sie den Streunern zum Fraß vorwerfen und uns dabei köstlich amüsieren!«

»Da besteht keine Gefahr, kleiner Mann«, giftete sie Jo an. Ich hab dein Foto gesehen«, fügte sie sarkastisch hinzu. »Im Duden. Unter *B* wie *Blödmann*.«

Jo sah verdutzt drein, so eine freche Antwort hatte er nicht erwartet. Taina, Micki und Mona sahen zu Jo rüber, verschränkten die Arme und lächelten süffisant. Sie hatten Sani wohl schon in ihr Herz geschlossen. Paul mischte sich nun in die Diskussion ein.

»Wie kommen Sie an diese Waffen?«, fragte Paul. »Ihre Pistole und die MP5 hier ... Das war mal die typische Ausrüstung der Polizei!«

»Ich bin Polizistin, beziehungsweise war es mal, vor diesem ... Mist«, antwortete sie.

»Und dann laufen Sie rum und greifen unbescholtene Bürger an?«, fragte Mike.

»Die Zeiten haben sich ja wohl drastisch geändert, falls ihr das noch nicht mitbekommen habt. Ich jage ehemalige Strafgefangene. Seit mehr als neun Monaten bin ich hinter ihnen her. Sie haben mehrere meiner Kollegen getötet. Die einzigen Freunde, die mir geblieben waren.«

»Alleine?«, fragte Jo erstaunt.

»Wir waren anfangs zu fünft, nur ich bin noch übrig«, antwortete sie. »Als ich in diesen Ort kam, wollte ich eine Pause einlegen und mir die Marina ansehen. Mein Proviant ging zu Neige. Dann kamt ihr beiden Gockel um die Ecke. Euch kann man auf einen Kilometer streiten hören.«

Alle sahen Mike und Jo wieder kopfschüttelnd an. Mike ignorierte es und Jo hob seine Arme wieder zum Zeichen seiner Unschuld hoch.

»Wie auch immer«, meinte Leon. »Ich glaube, wir können die Dame ... Sani, richtig? ... Nun, es gibt keine Gefahr, binden wir sie los.«

»Da fühl ich mich aber gar nicht wohl bei dem Gedanken«, wendete Mike ein.

»Ach was. Wenn ich mir erlauben darf, Ihnen kurz von uns zu erzählen. Wir lebten nicht weit von hier in einem Kloster ...«, erzählte Leon Sani und ging dabei auf die ganze Geschichte ein, die die Gruppe erlebt hatte. Sani hörte aufmerksam zu und kam am Ende zu dem Schluss, dass ihre Mission wohl erledigt war. Die Bande, die sie seit neun Monaten gejagt hatte, stellte keine Gefahr mehr dar. Das erste Mal seit dieser ganzen Zeit fühlte sie sich frei, als wenn eine große Last von ihrem Herzen, ihrer Seele gefallen wäre.

»... und so kam es, dass wir hier gelandet sind«, schloss

Leon mit der Geschichte ab. Während Mike Sani von den Fesseln befreite, fragte sie: »Was habt ihr jetzt vor?«

»Das ist die große Frage«, sagte Leon, verheimlichte aber ihren Plan und wechselte geschickt das Thema. Den ganzen Nachmittag über erzählten sie sich Dinge, die sie erlebt hatten.

»Als ich in der Sicherheitszone die Kranken und Infizierten pflegte und dann die Unruhen ausbrachen, weil die Armee nicht mehr zurückkam, sah ich grausame Dinge. Menschen, die sich gegeneinander schlimmes antaten wegen einem Liter Wasser. Vergewaltigungen, willkürliche Morde. Es war schrecklich.«

Auch Sani hatte Ähnliches erlebt. Mikes Gruppe war mit Ausnahme von Mona und Mannis Schergen auf keine Überlebenden gestoßen, da die Region, in der sie gelebt hatten, größtenteils evakuiert worden war, doch Sani hatte mehrere Gruppen getroffen.

»Es gab Gruppen, da war noch etwas Menschlichkeit vorhanden, aber die fielen schnell den Streunern zum Opfer. Bei anderen war Gewalt schon mehr oder weniger Alltag. Andere wollten mich einfach nur töten, um das zu nehmen, was ich bei mir hatte. In dieser Welt zählt jetzt nur noch das Überleben, egal wie«, sagte Sani.

Als Mike nach draußen sah, war die Sonne gerade untergegangen. Pepe und Lisa hatten ein den Umständen entsprechend üppiges Essen vorbereitet. Es gab Hühnerbouillon, Gemüse und eingemachtes Fleisch aus Konservendosen. Später teilte Mike die Nachtwache ein und erwähnte, dass sie dann am folgenden Tag abreisen würden.

»Wohin?«, wollte Sani wieder wissen.

»Nach nirgendwo, flussaufwärts«, sagte Mike.

Sani hatte noch nicht so viel Vertrauen in die Gruppe, wie einige von denen in sie. Zumal man ihre Waffen noch unter Verschluss hielt und sie nur ihr Messer tragen durfte. Die halbe Nacht über konnte sie nicht gut schlafen, beobachtete Mike und die anderen und machte sich ihre Gedanken.

Dir ist wohl klar, dass du alleine auf Dauer nicht überleben kannst und dass du dich wohl oder übel einer Gruppe anschließen musst, waren Gedanken, die ihr die halbe Nacht durch den Kopf gingen.

Von allen Gruppen, denen sie begegnet war, war diese wohl die friedfertigste und vertrauenerweckendste. Aber sie wusste aus Erfahrung, dass dies nicht unbedingt so bleiben würde, je nachdem, was der Gruppe auf der Reise ins Unbekannte widerfahren würde.

Am Morgen hatte sie sich dann entschieden, es mit dieser Gruppe zu versuchen. Eine große Auswahl blieb ihr sowieso nicht.

»Hey, Leute«, sagte Mike. »Tragt so viel ins Boot. wie ihr könnt. Paul, du füllst den Tank der *Rio* und check bitte den Motor. Jo und ich gehen noch mal in den Ort.«

»Ich würde gerne mitkommen«, sagte Sani.

»Nein«, sagte Mike misstrauisch. »Ich … Wir kommen schon klar.«

»In meinem Wagen liegen noch ein paar Waffen und Munition und achtzig Liter Treibstoff in Kanistern!«, meinte Sani, verschränkte ihre Arme und sah die beiden genüsslich an. »Die könnt ihr haben, wenn ihr mir ein Ticket verkauft zur Mitfahrt.«

Die Gruppe sah sich gegenseitig an und Leon war der Erste, der kopfnickend zustimmte.

»Also gut«, sagte Mike. »Aber keine Waffe für dich, außer

deinem Messer, bis wir das Gefühl haben, dass wir dir zu hundert Prozent vertrauen können.«

»Geht klar«, sagte Sani. Sie führte die beiden zu der Stelle, an der sie ihren Wagen versteckt hatte. Neben Waffen, Munition und Benzin befanden sich auch zwei kugelsichere Westen sowie Verpflegung für zwei Tage und zwei Erste-Hilfe-Kästen im Wagen. Sie fuhren im Wagen zur Marina zurück. Dort war das Boot bereits größtenteils beladen. Da aber nicht alles reinpasste, hatte Paul ein langes Holzkanu am Boot befestigt, in dem sie den Rest der Nahrungsvorräte verstauten. Paul war mit der Betankung fertig und gab Mike das Zeichen, dass sie bereit zur Abfahrt waren.

»Wie weit kommen wir damit?«, wollte Leon von Paul wissen.

»Na ja, wir sind schwer beladen und es geht flussaufwärts. Wenn wir normal fahren, würd ich mal vierhundert Kilometer tippen. Wenn wir unterwegs vielleicht noch Benzin auftreiben können, könnten wir es bis Wilhelmsbrück schaffen. Das heißt, wenn die Kanäle oben im Norden nicht blockiert sind. Die sind an einigen Stellen recht eng.«

Leon grübelte wieder nach und versank in seinen Gedanken. Die Ungewissheit beunruhigte ihn und er konnte es nicht erwarten, loszufahren. Das Boot in der Mitte des Flusses war so etwas wie das Kloster, umgeben von Mauern aus Wasser. Die Idee gab ihm ein Gefühl der Sicherheit. Als dann alles verstaut und bepackt war, ließen sie die Leinen los und schipperten den Fluss aufwärts Richtung Norden.

– Sternenhimmel –

Vierundzwanzig Stunden später.

Sie merkten, dass sie jetzt in Gebiete kamen, die nicht oder nur teilweise evakuiert worden waren. Überall liefen vereinzelte oder kleine Gruppen von Streunern herum. Wenn sie sich nah am Ufer befanden, gingen sie sogar auf das Boot zu, um dann ins Wasser zu fallen. Leon saß nachdenklich am Heck. Sani setzte sich zu ihm.

»Über was denkst du so viel nach?«, fragte sie neugierig.

Leon sah die ehemalige Polizistin erstaunt an. »Ist das so offensichtlich?«, fragte er und lächelte sie an.

»Na ja«, antwortete Sani. »Ich habe es jedenfalls bemerkt.«

»Wie lange im Voraus wusstest du davon? Ich meine, von der ganzen Sache, den ersten Krankheitsfällen und so?«, fragte Leon.

»Ach«, entgegnete sie und dachte kurz nach.

»So zirka zwei Wochen vor dem Zusammenbruch wurde uns gesagt, dass es da eine rätselhafte Erkrankung gibt und Menschen hohes Fieber bekommen und dann äußerst aggressiv reagieren würden ... Und, dass es ansteckend sein könnte, bei Kontakt mit Infizierten.«

»Ich kann es immer noch nicht glauben, dass wir so versagt haben, wir Ärzte. Ungefähr vier Wochen vor dem Zusammenbruch wurde uns im Institut für Seuchenkontrolle gesagt, dass es eine rätselhafte neue Erkrankung geben würde. Führende Wissenschaftler weltweit hatten schon Alarm geschlagen, doch die Öffentlichkeit interessierte sich offenbar nicht für die Warnungen.«

Ein irres, fast widerwilliges und verzweifeltes Lachen entrang sich seiner Kehle.

»Kollegen aus Sizilien meldeten als Erste in Europa Fälle, wo Patienten an dieser Krankheit starben und dann wieder lebendig wurden. Sie nannten sie Vagabondo, Streuner. Die würden ziellos umherziehen, auf Menschen losgehen und sie beißen und essen. Wir dachten, es wäre ein schlechter Scherz und machten uns lustig über unsere italienischen Freunde. Bis wir ein paar Tage später erstes Bild- und Datenmaterial zu Gesicht bekamen. Wir waren schockiert, obwohl es auch dann noch Wissenschaftler gab, die es als Fälschung abtaten.«

Leon schüttelte ungläubig den Kopf.

»Nur einen Tag später wurde von der WHO globaler Alarm ausgegeben, da die mysteriöse Krankheit an vielen Orten der Welt gleichzeitig festgestellt wurde und die Anzahl der Fälle rasant anstieg. Da war dann auch dem Letzten das Lachen vergangen.«

»Und ihr wisst nicht, was es war?«, fragte Sani neugierig.

»Nein, ich habe so etwas noch nie gesehen. Ich wurde zwei Wochen nach der Entdeckung der Krankheit vom wissenschaftlichen Untersuchungsteam abgezogen und versetzt. Als medizinischer Verantwortlicher für eine Sicherheitszone in der Provinz. Zur Abmahnung für andere Abweichler, weil ich mit der Vorgehensweise meines Chefs nicht einverstanden war.«

Sani bemerkte den sarkastischen Unterton in Leons Worten. »Warum? Was war da los?«

»Mein Chef war mit den Untersuchungsergebnissen meines Teams und meiner Theorie zur Seuche nicht einverstanden, die seiner diametral entgegenstanden. Als ich ihm sagte, dass ich mit meiner Theorie in die Öffentlichkeit gehen würde, wurde ich unter militärische Obhut gestellt. Augenblicklich!«

»Und was hast du herausgefunden?«

»Die Italiener waren die Ersten, die rausfanden, dass man die Verwandlung nur mittels einer Läsion des Gehirns stoppen kann. Amerikaner, Franzosen und Chinesen suchten nach Bakterien oder Viren, um dann ein Gegenmittel zu entwickeln. Briten und Japaner nach Verseuchungen durch atomare oder sonstige Umweltverschmutzungen. Also schlug ich meinem Chef vor, in Richtung Zoonose zu forschen, mit Erregern, die man Prionen nennt. Das sind Proteine, die schwerwiegende pathologische Veränderung hervorbringen und von Tier zu Mensch überspringen können oder umgekehrt. Das ist eine sehr komplexe Materie. Beweise konnte ich in der Kürze der Zeit nicht liefern, sodass mein Chef das alles als pure Spekulation und Zeitverschwendung abtat. Er wollte sich auf herkömmliche Impfstoffe beschränken, die schneller zur Verfügung stehen würden. Ich kann seine Vorgehensweise bis heute nicht verstehen. Er war an sich ein exzellenter Wissenschaftler. Er muss wohl unter sehr starkem politischen Druck gestanden haben.«

»Kann ich verstehen«, sagte Sani. »War bei meinen Chefs nicht anders. Zuletzt kamen nur noch irrwitzige Befehle aus der Hauptstadt, die niemand mehr befolgte.«

»Ja, davon hatten mir Polizisten berichtet. Eigentlich war zu dem Moment schon alles verloren, aber das erkannte ich erst später. Wir sollten alles präparieren für den Test von Impfstoffen und neuen Medikamenten, um die Seuche in den Griff zu bekommen. Aber sie hatte da schon enorme Ausmaße angenommen.«

»Und? Kam was raus dabei?«, fragte Sani.

»Es kam gar nicht dazu«, sagte Leon und zog die Schultern hoch. »Im allgemeinen Chaos, das dann herrschte, kamen die Trucks nicht vom Flughafen zu uns durch. Ihnen ging das Benzin aus, Helikopter und Flugzeuge konnten kaum noch starten. Dann gab die Armee den Befehl zur Evakuierung.«

Leon rieb sich mit den Händen durchs Gesicht und wollte sich eigentlich nicht daran erinnern. Die grausamen Szenen, die er damals mit ansehen musste, holten ihn immer wieder in seinen Alpträumen ein und das reichte ihm schon.

»Man sagte mir, ein anderes medizinisches Team würde die neuen Medikamente bei Infizierten in der Sicherheitszone am Flughafen testen. Ich habe nichts mehr davon gehört. Dann kam der Evakuierungsbefehl für unsere Sicherheitszone. Es standen jedoch nicht genug Transportmittel für alle zur Verfügung. Die Armee wies einige Soldaten an, dort zu bleiben, um die Sicherheitszone zu bewachen, bis sie wieder zurückkehren würden. Da entschied ich mich, dort zu bleiben, um den Menschen zu helfen. Nach dem Abzug der Armee waren die zurückgebliebenen Soldaten die Ersten, die verschwanden. Da hatte ich verstanden; wir hatten verloren.«

»Ist es unheilbar?«, fragte Sani.

»Es bräuchte Monate oder gar Jahre der Forschung, um das herauszufinden. Und selbst dann müssten wir zuerst wieder eine nahezu gleichwertige Infrastruktur aufbauen wie vor der Apokalypse.«

Sani schüttelte den Kopf und sah auf den Fluss hinaus. »Uns wurde nur einen Tag vor dem kompletten Zusammenbruch gesagt, dass alle Infizierten mit Kopfschuss zu töten seien, weil es unheilbar wäre. Das war der letzte Befehl aus dem regionalen Polizeihauptquartier«, erinnerte sich Sani. »Danach kam nichts mehr und der Befehl wurde ignoriert. Die Hälfte der Truppe war eh getürmt. Das ganze Chaos, der Zusammenfall der Befehlsstruktur ... Es war wie in einem schlechten Film.«

»Ja«, grummelte Leon nachdenklich. »Wie in einem schlechten Film ... der kein Ende hat.«

Es wurde langsam Nacht und die Gruppe entschied, auf einer kleinen Insel mitten im Fluss anzuhalten und dort die Nacht zu verbringen. Sie banden das Boot an einem Baum fest und sahen sich auf der kleinen Insel um, ob nicht irgendwo Streuner rumlagen. Paul und Jo nutzten die Gelegenheit, das Boot zu betanken. Mike öffnete gerade eine Konservendose mit Birnenhälften, als sich Mona zu ihm gesellte.

»So, wie du die runterwürgst, scheint dir dein Abendessen wohl nicht zu schmecken?«, stellte sie lächelnd fest.

»Oh Gott, was würde ich nicht alles geben, für einen Teller Spaghetti, scharf gewürzt, mit Meeresfrüchten und einem frischen Salat.« Ein tiefes, verlangendes Brummen entwich seiner Kehle.

»Dazu einen guten italienischen Wein aus der Toskana. Ich kann dieses Konservenfutter nicht mehr sehen.«

Mona lächelte. »Ja, wir müssen auf so vieles verzichten. Aber ich gebe die Hoffnung nicht auf, dass wir einen Ort finden werden, an dem es sich leben lässt. An dem wir wenigstens einige alte Gewohnheiten wiederaufleben lassen können.«

Die Sonne ging auf. Am Westufer liefen ein paar Streuner auf Feldern herum, ansonsten war alles ruhig. Die Gruppe erwachte langsam. Mike drängte schnell zur Weiterfahrt, da sie noch einen langen Weg vor sich hatten. Eine halbe Stunde später waren sie wieder unterwegs. Wolken zogen auf und es sah nach Regen aus. Lisa hatte sich aus Langeweile im Boot umgesehen und in einer Schublade ein Buch gefunden. Machiavellis *Der Fürst*. Sie legte sich hin und blätterte durch das Buch. Eine gute Stunde später kamen sie an der ersten größeren Stadt am Fluss vorbei. Ihnen bot sich ein schauriges Schauspiel. Es musste einen verheerenden Brand gegeben haben, viele Häuser waren abgebrannt.

»Mein Gott, was war denn hier los?«, fragte sich Taina.

»Keine Ahnung, vielleicht eine Gasexplosion?«, meinte Sani.

Man sah Gitter und Stacheldrahtverhaue. Jemand schien versucht zu haben, eine Sicherheitszone zu installieren, aber es war wohl schiefgegangen. Es liefen viele Streuner herum, einige fühlten sich angezogen vom Geräusch des Schiffes, gingen auf die Uferböschung zu und fielen ins Wasser.

»Haltet eure Waffen bereit, man weiß ja nie!«, warnte Mike. Er sah zu Sani rüber und gab Jo sein Einverständnis, ihr ihre Waffen wiederzugeben. Sani nickte dankend und überprüfte das Magazin ihrer MP. Sie kamen am Hafen der Stadt vorbei. Zwei große Transportschiffe waren dort angetaut. Sogar dort liefen Streuner herum. Dann kamen sie an einem Touristenboot vorbei, das gesunken und gekippt war. Am Seitenrumpf sah man ein großes Loch und unzählige kleinere Einschusslöcher. Die weiße Schiffswand war dort pechschwarz. Paul war sich sicher, dass das kein Brand oder Unfall gewesen war.

»Das sieht aus, als wenn das Schiff beschossen wurde«, meinte er.

»Sieh mal auf der anderen Seite«, sagte Taina und zeigte auf einen Schützen- und einen Flakpanzer. Letzterer war wahrscheinlich von der Besatzung aufgegeben worden, der andere musste von irgendetwas getroffen worden sein, denn seine gepanzerte Front wies ein großes Loch auf. Die Gruppe war sprachlos aufgrund dessen, was sie hier sahen. Es musste sich eine große Tragödie abgespielt haben. Eine, die von niemandem mehr erzählt werden konnte. Auf beiden Seiten des

Flusses lagen viele verrottende Körper herum, die zum Teil in Stücke geschossen worden waren. Gleich hinter dem Hafen sahen sie einen riesigen Haufen Kadaver. Hunderte Tote lagen hier willkürlich aufeinandergestapelt, Wind und Wetter ausgesetzt. Myriaden von Fliegen schwirrten herum. Der süßlich-faulige Verwesungsgeruch war derart penetrant und bestialisch, dass Mona sich übergeben musste.

Du wusstest es, dachte sich Leon. *Du wusstest, dass es so enden würde. Und du weißt, dass es keine Hoffnung gibt.*

Dann kamen sie an Bootsstegen vorbei, wo ein paar Schlauch- und Freizeitboote angebunden waren. Das Bootshaus sah intakt aus. Mike wollte anhalten und nachsehen, ob man dort noch was Nützliches finden könnte. Doch die Gruppe stand so unter Anspannung, dass sie hier auf keinen Fall anhalten wollte. Also fuhr Mike notgedrungen weiter. Als sie die Stadt hinter sich gelassen hatten, beruhigten sich die Gemüter wieder. Vergessen konnte jedoch keiner.

Am nächsten Tag kamen sie an einer kleinen Ortschaft vorbei. Eine alte Brücke verband die beiden Flussufer miteinander. Auf der Brücke standen mehrere Fahrzeuge ineinander verkeilt. In der Mitte des Pulks sahen sie einen Krankenwagen.

»Hey«, sagte Mike. »Was haltet ihr davon, wenn wir uns den Krankenwagen näher ansehen? Vielleicht finden wir noch Medizin im Wagen? Könnten wir gut gebrauchen!«

»Gute Idee«, meinte Paul. »Halte hier an. Ich geh es mir ansehen.«

»Nicht alleine, Paul. Ich geh mit«, entgegnete Mike. »Leon würdest du mitgehen, du kennst dich in Sachen Medizin aus.«

»Ich? Äh. Ja, also ...«

Mona mischte sich ein und drückte Leon sanft beiseite. »Ich geh mit. Ich war ja Arzthelferin. Bleib du hier, Leon. Du bist der einzige Arzt an Bord. Wir können nicht riskieren, dass dir etwas geschieht.«

Mona ging an ihm vorbei, zwinkerte ihm zu und Leon war sichtlich erleichtert.

»Also gut«, bestätigte Mike, »dann los.«

Er stoppte den Motor und fuhr nah an die Kaimauer heran, während Paul ausstieg und die Leine des Bootes an einem Pfosten befestigte. Mike half Mona aus dem Boot und sie gingen vorsichtig zur Brücke. Mike zog seine schallgedämpfte Pistole, während Paul und Mona ihre Macheten bereithielten. Als sie am unteren Ende der Brücke waren, kamen zwei Streuner auf sie zugelatscht. Paul machte kurzen Prozess mit ihnen und stach den grässlich aussehenden, wandelnden Toten in den Kopf. Währenddessen beobachtete Sani ihr Vorgehen durch das Zielfernrohr ihrer MP. Als sie den Krankenwagen erreichten, kam wieder ein Untoter auf sie zu. Es musste einmal der Ambulanzfahrer gewesen sein. Sein Funkgerät hing noch an der Tasche seines Einsatzoveralls, der mehrere Einschusslöcher aufwies. Paul hieb ihm mit seiner Machete den Schädel ein. Blut spritzte aus der Wunde und besudelte sein Armee-T-Shirt. Paul fluchte wie ein Hafenarbeiter.

»Pscht. Hört ihr das?«, flüsterte Mike den beiden zu. Sie nickten zurück. Im Wagen musste sich noch ein Streuner befinden. Mike hob seinen Kopf und sah durch das hintere Fenster in den Wagen hinein. Ein Untoter lag im hinteren Teil auf einer Liege. Er krächzte und fauchte und versuchte, aufzustehen, was ihm nicht gelingen konnte; man hatte ihn damals sorgsam angeschnallt. Mike öffnete die Tür und der Untote tobte. Er lag wohl seit damals hier herum und hatte nie einen Bissen Frischfleisch genießen können. Gierig fauchte er

Mike an. Doch dieser zeigte Erbarmen und beendete das untote Dasein mit einem Stich seines Messers in den Kopf. Austretendes Blut verteilte sich auf dem Kopfkissen und tropfte langsam zu Boden.

»Alles klar, Mona.«

Mona stieg ein und steckte sich allerlei Nützliches in ihren Rucksack. Paul beobachtete währenddessen Streuner, die einige Meter vor dem Ambulanzwagen ziellos auf der Brücke herumliefen. Sie hatten die drei Lebenden wahrscheinlich noch nicht bemerkt. Als Mona fertig war, stieg Mike aus dem Wagen und reichte ihr die Hand, um ihr rauszuhelfen. Mona erschrak. Von der anderen Seite hatte sich ein Untoter genähert – und niemand hatte ihn bemerkt. Er fauchte und wollte Mike in den Nacken beißen. Ein Schuss hallte durch die Luft. Der Kopf des Streuners platzte auf und besudelte Mikes Jacke, der sich vor Schreck den Kopf an der Tür stieß. Der Schuss hatte die anderen Streuner auf sie aufmerksam gemacht, sodass die drei zusahen, schnell von der Brücke zu verschwinden.

»Los, schnell ins Boot«, forderte er Paul und Mona auf. Mike kappte die Leine und Jo gab Gas und bewegte das Boot unter der Brücke hindurch in die Mitte des Flusses. Sie waren gerade erst unter der Brücke hindurch, da klatschte etwas auf die Wasseroberfläche. Der Körper eines Untoten hatte sie nur um Zentimeter verfehlt.

Mike fasste sich an den Kopf und sah zu Sani hinüber. »Danke.«

»Das war knapp. Meine Güte«, entgegnete Sani erleichtert und nickte Mike zu. Währenddessen sah sich Mona Mikes Kopf an.

»Halb so wild, mein Guter. Nur eine Beule. Das wird schon wieder«, sagte sie. Mike nickte dankbar.

Zwei weitere Tage fuhren sie ohne größere Probleme flussaufwärts, und überall dort, wo sie an Städten vorbeikamen, bot sich ihnen dasselbe traurige Schauspiel. Lisa hatte sich an das vordere Deck gesetzt und blätterte durch ihr Buch, als sich jemand zu ihr setzte.

»Na, Liebes, wie geht es dir?«, fragte Micki die junge Frau.

»Wie soll es einem schon gehen in so einer Welt? Ich hab die Schnauze voll. Ich wünschte, alles wäre wieder wie vorher. Ich vermisse meine Freunde, Partys, das Modeln, Shopping … Du etwa nicht?«

»Weißt du, ich weiß nicht einmal, wo meine Eltern und Freunde sind. Ob sie noch leben? Und ich versuche, mir keine Gedanken darüber zu machen, geschweige denn, es mir vorzustellen. Ich glaube, ich würde sonst langsam verrückt werden. Mir bleiben nur Jo, du und die anderen. Ihr seid jetzt meine Freunde und meine Familie«, versuchte Micki sie aufzumuntern und nahm sie tröstend in die Arme.

Am nächsten Tag näherten sie sich einer Flussgabelung bei einer kleinen Stadt. Mike sah nachdenklich auf die Karte und entschied sich, rechts in nordwestlicher Richtung an der Stadt vorbeizufahren.

»Wieso nimmst du den schmaleren Flussarm? Dann müssen wir später durch enge Kanäle fahren und die könnten blockiert sein. Bleib doch auf dem breiteren Teil des Flusses«, schlug Paul vor.

»Nein, lieber nicht«, entgegnete Mike. »Die andere Richtung führt uns später an zwei Metropolen vorbei und das will ich auf jeden Fall vermeiden. Mir ist da gerade was eingefallen: Ich habe die letzten Radiomeldungen von dort noch in vager Erinnerung. Der Nachrichtensprecher sprach damals von der *Hölle auf Erden*.«

Paul nickte nachdenklich und sah sich die Karte genauer an. Dieser Flussarm würde sich später immer weiter verengen und in einen künstlichen Kanal münden, der sie dann schnurstracks geradeaus in nordöstlicher Richtung zur Jadebucht bei Wilhelmsbrück führen würde. Das wiederum würde ihnen einen Fußmarsch ersparen, aber er zweifelte trotzdem an dieser Entscheidung. Jo kam auf ihn zu und klopfte ihm auf die Schulter.

»Hey, ihr beiden, wie weit noch bis …«.

Es zischte und knackte. Kugeln schwirrten durch die Luft und schlugen in der Bordwand und im Boot ein.

»… Verdammt«, schrie Jo. »Was ist denn jetzt …«

»Hinlegen!«, schrie Sani. »Hinter uns!«

Jo sprang ans Heck des Bootes und bückte sich. Hinter ihnen jagten zwei Zodiaks her, in denen je drei Mann saßen und auf ihr Boot schossen. Wieder klatschten überall Kugeln ins Wasser, surrten über ihre Köpfe hinweg oder trafen das Boot.

»Was zum Teufel soll das denn jetzt?«, schrie Jo.

Er und Sani nahmen ihre Waffen und schossen gezielt zurück. Mike, der am Steuer saß, gab Vollgas, doch die leichteren Festrumpfschlauchboote waren schneller und kamen gefährlich näher.

»Jo, mach das Kanu los!«, schrie er ihn an.

»Was soll ich?«

»Kapp das Seil, das Kanu bremst uns aus!«

»Hast du geraucht? Da ist über die Hälfte unserer …«

Taina war bereits mit einer Machete zu Jo gesprungen und hieb mit einem kräftigen Schlag auf das Seil ein. Eines der beiden Verfolgerboote verlangsamte seine Fahrt und fuhr auf das Kanu zu. Das andere fuhr weiter auf die *Rio* zu und die Besatzungsmitglieder schossen wieder auf das Boot, das am Heck

schon wie ein Schweizer Käse aussah. Mona und Nicki hatten Jo und Sani die Panzerwesten zugeworfen, die sie zu ihrem Schutz an der Heckwand platzierten. Sie schossen zurück.

»Mike, die kommen immer näher!«, schrie Jo ihm zu.

An der Silhouette einer Waffe erkannte Sani, wie einer der Männer ein Dragunov Scharfschützengewehr anlegte und durch das Zielfernrohr der Waffe blickte. Die Zielgenauigkeit dieser Waffe auf kurze Distanz war ihr noch aus ihrer Ausbildung bekannt. Sie drückte ihr Sturmgewehr fest gegen die Schulter und sah durch das Zielfernrohr. Ihr Finger suchte zielsicher den Abzug für einen gezielten Schuss. Dann rutschte sie jedoch weg, als sie abdrückte. Mike hatte schnell auf Jos Warnung reagiert und fing an, hin- und her-zufahren, damit der Verfolger nicht an der *Rio* vorbeifahren und das Boot von der Seite beschießen konnten.

»Mist«, fluchte Sani. »Das ging wohl daneben.«

Auch Taina und Paul waren jetzt hinten im Boot und feuerten auf die Verfolger, die aufgrund dessen ihren Abstand vergrößerten, aber weiter auf sie schossen. Sani fiel das Blut auf ihrem T-Shirt auf und fasste sich an die Schulter.

»Hahaaa!«, rief Mike, als er zurücksah. »Denen haben wir es gegeben!«

In dem Moment zischte eine Kugel in die Kabine und prallte an der Innenwand ab. Der Querschläger flog an Mikes Wange vorbei und hinterließ eine blutende Wunde in seinem erschrockenen Gesicht.

Er wollte das Boot wieder auf einen geraden Kurs bringen, hatte aber nicht gemerkt, dass er gefährlich nah ans Ufer gekommen war. Dort lagen große Steine genau unterhalb der Wasseroberfläche. In dem Moment, als er wieder in die Flussmitte rübersteuern wollte, schlug das Boot auf einen dicken Stein auf und die Rio wurde über die Uferböschung geschleudert. Sie flog über einen Uferweg im hohen Bogen hinweg und schlug hart auf einem Feld neben dem Fluss auf. Die Rio glitt mehrere Meter durch das Feld auf einen angrenzenden Wald zu, brach durch kleine Bäume und Gestrüpp und knallte mit dem Bug gegen einen dicken Baumstamm. Die Spitze des Bugs zersprengte den Baum in zwei Teile.

Alle lagen durcheinander, einer über dem anderen, und stöhnten vor Schmerzen. Jo war als Erster wieder auf den Beinen.

»Uuuh ... Houston, die *Rio* ist gelandet«, grummelte er. Er sah, wie Sani sich wieder an die Schulter fasste und Blut an den Händen hatte.

»Bist du verletzt?«, fragte er sie.

»Nein ... ich glaube nicht«, erwiderte sie verstört.

Mike hielt sich den Kopf und die Wunde an der Wange brannte wie Feuer. »Alles klar, irgendjemand verletzt?«

Er hatte kaum ausgesprochen, da flogen wieder Kugeln durchs Gestrüpp in den Wald, schlugen in der *Rio* ein oder zischten über ihre Köpfe hinweg.

»Scheiße, raus aus dem Boot! Verteilt euch und schießt zurück!«

Das Gegenfeuer war den Verfolgern offensichtlich doch zu stark, denn sie zogen sich hinter die Uferböschung zurück, sprangen in ihr Boot und fuhren wieder flussabwärts.

Alle brauchten eine Weile, um zu sich zu kommen. Mike sah nach seinen Freunden, als ihm auffiel, dass Paul nicht da war.

»Wo ist Paul? Paul? Paaauuul?«, schrie er. Die Gruppe sah sich um.

»Da, dort im Feld, da liegt er«, rief Taina, die ihn als Erste erblickt hatte.

»Paul«, sagte Mike, »Nein ... Scheiße, Scheiße!«

Leon sah sich Paul an und stellte eine Schusswunde in der Brust mit Austritt am Rücken fest. Er machte ein ernstes Gesicht.

»Taina, Micki, holt mir eine Decke oder etwas, womit wir ihn zum Boot transportieren können. Mona, such mir meine Tasche. Schnell!«, rief Leon hastig.

Paul öffnete seine Augen. »Argh, Leon, mich … hats …«

»Pssscht Paul, keine Anstrengungen«, sagte Leon leise. »Das kriegen wir schon hin.«

»Ich … Ich … spüre meine … Beine nicht«, stammelte er.

»Mach dir keine Sorgen, Alter, das kriegen wir hin«, versuchte Leon ihn zu beruhigen. Er bemerkte, dass Paul die Augen verdrehte und drohte, wieder in Ohnmacht zu fallen.

»Nein, nein, Paul. Bleib bei mir, hörst du, bleib bei mir«, sagte er und tätschelte ihm die Wange.

Taina und Micki kamen mit einer Decke angerannt. Mike und Jo hoben Paul sehr vorsichtig darauf und trugen ihn zurück zum Boot. Mona hatte Leons Tasche gefunden. Der Arzt versorgte zuerst Pauls Schusswunde und stellte fest, dass die Austrittswunde am Rücken im Bereich der Wirbelsäule lag. Wahrscheinlich hatte er eine Verletzung des Rückgrats erlitten und konnte deshalb seine Beine nicht mehr spüren. Das ganze Spektakel hatte ein paar Streuner angelockt und die Frauen kümmerten sich um die Störenfriede. Nach einer Weile hatte Leon die Blutung gestoppt. Paul fiel immer wieder in Ohnmacht und wurde dann wieder wach und halluzinierte. Mona kümmerte sich derweil um Mikes schmerzende Wunde an der Wange. Er bedankte sich und zog Leon beiseite.

»Wie steht es um ihn, Leon?«, fragte er.

»Nicht gut«, sagte Leon. »Wenn sein Rückenmark verletzt ist, kann ich hier nichts für ihn tun. Er hat viel Blut verloren.«

Mike war bedrückt, Paul war ein guter Freund geworden und Mike begann, an seiner Entscheidung zu zweifeln, das Kloster verlassen zu haben. Sie hatten Menschen töten müssen, hatten Freunde verloren. Das war so nicht geplant gewesen.

Es war Nacht geworden. Paul wurde kalt und sie deckten ihn mit Kleidungsstücken zu. Es schien ihm besser zu gehen. Leon saß neben ihm und machte gute Miene zum bösen Spiel. Mike setzte sich neben Paul.

»Hey Mike, s… sorry, dass ich euch … aufhalte.«

»Was redest du da, Paul?«, sagte Mike ruhig. »Das ist doch nicht deine Schuld gewesen.«

»Es ist … die Schuld der … Zeit … in der wir jetzt leben«, stammelte Paul und musste husten, was ihm Schmerzen bereitete.

»Ja Paul, das ist es«, stimmte Mike zu. Während die anderen still zuhörten, sprachen Mike und Paul eine Weile über die gemeinsame Zeit.

»Weißt du, Mike«, stotterte Paul immer wieder nach Luft schnappend, »seit alles den Bach … runterging, sieht man den funkelnden Sternenhimmel wieder … Sie leuchten so hell … so schön. Ich … habe mich immer gefragt … ob es da noch jemanden … gibt, da draußen, der ihn … auch sehen kann.«

Mike nahm Pauls kalte Hand und bemerkte die rotblauen Verfärbungen an seinen Fingerspitzen. Er sah einen Augenblick lang zum Firmament hoch. Ihm lief eine Träne aus dem rechten Auge. »Weißt du«, sagte er zu Paul, »ich habe da so ein Gefühl. Wir werden noch Überlebende finden. Welche, die so sind wie wir. Was für einen Sinn würde das ganze sonst noch haben? Nein, eines Tages werden wir es erleben. Und du wirst dabei sein, Paul.«

Paul antwortete nicht. Mike sah auf seinen Freund und dessen Händedruck lies merklich nach. Paul sah hinauf in den leuchtenden Sternenhimmel. Sein Gesicht verzog sich langsam zu einem Lächeln. Er lag ganz entspannt da und sah hoch, als ob er tagträumen würde. So, als könnte er auf der Sternschnuppe, die gerade über ihren Köpfen ihre Bahn am Firmament zog, im Universum umherschweifen. Alle weinten still. Mike sah wieder zum Himmel hoch und wünschte seinem Freund in Gedanken ewigen Frieden. Nach einer Weile schloss Leon Pauls Augen, nahm ein Messer und verhinderte die Verwandlung.

Jo stieg ins Boot, nahm zwei Klappschaufeln und reichte Mike eine davon. »Er hat es verdient.«

An einer dicken Eiche, ein paar Meter vom Boot entfernt, hoben sie ein Grab aus und legten Paul hinein. Taina und Micki ritzten ein *P* in den Baumstamm. Die Stimmung war wieder auf dem Nullpunkt, als sie sich in aller Stille ehrfürchtig von Paul verabschiedeten.

Es wurde heller am Horizont, die Sonne würde gleich aufgehen. Geschlafen hatte niemand, nur Lisa war in den Armen ihres Vaters kurz eingenickt. Mike und Jo hatten alles Nützliche aus dem Boot mitgenommen. Aber sie wussten, dass sie nicht alles mitnehmen konnten. Sie hatten für jeden einen Rucksack mit Vorräten und ein bisschen Munition präpariert.

»Jo, Leon. Helft mir mal. Wir schleppen alles, was wir hierlassen, da drüben hin und vergraben es. Wenn wir ein Fahrzeug finden, kommen wir zurück und holen es.«

Die beiden nickten und wollten gerade die Klappschaufeln holen, als Taina Mike zu sich rief.

»Mike«, rief sie, »komm schnell, sieh mal.«

Sie zeigte auf den Weg am Fluss. Am anderen Ende des Weges standen ein paar Baumgruppen. Vier Lichter waren dazwischen zu sehen und sie kamen schnell näher.

»Verdammt«, schrie er, »das sind Fahrzeuge, die kommen zurück, wir müssen weg, schnell.«

Sie packten hastig die Rucksäcke, nahmen ihre Waffen und liefen in den Wald.

»Und die Vorräte?«, fragte Jo.

»Keine Zeit, Jo, weg hier. Jetzt.«

Sie liefen hastig durch den Wald. Mike blieb hinter den anderen und versuchte, die Spuren zu verwischen.

Die Fahrzeuge näherten sich der Stelle, an der die *Rio* ihren Unfall hatte. Ein glatzköpfiger Mann mit langem Bart stieg aus, nahm sein Fernglas und beobachtete die Umgebung. Er pfiff und ein heruntergekommen aussehender Mann aus dem zweiten Wagen gesellte sich zu ihm.

»Deine Aufgabe war es, den Flusslauf im Auge zu behalten. Wie konnten die an euch vorbeikommen?«

»Wir hatten uns gerade etwas zu essen gemacht und die wohl übersehen, Boss«, stammelte der heruntergekommene Mann und sein nach Alkohol riechender Atem verriet, um was für eine Nahrungszufuhr es sich gehandelt hatte.

»Nimm deine Männer und fahr nach Norden. Die sind sicher unterwegs zur nächsten Stadt. Finde sie und bring sie mir. Lebend! Und diesmal keine Fehler.«

»Ja, Boss.« Der Mann kratzte sich am Schritt, bestieg das Fahrzeug und raste los. Der Glatzkopf befahl seinen Männern auszusteigen.

»Durchsucht alles und nehmt mit, was wir gebrauchen können. Dann hauen wir hier ab.«

»Boss, ich habe gerade eine Funkmeldung bekommen.

Der Bootsführer, der bei der Schießerei verletzt wurde, ist gestorben.«

Na wartet, wenn ich euch in die Finger bekomme, dachte der Glatzköpfige und verzog sein Gesicht zu einer bösen Fratze.

Nach einer ganzen Weile kamen Mike und die Gruppe an den Waldrand. Vor ihnen eröffnete sich ein weites, fast flaches Ackerland, zumindest war es das früher einmal gewesen. Streuner waren nicht viele zu sehen.

»Mist, verdammter«, fluchte Jo. »Hier kann man uns ja kilometerweit sehen.«

»Jo«, sagte Mike, »die Karte, lass mal sehen.« Nach einem kurzen, grübelnden Blick richtete er sich wieder an seinen Begleiter: »Okay, wenn ich mich nicht irre, müssten wir ungefähr hier sein«, und zeigte auf einen Ort auf der Karte.

»Dann müssten wir in der Nähe dieser Kleinstadt sein. Wenn wir über diese Hügelkuppe dort drüben gehen, müssten wir sie schon sehen.«

Alle waren bereit zum Abmarsch, doch Pepe fragte, ob sie das Tempo verlangsamen könnten, da er und Lisa müde seien. Ihnen schmerzten die Beinmuskeln vom vielen Laufen und ihre ausgezehrten Gesichter sprachen Bände. Pepe taten zudem Schultern und Rücken weh wegen des schweren Rucksacks. Er hatte Lisa das Tragen erleichtert, indem er Konserven aus ihrem in seinen Rucksack gepackt hatte.

»Wir bleiben beisammen und gehen so schnell, wie wir können, okay?«, forderte Mike und dann setzten sie ihren Marsch fort. Als sie auf der Hügelkuppe ankamen, sahen sie den Stadtrand schon in der Ferne. Mike nahm seinen Feldstecher raus.

»Viel ist nicht zu erkennen, aber wir müssen schnell dahin, damit wir in Deckung sind, falls diese Kerle weiter nach uns suchen.«

Mike drängte die Gruppe dazu, sich so schnell wie möglich in Richtung der Stadt fortzubewegen. Als sie am Stadtrand ankamen, sahen sie eine größere Anzahl von Streunern, die in den Straßen herumliefen. Die Überlebenden aus dem Kloster bewegten sich an den Rückseiten der Häuser entlang langsam vorwärts, um so wenig Aufsehen wie möglich zu erregen. Sie kamen an einem Haus vorbei, auf das neben der Balkontür das Wort Sauber gemalt worden war. Mike ging zur Tür und versuchte, sie zu öffnen, doch sie war verschlossen. Er nahm seine Klappschaufel, stach sie zwischen Tür und Rahmen durch und brach den Eingang nach kurzer Zeit auf. Sie gingen schnell hinein, aber achteten auf mögliche Streunergeräusche. Das Haus war leergeräumt. Sie betraten das Wohnzimmer, ließen ihre Rucksäcke auf den Boden fallen und setzten sich erschöpft hin.

Mike sah zwischen den vergilbten Vorhängen hinaus auf die Straße. Ein paar Streuner gingen ziellos ihres Weges. Es war ruhig. Auf der anderen Straßenseite war ein kleiner Parkplatz, auf dem ein Auto stand. Jemand hatte alles abgeschraubt, was noch zu gebrauchen war. Daneben stand eine hölzerne Pinnwand, an der viele Zettel mit Suchmeldungen von vermissten Personen angebracht waren. Mike sah weiter die Straße runter, um vielleicht eine Transportmöglichkeit zu entdecken, als er das Herannahen eines Fahrzeugs bemerkte. Er bückte sich schnell.

»Ruhig, kein Wort. Da kommt jemand«, warnte er die anderen.

»Kommen wir denn nie aus der Scheiße raus«, flüsterte Jo ärgerlich.

Mike hielt warnend seinen Finger vor den Mund. »Pssst.« Das Fahrzeug, ein ehemaliger Mannschaftswagen der Feuerwehr, der mit Maschendraht an den Fenstern versehen war, blieb vor dem Haus stehen und sechs Männer stiegen aus. Mike sah, dass zwei von ihnen mit Sturmgewehren bewaffnet waren, die anderen hielten Äxte und Macheten bereit. Einer trug einen Bogen und einen Köcher mit Pfeilen bei sich. Alle waren mit diversen Teilen von Schutzbekleidungen aus Armee- und Polizeibeständen bekleidet, die zusätzlich mit selbstangefertigten Lederpolstern zu einer Art Rüstung zusammengeschustert waren. Einer der Männer, ein großer Kerl mit kurz geschorenen Haaren und glattrasiertem, gepflegt aussehendem Gesicht, der wohl der Anführer war, gab den anderen den Befehl, sich um die Streuner zu kümmern, die dort rumschlurften. Währenddessen stellte er sich breitbeinig in die Mitte der Straße, wie John Wayne in seinen legendären Filmen. Er zog sich eine Schachtel Zigaretten aus der Hemdtasche, steckte sich eine Kippe daraus in den Mund und fing sie an. Die Männer hatten kaum die Streuner erledigt, da hörte Mike ein weiteres Fahrzeug kommen, das die Straße hochkam und auf die Gruppe vor dem Haus zufuhr. Die Männer vor dem Haus stellten sich in eine Reihe und hielten ihre Waffen bereit, während der Anführer einen tiefen Zug an seiner Zigarette nahm und genüsslich inhalierte. Der Bogenschütze nahm einen Pfeil und legte ihn auf die Sehne, bereit zum Schuss. Als der zweite Wagen ankam, blieb er gut zehn Meter vor John Wayne stehen. Einige Personen stiegen aus und stellten sich ihrerseits in einer Linie auf.

»Hallo, ihr Ratten. Was führt euch zu uns?«, fragte John Wayne mit unfreundlichem Ton, warf seine Zigarette zu Boden und trat sie aus.

»Wir sind auf der Durchreise«, antwortete der Anführer der anderen Gruppe hochnäsig und spuckte auf den Boden.

»Nett«, entgegnete der John-Wayne-Typ. »Und wir auf Grenzkontrolle. Hier ist die Grenze. Und deshalb ist eure Reise hier zu Ende. Und jetzt macht ihr schön kehrt und fahrt zurück in euer Rattenloch, wo ihr hingehört.«

Dabei zeigte er mit der Hand in die Richtung, aus der die anderen gekommen waren. Der Anführer der zweiten Gruppe sah sich prüfend um.

»Wir sind auf der Suche nach einer Gruppe von Leuten, die einen von uns auf dem Gewissen haben.«

»Nun«, sagte John Wayne verächtlich, »da hatten die bestimmt ihre guten Gründe für, so, wie ich euch kenne. Aber hier ist niemand vorbeigekommen. Und ihr wisst, dass wir es nicht dulden, dass jemand ungefragt unser Gebiet durchquert.«

»Ja. Und ich hoffe, dass das stimmt, denn falls wir rausfinden, dass ihr uns belogen habt, wird das Konsequenzen haben«, drohte ihm sein Gegenüber und kratzte sich am Schritt.

»Hasta la vista, ihr Rattenpack«, sagte John Wayne und deutete damit an, dass die Unterhaltung beendet war. Die zweite Gruppe stieg wieder in ihren Wagen, drehte und fuhr weg in die Richtung, aus der sie gekommen war.

John Wayne sah ihnen noch eine Weile nach und blickte dann mürrisch in Richtung des Hauses, in dem sich Mikes Gruppe befand. Mike hatte das Geschehen hinter dem Vorhang beobachtet. Als der Kerl verkniffen zu ihm rüber sah, wusste der Jäger sofort, dass sie entdeckt worden waren, und im selben Moment knallte es. Vier bewaffnete Männer kamen durch die Balkontür hineingestürmt und schrien: »Waffen weg, hinlegen, sofort! *Sofort!*«

Mike gab seiner Gruppe ein bestätigendes Zeichen und

alle legten ihre Waffen nieder und hoben die Hände. Jemand trat die Vordertür ein und sagte: »Ihr vier haltet Ausschau nach Streunern, du kommst mit mir.«

Der John-Wayne-Typ trat ins Wohnzimmer. »Na, wen haben wir denn hier? Ich hoffe, dass hier keine illegale Party stattfindet, zu der wir unfreundlicherweise nicht eingeladen worden sind?« Mikes Gruppe schwieg.

»Okay«, sagte er genervt, »Schweigen ist manchmal Gold, aber nicht in diesem Fall.«

Jetzt schrie er in einem aggressiven Ton: »Wer zum Teufel seid ihr Missgeburten und was wollt ihr hier!?«

Leon sah zu ihm auf. »Entschuldigung, aber wir sind vor denen da draußen weggelaufen, sie haben uns überfallen und einen von uns getötet. Ich möchte Ihnen danken, dass Sie die weggeschickt haben.«

»Ach ja, ist das so?«, sagte John Wayne ungläubig. »Ist das so? Wie auch immer, ihr seid illegal in unser Territorium eingedrungen, hier existiert ein Rechtsstaat – und wer dagegen verstößt, muss mit Konsequenzen rechnen.«

»Entschuldigung«, erwiderte Leon. »Wir wussten nicht, dass ...«

»Schnauze«, fuhr der John-Wayne-Typ Leon an. »Wir reden später.«

Er drehte sich zu einem seiner Männer um und befahl ihm, den Lkw zu holen. Dann sah er wieder Leon an. »Auf Grund der aktuellen Rechtslage seid ihr verhaftet, wir werden euch in unser Lager bringen. Und euer ganzer Krempel hier ist beschlagnahmt.«

»Aufgrund welcher Rechtslage?«, fragte Mike verärgert.

Der John-Wayne-Typ sah zu ihm rüber und antwortete ihm grimmig: »Aufgrund der Rechtslage des Stärkeren, du Vollpfosten!«

– Hoch hinaus –

Nachdem man sie gefesselt und auf einen offenen Lkw geladen hatte, stülpte man ihnen Tüten über die Köpfe. Sie fuhren eine gefühlte halbe Stunde in der Gegend herum, bis der Lkw ruckartig wieder anhielt. Mikes Gruppe wurde in ein Gebäude gebracht, in dem es nach frisch geschnittenem Holz roch. Dort befand sich ein größeres, fensterloses Zimmer mit nur einer Tür. Man band sie los, stellte ihnen Wasser in einem durchsichtigen Plastikkanister hin und warnte sie davor, Dummheiten zu begehen. Dann wurde die Tür verschlossen. Der Raum war nur ein wenig durch das fahle Licht beleuchtet, das sich seinen Weg durch ein paar Mauerritzen bahnte.

Mike sah durch einen Türschlitz und versuchte herauszufinden, was draußen vor sich ging. Die Geräusche, die von dort kamen, schienen darauf hinzuweisen, dass sie sich in einer Art Lagerhalle befanden. Entfernt konnte er das Gurgeln von Streunern wahrnehmen. Als sich Schritte der Tür näherten, entfernte sich Mike wieder von ihr. Die Tür öffnete sich und vier Männer kamen herein. Einer zeigte auf Leon. »Du, alter Mann, mitkommen.«

»Wo bringt ihr ihn hin, was habt ihr vor?«, fragte Mike nach.

»Ruhe, ihr kommt auch noch dran«, antwortete einer der Männer. Sie nahmen Leon an den Armen und führten ihn weg. Die Tür schloss sich wieder.

Leon sah, dass sie sich in einer großen Halle befanden, es war eine ehemalige Schreinerei gewesen. Überall lagen frische Sägespäne auf dem Boden herum. An einer Holzwand bei den Werkbänken hingen Äxte, Hobel und Sägen; und Schleifpapier lag auf den Bänken. Hier wurde also noch aktiv gearbeitet.

Man führte Leon in ein kleines Büro. Dort befanden sich neben zwei einfachen Stühlen, die sich gegenüberstanden, noch ein paar Kisten mit Pfeilen und unbespannten Bögen. Auf einem Stuhl saß dieser John-Wayne-Typ. Die Männer zwangen Leon, sich auf den anderen Stuhl zu setzen und postierten sich hinter ihm.

»Also, Freund, ich bin nicht zum Spaßen aufgelegt. Ich habe Fragen und ich will Antworten. Wer seid ihr? Von wo kommt ihr? Und was wollt ihr hier? Außerdem will ich wissen, was ihr mit dem Rattenpack zu tun habt, das euch an die Eier wollte.«

»Also«, stammelte Leon, »ich äh ... Wir waren in einem Kloster und die Armee sollte uns dort evakuieren. Aber niemand kam. Also sind wir auf eigene Faust los, da wir dort nicht weiter hätten überleben können.«

»Was wollt ihr hier?«

»Einige von uns haben gehört, dass die Regierung nach Wilhelmsbrück evakuiert wurde. Da wollten wir hin. Vielleicht gibt es dort eine sichere Zone. Aber dann wurden wir von diesen Männern beschossen. Das sagte ich ihnen ja schon. Wir haben nichts mit denen zu tun, wir wissen nicht einmal, wer die sind.«

»Regierung!? Ja, hahaha. Ja, genau.« Der Anführer sah Leon an und sein Blick verriet, dass er ihm nicht glaubte.

»Irgendwo muss es doch eine sichere Zone geben, wir wollen nur überleben.«

Leon versuchte, dem Mann zu imponieren, um ihn davon abzuhalten, ihm oder der Gruppe etwas Böses anzutun.

»Ich bin Arzt, ich habe Forschungen über diese Seuche betrieben. Ich war bei der SKB, der ehemaligen Seuchenkontrollbehörde.«

Der Anführer sah ihn mehrere Sekunden wortlos an. Leon kam sein prüfender Blick endlos vor und er wusste nicht, wie er reagieren sollte. Ein dumpfes Gefühl der Angst breitete sich in seiner Magengegend aus und Schweißtropfen bildeten sich auf seiner Stirn.

»Warum wurde eine dieser Ratten getötet? Oder wart ihr das etwa nicht?«, fragte der Anführer.

»Wie ich es sagte: Sie überfielen und schossen auf uns«, antwortete Leon und wischte sich den Schweiß von der Stirn. »Einer von uns wurde verletzt und ist gestorben. Wir haben nur zurückgeschossen. Ich weiß nicht, ob einer von denen verletzt oder getötet wurde. Wir haben unseren Freund begraben und sind dann schnell weg.«

John Wayne fixierte Leon einen Augenblick lang misstrauisch. Er überlegte sichtlich, was er von der Geschichte halten sollte, und wandte sich an die beiden Bewacher: »Abführen.«

Sie nahmen Leon mit, schmissen ihn zu den anderen in den Raum und schlossen die Tür wieder. Mike löcherte Leon mit Fragen. Er wollte unbedingt in Erfahrung bringen, was sie von ihm gewollt hatten.

»Sie wollten nur wissen, wer wir sind und von wo wir kommen.«

Plötzlich wurde es hektisch in der Halle. Mike stand auf und ging zur Tür, lehnte sein Ohr an die Tür, um zu hören, was draußen vor sich ging. Er hörte ein paar Männer vorbeigehen und sagen, dass sie die Streuner am Tor beseitigen müssten, weil sie das Lager verlassen würden. Dann hörte er denselben Mann sagen: »Macht die Gefangenen fertig für den Transport.«

Mike ging von der Tür weg, als er hörte, dass sich jemand am Riegel zu schaffen machte. Die Tür wurde geöffnet und mehrere Männer kamen herein.

»Ihr werdet uns jetzt folgen, und keine Dummheiten. Wer nicht spurt, wird vor die Streuner geworfen.«

»Wo bringt ihr uns hin?«, fragte Taina barsch.

»Keine Fragen, Schätzchen.«

Sie mussten wieder auf den Lkw steigen. Die Männer zogen ihnen Tüten über den Kopf, fesselten sie aber nicht mehr. »Wir werden eine Weile unterwegs sein, behaltet die Tüten auf euren Köpfen. Wer nicht spurt, bekommt Probleme. Es ist nur zu eurem Besten.«

Die Fahrt dauerte wieder eine gefühlte Ewigkeit. Sie fuhren über Straßen und holprige Nebenwege. Es fiel ihnen schwer, unter den Tüten zu atmen und andauernd stießen sie aufgrund der unebenen Straßen mit ihren Schultern gegeneinander. Dann blieben sie irgendwann stehen und bemerkten sofort die Erleichterung und fröhliche Stimmung bei ihren Bewachern.

Sie befahlen der Gruppe abzusteigen, aber die Tüten auf dem Kopf zu behalten, bis sie in ihrem neuen Zuhause ankämen. Im Gänsemarsch wurden sie abgeführt, wobei jeder eine Hand auf die Schulter des anderen legen musste. Ein Gitter öffnete sich, alle mussten in einen Raum und das Gitter schloss sich wieder. Dann spürten sie plötzlich einen Ruck und stellten fest, dass sie in einem Aufzug waren. Je länger der Aufzug nach oben fuhr, desto kälter wurde es. Der Aufzug stoppte und sie wurden hinausgeführt. Der Wind blies stark. Sie wurden wieder in einen Raum geführt und man zog ihnen die Tüten vom Kopf. Die Männer verließen den Raum und die Tür wurde verschlossen.

Die Wände des Raumes waren mit Wolldecken verhangen, doch der Wind blies hinein und brachte die Decken zum Tanzen. Auf dem Boden lagen Matratzen und zusätzliche Wolldecken. In einer Ecke stand ein großer Plastikbehälter, der mit Wasser gefüllt war. An einer Seite des Raums war ein kleines quadratisches Fenster angebracht, das jedoch von einer Wolldecke verhangen war. Mike riss die Decke von der Mauer und staunte nicht schlecht. Die Wände des Raumes bestanden aus einfachen, horizontal aneinander genagelten Holzpaletten, an dessen Außenseiten man Verschalungsbretter angebracht hatte. Eine einfache Baubude, in der vor der Apokalypse Zement, Gips oder Werkzeuge gelagert worden waren, um sie vor dem Regen zu schützen. Das Fenster war mit einem Eisengitter versehen. Als er raus sah, stockte ihm der Atem. Sie befanden sich irgendwo auf dem obersten Stock eines hohen Gebäudes. Das ganze Gelände, soweit er es einsehen konnte, schien eine riesige Baustelle gewesen zu sein. Es standen zwei große Kräne an der Seite des Gebäudes und er konnte eine Umzäunung sehen, die das ganze Gelände umgab. Dahinter erstreckte sich eine schmale Grasfläche bis zu einem angrenzenden Wald, der fast das ganze Gelände umgab.

Sehr clever, dachte Mike, *von hier oben kann man nicht so einfach abhauen.*

In nördlicher Richtung schlängelte sich eine Straße zu einer Großstadt, die schätzungsweise drei Kilometer entfernt lag. Dahinter konnte man eine Bucht und das Meer leuchten sehen. Es fing langsam an, zu regnen und dunkel zu werden. Die Gruppe wickelte sich in die kratzigen Wolldecken ein, da es merklich kalt wurde. Sie schliefen erschöpft ein.

Am nächsten Morgen kamen Wachen und holten Leon, führten ihn zum Aufzug und fuhren in den vierten Stock runter. Dort brachten sie ihn in einen großen Raum. Es standen ein paar nicht zusammenpassende Möbel und ein Bett dort, eine Tür führte zu einem großen Balkon, von dem aus man eine gute Übersicht über das Gelände und auf die Großstadt hatte. Draußen übte sich ein Mann barfuß im Stockkampf. Er trug nur eine lange Sporthose. Leon sah, dass er durchtrainiert war und einige Narben auf dem Oberkörper hatte. Die Wachen führten Leon auf den Balkon. Dort bemerkte Leon auch eine Frau, die an einem Tisch saß, irgendwelche Bücher studierte und sich Notizen machte. Sie war nicht unbedingt eine freundlich wirkende, geschweige denn attraktive Frau. Vom Typ her kam sie eher einer altbackenen Universitätsbibliothekarin nahe. Doch sie trug ein enges Kleid mit weitem Ausschnitt, das ihre sportliche Figur betonte. Ihre streng nach hinten gekämmte Kurzhaarfrisur und ihr mürrischer Blick erinnerten Leon an die unsympathische Sekretärin seines ehemaligen Chefs bei der *SKB,* was nicht unbedingt dazu beitrug, dass er sich besser fühlte. Das Ganze kam ihm so surreal vor; als wenn die Apokalypse nur kurz gewütet hätte und jetzt wieder alles seinen gewohnten Gang gehen würde. Die Wachen zeigten auf einen Stuhl und Leon setzte sich darauf. Der feucht-modrige Geruch des Todes stieg von unten auf und Leon konnte das Ächzen von Streunern hören. Das Ende der Apokalypse schien doch noch auf sich warten zu lassen.

Der Mann hörte mit seinem Frühsport auf, sah einen Augenblick auf Leon und legte seinen Stock beiseite. Er nahm sich ein Handtuch, trocknete sich sein Gesicht und die Hände ab und kam auf Leon zu.

»Aaah, endlich mal ein neues Gesicht«, sagte er und reichte Leon seine riesigen, starken Hände für einen festen Händedruck. »Freut mich, Sie kennenzulernen. Mein Name ist Bär, Heinrich Bär, aber alle hier nennen mich nur Bär. Und Sie sind Leon, wenn mir richtig berichtet wurde?«

»Ja«, sagte Leon zögernd. »Mein Name ist Leon Webber.«

»Gut«, sagte Bär freundlich. »Sie haben sicherlich viele Fragen und ich habe mir extra Zeit genommen, um Ihnen Ihre Fragen auch zu beantworten. Aber bevor wir dazu kommen, muss ich einiges über Sie erfahren. Rein der Sicherheit wegen.« Leon nickte.

»Carla, bringst du mir bitte die Landkarte? Danke«, bat er die Frau. Diese verschwand im Zimmer und kehrte mit einer großen Karte zurück.

»Darf ich vorstellen«, sagte Bär und zeigte auf die Frau. »Carla Klement, meine Sekretärin. Carla, würdest du uns Tee bringen? Danke.«

Die Frau nickte nur kurz und ging wieder. Leon bemerkte, wie Bär ihr einen Augenblick lang auf den Hintern sah und leicht schmunzeln musste. Leon musste sich zusammenreißen, er konnte diese Normalität nicht begreifen. Bär sah ihm das an, fuhr jedoch einfach fort mit seinem Gespräch. Er wollte von Leon wissen, von wo sie herkamen, wie sie bis zu ihm gelangt waren, und vor allem: Was sie mit den Ratten zu tun hatten, die Leons Gruppe jagten. Während Carla Tee servierte, schilderte Leon ihm ihre Reise und erzählte auch vom Leben im Kloster bis zum Zeitpunkt der Abreise. Bär hörte aufmerksam zu und notierte sich einige Dinge oder machte sich Zeichen auf der Karte.

»Mein lieber Leon«, stellte Bär fest, »Sie haben mächtig viel Glück gehabt. Da draußen lauern Gefahren, von denen Sie augenscheinlich nichts wissen. Sie sind dem Tod gerade so von der Schippe gesprungen. Aber nun sind Sie ja hier in Sicherheit. Ich schlage vor, wir bringen Sie zu Ihren Freunden. Machen Sie sich frisch und dann erlaube ich mir, mit Ihnen einen Spaziergang durch unsere Sicherheitszone zu machen. Sie können sich alles ansehen, Fragen stellen und und und … Dann lade ich Sie zum Mittagessen ein.«

Für den Moment wurde es Leon zu viel. Er war froh, jetzt gehen zu können. Beide standen auf und gaben sich die Hand. Unterhalb des Balkons hörte Leon auf einmal das lauter werdende Gejaule und Geächze von Streunern. Er sah vom Balkon aus runter. Dort befand sich das, was wohl die Einfahrt zur Tiefgarage des Gebäudes hätte werden sollen. Der Weg war eingezäunt und führte bis zu einer großen Tür neben dem Hauptausgang der Schutzzone. Der Zaun selbst war mit Decken und Strohmatten bedeckt. In diesem Weg befanden sich an die fünfzig Streuner. Jemand hämmerte auf eine Blechkiste und die Streuner folgten dem Lärm ins Untergeschoss.

»Ja«, bemerkte Bär, »Sie fragen sich wohl, was das soll?«

»So könnte man es formulieren«, antwortete Leon.

»In Zeiten wie diesen, mein lieber Webber, muss man wissen, was man tut, besonders, wenn man sich draußen bewegt«, meinte Bär. »Ich verlange von dem Teil meiner Frauen und Männer, die in Außenteams ihrem Job nachgehen, dass sie täglich trainieren. Sie müssen in der Lage sein, sich selbst und alleine gegen die Streuner zu verteidigen. Sie werden nachher selbst zusehen können, falls Sie möchten.«

Bär klopfte Leon auf die Schulter und nickte den Wachen zu. Sie wollten Leon wieder nach oben führen, zu den anderen, doch Bär hatte noch eine letzte Frage: »Ach ja, bevor ich es vergesse«, sagte er. »Man hat mir berichtet, dass Sie ein Arzt gewesen sind, bei der SKB?«

»Ja«, antwortete Leon. »Ich bin Allgemeinmediziner und Infektionsepidemologe. Ich habe mich mit dieser Seuche befasst.«

Bär nickte und fixierte Leon mit einem durchdringenden Blick. Die Wachen führten den Arzt dann wieder zu seiner Gruppe.

Dort stürzten sich alle auf ihn, um ihn auszufragen, doch hatten sie kaum Gelegenheit dazu. Die Tür öffnete sich und Carla trat ein.

»Mein Gott, hier stinkt es ja fürchterlich. Folgt mir, ich zeige euch, wo ihr euch waschen könnt, dann sehen wir weiter.«

Sie folgten ihr und waren erstaunt über das, was sie sahen. Oben auf dem Dach standen große Sonnenkollektoren. Als sie in den Aufzug stiegen, der rundum nur durch Gitter gesichert war, konnten sie sehen, was sich in den anderen Stockwerken unter ihnen befand: Wohnungen, eine Sanitätsstation, Gemeinschaftsräume samt Bibliothek und Billardtischen, eine Kantine für geschätzte fünfzig Personen und sogar eine Spielecke für Kinder. Als sie im fünften Stock ankamen, stiegen sie aus und Carla führte sie zu den Gemeinschaftsduschen. Sie wandte sich in barschen Befehlston an die Gruppe: »Männer links, Frauen rechts. Ihr drückt einfach auf den Knopf unter der Brause und habt genau für zwei Minuten lauwarmes Wasser. Die Handtücher liegen im Schrank in der Umkleidekabine. In fünf Minuten erwarte ich euch hier.«

Die Gruppe konnte es nicht glauben: lauwarmes Wasser aus einer Dusche! Niemand von ihnen hatte eine Dusche nehmen können, seit die Wasserversorgung vor über einem Jahr zusammengebrochen war. Das Wasser aus dem Brunnen im Kloster war eiskalt gewesen und musste in einem Kessel erwärmt werden, damit man sich mit warmem Wasser waschen konnte. Und das war das Höchste der Gefühle. Alle genossen die zwei Minuten und sogar ein bisschen Seife war vorhanden. Als sie fertig waren, kamen sie vor dem Duschraum wieder zusammen, wo Carla schon ungeduldig wartete. Bär erschien zur selben Zeit.

»Die Dusche hat ja nicht wirklich geholfen«, sagte Carla und rümpfte sich die Nase. »Um 14.00 Uhr ist das Mittagessen, seid pünktlich, und ähm, geht vielleicht vorher zur Kleiderausgabe.«

Bär lächelte Carla nach und schüttelte den Kopf. Leon fiel auf, dass er Carla wieder auf ihren wohlgeformten Hintern stierte, als sie an ihm vorbeiging.

»Leon hat mich schon kennengelernt«, sagte er. »Aber ihr hattet noch nicht das Vergnügen. Mein Name ist Bär, Heinrich Bär, und ich bin der Hauptverantwortliche hier. Nennt mich einfach Bär, so wie jeder hier. Folgt mir, ich führe euch herum, damit ihr die Örtlichkeiten kennenlernt.«

Bär führte sie in der Sicherheitszone herum. Sie war ausgestattet mit Hühner- und Kaninchenställen, Gärten, Apfel- und Birnbäumen und einer eigenen Wasserversorgung, die Quellwasser aus fünfzig Meter Tiefe an die Oberfläche pumpte. Sogar sechs Kühe und ein Stier befanden sich auf dem Gelände.

»Es hat mich einige Anstrengungen gekostet, all das hier aufzubauen«, meinte Bär stolz. »Aber, es hat sich gelohnt. Was meint ihr?«

Die Gruppe nickte, doch niemand sagte was. Das Hauptgebäude war ein zwölfstöckiger Bau, aus dem einmal ein Luxus- und Wellnessressort hätte werden sollen. Ein Werbeplakat hing noch in einem Schaukasten, das darauf hinwies.

»Die ganze Zone ist durch eine drei Meter hohe verstärkte Bauholzwand inklusive Wachtürmen geschützt«, erklärte Bär weiter. »Hinter der Wand befinden sich zu unserem Schutz ein Graben und ein Wall. Den Graben haben wir mit spitzen Holzstäben und Stacheldraht versehen. Das macht es den Streunern schwerer, an die Abzäunung ranzukommen, und wir können sie leichter mit Pfeil und Bogen abwehren.«

Bär führte die Gruppe dann in den Keller des Gebäudes. Hier hatte man eine Art Arena errichtet, in die man herabsehen konnte. Dahinter war ein Eisengitterzaun errichtet, in dem sich Streuner wie in einem Gefängnis befanden. Durch drei Türen konnten sie in die Arena gelangen. Die Gruppe war sichtlich geschockt, das hatten sie nicht erwartet.

»Sie fragen sich sicherlich, was das hier soll. Nun, meine Außenteams müssen fähig sein, sich selbst zu helfen, dort draußen. Wenn sie größeren Gruppen von Streunern – oder sogar Herden von diesen – begegnen, muss sich jeder selbst dort raushauen können. Er muss trainiert sein und wissen, was er tut. Sonst lassen wir niemanden raus, das ist einfach zu gefährlich.«

Ein mittelgroßer Mann asiatischer Herkunft betrat die leere Arena.

»Oh, Sie haben Glück, Kenji trainiert gerade. Er ist sozusagen der Ausbilder unserer Außenteams und ein hervorragender Kämpfer. Er braucht keine Schusswaffen, ihm reichen sein Yari sowie Pfeil und Bogen.«

Kenji setze sich zur Meditation in die Mitte der Arena, faltete seine Hände wie zum Gebet und verharrte ruhig an Ort und Stelle. Seinen Yari, wie die Lanze in Japan genannt wurde, der an beiden Enden mit zirka dreißig Zentimeter langen scharfen Klingen versehen war, hatte er vor sich auf den Boden gelegt. Die Gittertüren öffneten sich und ein Dutzend Streuner strömte in die Arena, angezogen von allem Lebenden. Kenji regte sich nicht. Er verharrte ruhig in seiner Meditationspose. Obwohl seine Augen geschlossen waren, sah man, wie er seine Gesichtsmuskeln verzog. Er war bereit. Sein Gesichtsausdruck war ernst und sah hoch konzentriert aus. Erst als der erste Streuner knapp zwei Meter vor ihm war, sprang Kenji auf, griff gleichzeitig seine Waffe und hackte einem Untoten nach dem anderen den Schädel entzwei. Dabei wirbelte er seinen Yari wild durch die Luft. Das Ganze hatte keine halbe Minute gedauert. Kenji verneigte sich vor den toten Streunern und verließ die Arena, als wäre nichts passiert. Die Gruppe war gleichzeitig überrascht und verstört.

»Na? Beeindruckt? Kenji verdanken wir es, dass es diese Sicherheitszone überhaupt noch gibt. Ohne ihn wären wir alle tot und würden dasselbe Schicksal teilen wie diese armen Teufel«, sagte er und zeigte auf die Streuner. Er führte die Klosterüberlebenden dann zu dem ersten Stock des Gebäudes, der ein einziger Wintergarten war. Überall standen große Wannen mit niedrigen Rändern und Behälter, die mit Erde gefüllt waren und in denen verschiedene Gemüsesorten angepflanzt wurden.

»Dasselbe gibt es auch im zweiten und dritten Stock«, erwähnte Bär. »Wir werden dreimal jährlich ernten können. Dies ermöglicht es uns, die ganzen Menschen hier zu ernähren. Außerdem treiben wir Handel mit anderen Überlebenden an der Küste und im Inland. Wir liefern unter anderem Holz und Eisenspitzen für Speere und Pfeile – und bekommen dafür Fisch, Meeresfrüchte und manchmal auch Wildfleisch.«

»Andere Überlebende?« fragte Leon überrascht.

»Oh ja«, sagte Bär und verschränkte die Arme hinter seinem Rücken, »die Welt der Überlebenden ist größer, als ihr meint. Es gibt noch drei weitere Sicherheitszonen sowie eine Insel in der Nordsee, auf der es Überlebende gibt. Aber davon erzähle ich euch beim Mittagessen. Wollen wir?«

Sie begaben sich auf Bärs Balkon, wo ein Tisch hergerichtet worden war. Es standen Salat, heiße Kartoffeln, gekochte Bohnen und Weißkohl, ein bisschen Hähnchenfleisch und frische Früchte zur Auswahl. Zu trinken gab es Wasser, Tee und frisch gepressten Apfelsaft. Der Gruppe blieb fast der Verstand weg. Mike konnte es nicht fassen, dass sogar eine Schüssel Nudeln auf dem Tisch stand.

»Bedient euch«, sagte Bär und zeigte auf den Tisch. »Keine Angst, es ist genug von allem da.«

Sie fielen förmlich über das Buffet her. Bär gefiel es, während Carla mit Argwohn das »Fressen der Raubtiere« beobachtete. Währenddessen erklärte Bär der Gruppe, dass sie sich in der Südzone von Wilhelmsbrück befinden würden, dem ehemaligen Vorort Bad Nordstedt.

»Es gibt noch eine West- und Ostzone sowie das Hafengebiet. Jede Zone hat ihren Verantwortlichen; mit Ausnahme des Hafengebiets, das ist militärisches Sperrgebiet.«

Und drüben auf der Insel Langenmark würde sich das, was von der alten Regierung noch übriggeblieben ist, auf dem Marinestützpunkt aufhalten. Und mit ihnen stünde er in Verhandlungen.

»Verhandlungen?«, fragte Leon. »Verhandlungen über was?«

Bärs Miene verfinsterte sich.

»Als die Regierung die Kontrolle über das Land verloren hatte, ordnete sie die Evakuierung der Regierungsmitglieder sowie hochgestellter Personen nach Langenmark an. Dort ist seit jeher militärisches Sperrgebiet und ein Hauptstützpunkt der atomaren U-Bootflotte. Außerdem verfügt die Insel über atombombensichere Bunkeranlagen und eine Landepiste für Großraumflugzeuge. Die Regierung verfügte, dass niemand die Insel betreten dürfe und deklarierte das Hafengebiet zur militärischen Sperrzone. Alle Überlebenden dort mussten das Gebiet verlassen. Seither gilt dort das Kriegsrecht. Wer sich illegal Zugang zum Hafengebiet verschafft, muss mit dem Tod rechnen.«

»Warum?«, fragte Leon erstaunt.

»Mein lieber Webber, die Damen und Herren denken zuallererst an ihr eigenes Überleben. Uns wurde die Möglichkeit gelassen, auf eigene Faust Sicherheitszonen zu bilden und Schritt für Schritt auszubauen, damit aus ganz Wilhelmsbrück eine einzige sichere Zone wird. Die Regierung würde dann ein Labor im Hafengebiet installieren, damit die Forschung wiederaufgenommen werden kann, um diese Seuche in den Griff zu bekommen. Das Problem dabei ist: Die Gegend hier war nicht evakuiert worden und im Großraum Wilhelmsbrück haben mal über zwei Millionen Menschen gelebt. Das Stadtzentrum ist von Streunern überrannt worden. Die drei Sicherheitszonen befinden sich jeweils in den Außenbezirken und wir haben genug damit zu tun, für unsere eigene Sicherheit zu sorgen. Aber es wird uns gelingen.«

»Interessant«, bemerkte Leon.

»Ja«, entgegnete Bär. »wenn wir die Sicherheitslage in den Griff bekommen haben, werde ich dafür Sorge tragen, dass wieder eine neue und vor allem bessere Gesellschaft aufgebaut wird.«

Leon zog erstaunt die Augenbrauen hoch. »Sie wollen hoch hinaus!«

»Ich habe schon ganz andere Dinge erreicht in meinem Leben, dies wird mir auch gelingen.«

»Da Sie die Sicherheitslage erwähnt haben: Es sieht doch friedlich aus hier, oder irre ich?«, fragte Mike nebenbei.

»Erinnern Sie sich an diese Leute, die Sie überfallen wollten?«

Mike nickte und Bär fuhr fort mit seiner Rede: »Hätten die Sie in ihre Finger bekommen, wären Sie als Sklaven geendet. Dieses Rattenpack hat uns vor einem halben Jahr das Leben schwergemacht. Sie wollten mit Gewalt hier rein und sich alles unter den Nagel reißen. Wir haben viele Leute verloren, aber die auch. Nach Verhandlungen haben wir eine Art Waffenstillstand geschlossen. Einmal monatlich liefern sie uns Holz und wir im Gegenzug Nahrung. Außerdem haben wir Gebietsgrenzen festgelegt. Solange wir Handel mit ihnen treiben, ist alles ruhig, mehr oder weniger.«

Als sie fertig gegessen hatten, verabschiedete sich Bär, da er mit einem Außenteam rausfahren würde, um etwas zu erledigen. Er gab Carla die Anweisung, der Gruppe ihre neuen Unterkünfte zu zeigen. Dann verschwand er. Carla fuhr mit ihnen in den neunten Stock. Sie zeigte ihnen ihre Quartiere und ordnete an, dass jede Tür nachts verschlossen werden musste, aus Sicherheitsgründen. Auf dem Stockwerk wohnte nur eine Person, ein älterer Mann namens Sven. Carla sagte der Gruppe, sie sollten ein Auge auf ihn haben, da er schon länger kränkelte.

»Und jetzt zur wichtigsten Regel überhaupt hier in diesem noblen Haus: Wer auf Dauer hierbleiben will, muss eine Gegenleistung erbringen. Dafür werden Nahrung, Unterkunft, Schutz und alle sonstigen Annehmlichkeiten geboten, die wir hier haben. Es gibt noch Personalbedarf bei den Außenteams, beim Bautrupp und in der Kantine. Davon ausgenommen sind Sie, Herr Webber. Sie sind der einzige Arzt in dieser Zone und somit ist wohl klar, was Ihre Aufgabe sein wird. Sehen Sie sich im Sanitätsraum um, das wird ihre zukünftige Wirkungsstelle sein. Noch Fragen?«

»Ähm ja«, sagte Leon, »Mona hier ist Arzthelferin, bei so vielen Menschen könnte ich eine Assistentin gut gebrauchen.«

»Erlaubnis erteilt!«, erwiderte Carla barsch. »Noch was?«

»Ja, die Wohnungen …«, wollte Mike wissen, doch wurde er unterbrochen.

»Sie können sich nach Belieben aufteilen, wenn es nicht reicht, müssen Sie sich selbst ein paar neue Räume bauen, der Bautrupp hilft Ihnen dabei. Ich muss jetzt gehen, ich hab noch wichtigere Dinge zu erledigen. Der alte Sven kann Ihnen noch Fragen beantworten. Wir sehen uns später.«

Carla drehte sich um und ging hastig davon.

»Oh Mann, ich wette, die frisst Gletscher und scheißt Eiswürfel«, bemerkte Jo und ihm war gar nicht wohl beim Gedanken, mit dieser Frau etwas zu tun zu haben.

Die Gruppe teilte sich die schlicht möblierten Räume auf. Außer einem einfachen Bett mit neuwertigen, noch in Plastikfolie verpackten Matratzen standen nur ein schmaler, mannshoher Holzschrank sowie ein Stuhl zur Verfügung. Die Wände waren hier oben noch im Rohbauzustand und nicht, wie in den unteren Stockwerken, gegipst und tapeziert. Die Überlebenden aus dem Kloster setzten sich zusammen. Ein älterer Mann kam um die Ecke. Er war nicht allzu groß, hager, sah aber trotzdem fit aus. Mike schätzte sein Alter auf ungefähr sechzig Jahre. Die Falten, die sich an einigen Stellen tief in sein Gesicht gezogen hatten, zeigten, dass er schon einiges in seinem Leben erlebt hatte.

»Hallo, ich bin Sven und lebe hier. Es freut mich, endlich Nachbarn zu haben«, sagte er mit deutlich zu erkennendem hanseatischen Akzent.

Alle begrüßten Sven und Mike bot ihm einen Stuhl an. Sie fragten den alten Sven aus, und der gab auch bereitwillig Antwort. Sven arbeitete im Hühner- und Kaninchenstall. Er fütterte und pflegte sie. Und wenn es sein musste, schlachtete er sie auch. Dass er draußen einer Arbeit nachging, hatte sich Mike schon gedacht. Die Bräune seiner Haut verriet es.

»Wisst ihr«, sagte Sven und fuhr sich mit seiner Hand durch sein kurzes graues Haar, »ich war einer der ersten hier in der Südzone. Es ist nicht alles so paradiesisch, wie es scheint. Die Verantwortlichen der drei Zonen stehen sich nicht unbedingt freundlich gegenüber. Sie streiten sich jetzt schon um die Macht, obwohl wir die drei Zonen noch nicht einmal vereinigt haben. Jeder will das Sagen haben. Ich dachte, nachdem die Welt untergegangen wäre, würde dann mehr Menschlichkeit und Mitgefühl unter uns herrschen. Aber nein, das alte Spiel beginnt von Neuem. Aber sagen wir mal so, hier kann man überleben.«

»Aber was ist mit der Regierung?«, wollte Leon wissen.

»Ach die«, winkte Sven ab. »Wir wissen noch nicht einmal, ob auf der Insel jemand überlebt hat. Bär kann immer nur mit General Hoffmann reden, dem Verantwortlichen für das Hafengebiet. Von einem Mitglied der Regierung haben wir seit Monaten nichts mehr gehört. Keiner sagt uns, warum.«

»Vielleicht lebt wirklich niemand mehr auf der Insel?«, fragte sich Taina.

»Ich glaube schon, denn hier und da startet ein Flugzeug von dort. Aber es wird immer seltener. Anfangs war es täglich, dann noch alle zwei Wochen einmal und jetzt einmal im Monat.«

»Flugzeuge? Wir hatten welche gesehen! Deshalb sind wir eigentlich hierhergekommen«, bestätigte Micki.

»Aha. Aber niemand weiß, was die da tun oder was das soll«, bemerkte Sven.

»Welche Regierungsmitglieder haben denn überlebt?«, fragte Leon neugierig. »Mir sind einige persönlich bekannt.«

»Ach, da müssen Sie mit Bär reden, der weiß Bescheid. Mich kümmert es nicht. Ich mach mir keine Gedanken mehr über all das. Ich kümmere mich um meine Tiere und das war es. Wisst ihr, ich bin vierundsiebzig. Da setzt man sich seine Prioritäten anders als ihr jungen Leute.«

Mike war erstaunt, dass Sven viel älter war, als er gedacht hatte.

»Vor ein paar Wochen hat mich eine schwere Grippe ans Bett gefesselt«, fügte Sven hinzu. »Und die Lungen tun mir immer noch weh, wenn ich husten muss. Das ärgert mich mehr als das andere.«

»Kommen Sie mich doch mal besuchen im Sanitätsraum, ich bin Arzt und möchte Sie mir mal ansehen«, lud Leon den alten Mann ein. Sven bejahte, bedankte sich und zog sich dann zurück.

– Hammer der Götter –

Mike konnte nicht schlafen und sah durch ein Fenster in die Ferne. Jo erging es nicht besser. Als er Mike auf der anderen Seite des Stocks beim Fenster sah, ging er zu ihm.

»Na, kannst du auch nicht schlafen?«, fragte er.

»Nein. Irgendetwas gefällt mir hier nicht. Und das beschäftigt mich.«

»Ja, dieser Eishaufen von einer Frau! Grauenhaft«, antwortete Jo. »Und dieser schleimige Bär! Aber alles, was wir hier sehen, ist real. So schlecht können die also nicht sein. Vielleicht liegt es ja an uns? Vielleicht sehen wir das alles zu eng.«

»Das werden wir sehr bald feststellen«, sagte Mike. »Ich melde mich morgen zu den Außenteams, ich will die Gegend kennenlernen.«

»Ja, daran hab ich auch gedacht«, antwortete Jo, »aber Micki will jetzt erst mal Ruhe haben.«

»Kein Problem, Jo, bleib vorerst hier, ich geh mal mit denen raus und dann sehen wir weiter«, schlug Mike vor. Sie sahen noch ein paar Minuten in die Ferne und dann gingen sie zurück ins Bett.

Frühmorgens begleiten alle Sven zur Kantine. Es gab Tee, ungesüßte Fruchtmarmelade und Zwieback. Sven erzählte der Gruppe, dass sie den Zwieback aus dem riesigen Lager einer ehemaligen Großbäckerei am Rande der Stadt hätten. Dort waren wohl Tonnen davon gelagert gewesen und einige der ihren seien dabei draufgegangen, das Zeug in die Südzone zu bringen.

»Genießt es also und meckert nicht über das harte Zeug. Leider geht es uns aus, aber ich hoffe, dass wir dieses Jahr

Weizen ernten können, dann könnten wir Mehl herstellen und Brot backen«, sagte Sven.

Mona und Micki konnten es nicht glauben. Richtiges Brot hatten sie seit einem halben Jahr nicht mehr gegessen. Carla und Bär gesellten sich zu ihnen und fragten nach, ob sie sich schon für eine Gegenleistung für ihren Aufenthalt in der Südzone entschieden hätten. Leon und Mona standen fest für die Sanitätsstation. Pepe und Lisa meldeten sich für die Kantine. Pepe war äußerst froh, nicht mehr rausgehen zu müssen. Nicht sosehr um seiner selbst willen, sondern wegen seiner Tochter, die er um alles in der Welt beschützen wollte. Hier sah er diese Möglichkeit gegeben. Die anderen meldeten sich zu den Außenteams, wobei Jo und Micki vorerst in der Zone verbleiben wollten.

»Gut«, sagte Bär, »damit hätten wir das geklärt. Was eure Waffen angeht, so tragen außerhalb der Südzone nur der Teamleiter und sein Vertreter eine Schusswaffe. Der Rest darf sich ein Schwert oder eine Axt oder eine Lanze nehmen. Bogen und Pfeile stehen auch zur Verfügung, oder ihr baut euch selbst eine Waffe. Ihr müsst verstehen, dass Schusswaffen das neue Gold dieser Zeit sind. Wir haben nicht viele davon, und noch weniger Munition dafür. Deshalb bleiben eure Schusswaffen in unserer bescheidenen Waffenkammer. Ich hoffe, ihr versteht das. Meldet euch bei Kenji im Keller. Die anderen halten sich an Carla«, sagte er, drehte sich um und verschwand wieder.

Mike, Jo, Micki, Taina und Sani gingen in den Keller, wo Kenji schon auf sie wartete. Er begrüßte sie knapp und bat sie in die Arena. In der Mitte stand ein Fass, in dem sich fünf Lanzen befanden. Hinter dem Gitter lechzten Streuner gierig nach Frischfleisch. Kenji bat die fünf, sich vor dem Fass in eine Reihe aufzustellen, damit er sich ein Bild von seinen neuen Rekruten machen konnte. Er sah mürrisch und misstrauisch drein.

»Wer draußen überleben will, muss im Team zusammenarbeiten und kämpfen können, oder allein auf sich gestellt in der Lage sein, zu entkommen. Das will ich von euch sehen. Nur dann werde ich euch einem Außenteam zuteilen.«

Er hatte noch nicht ausgesprochen, da trat er ein paar Schritte zurück. Hinter den Rekruten öffnete sich das Gitter und ein Dutzend Streuner schlurfte in die Arena. Überrascht und erschrocken von Kenjis Aktion nahmen alle hastig eine Lanze, ließen die Streuner nah genug rankommen und stachen die ersten fünf ab. Doch der Rest war gleich dahinter und so hatten sie Schwierigkeiten, diese abzuwehren. Micki trat zurück, weil ein Streuner so nahe an ihr dran war, dass sie ihre Lanze nicht richtig einsetzen konnte. Sie hatte dabei das Fass übersehen und fiel hin. Niemand konnte ihr helfen, da alle anderen selbst damit beschäftigt waren, Streuner abzuwehren. Der Untote fiel auf Micki und sie versuchte, den faulenden Körper des Untoten wegzudrücken, doch er war zu schwer. Außerdem raubte ihr sein grässlicher Geruch den Atem. Seine gelbgrünen Zähne, die freilagen, weil seine Lippen schon verwest waren, schnappten immer wieder zu; wohl in der Hoffnung, ein bisschen Frischfleisch zu kosten. Micki konnte ihr Messer nicht erreichen, da sie beide Hände benötigte, um sein Gesicht von sich fernzuhalten. Der Streuner war noch eine Handbreit von ihrem Gesicht entfernt und lechzte nach einem frischen, blutigen Bissen. Micki fing an, zu schreien. Jo hatte gerade den letzten Streuner getötet und sah sich entsetzt nach seiner schreienden Frau um. »Micki!«

Alle blieben erschrocken stehen. Auch der Streuner gab keinen Mucks mehr von sich. Micki bemerkte, dass etwas metallisch Blinkendes aus seinem Kopf ragte und dann wieder in seinem Schädel verschwand. Blut rann seine Schläfe hinunter und tropfte ihr auf den Hals. Micki drückte mit letzter Kraft den stinkenden Körper des Untoten auf die Seite, stand auf und torkelte Jo in die Arme. Kenji hatte dem Untoten im allerletzten Moment die spitze, scharfe Klinge seines Yari in den Schädel gebohrt.

»Haben Sie den Verstand verloren?«, schrie Mike Kenji an.

»Das hätte ich, wenn ich euch nach draußen mitnehmen würde«, schrie er zurück.

»Wer mit mir nach draußen geht, muss im Team arbeiten können. Er muss sich auch alleine raushauen können. Wer das nicht fertigbringt, ist totes Fleisch. Wir haben noch viel zu tun.«

Kenji überzeugte die Gruppe, dass die Art, wie sie sich gegen die Streuner verteidigt hatten, kein Teamwork war, sondern jeder nur seinen Kampf kämpfte, ohne den anderen dabei im Auge zu behalten und zu unterstützen. Dann zeigte er ihnen, wie sie es besser machen konnten.

»Geht jetzt und ruht euch aus. Morgen machen wir weiter. Das wird ein harter Tag.«

Ein paar Tage später. Die ersten Sonnenstrahlen erwärmten die Glasfassade des Hauptgebäudes. Jo und Micki waren bis auf Weiteres auf eigenen Wunsch hin zur Wache auf einem der Wachtürme eingeteilt worden. Mike, Taina und Sani warteten am Tor auf Kenji. Die Gruppe hatte die letzten Tage viel trainiert. Kenji war ein harter, aber guter und fairer Lehrmeister. Er hatte wirklich Ahnung und Erfahrung mit den Streunern und hämmerte der Gruppe fernöstliche Kampftechniken ein. Dabei legte er ein besonderes Augenmerk auf die Zusammenarbeit im Team. Erst als er zufrieden war, teilte er die Gruppe seinem Außenteam zu.

Kenji kam mit zwei anderen in einem offenen Pick-up angefahren, an dessen Ladefläche Schutzgitter angebracht waren. Er zeigte den drei Gefährten, dass sie hinten auf die Ladefläche steigen sollten. Dann fuhren sie los in Richtung Bad Nordstedt.

Auf halbem Weg bogen sie auf einen geschotterten Feldweg ein. Sie fuhren diesem eine ganze Weile nach, eine Staubfontäne hinter sich herziehend. Dann ging es über Stock und Stein geradewegs zum Hinterhof eines zweistöckigen Industriegebäudes. Die hohe Mauer um das Gebäude war im hinteren Teil durchbrochen worden. Der Durchbruch war mit einem Gitterzaun gesichert. Einer der Männer stieg aus, schob ihn rüber und Kenji fuhr in den Hinterhof. Hinter dem Gebäude befand sich eine Feuertreppe. Kenji ging hoch und zeigte der Gruppe mit einem Fingerzeig, dass sie ihm folgen sollten. Im zweiten Stock des Gebäudes hielten sich vier Personen auf. Sie waren erleichtert, Kenji zu sehen.

»Ah«, freute sich einer von ihnen, ein mittelgroßer, bärtiger Typ mit rauchiger Stimme, »unsere Ablösung.«

»Habt ihr was?«, fragte Kenji.

»Ach«, erwiderte der Mann und schob seine schmuddelige Baseballkappe auf dem Kopf hin und her, »nur ein paar Medikamente und Verbandszeug. Unten liegen ein paar Äxte und Schaufeln. Ansonsten war unsere Ausbeute mager. Brauchst hier in der Gegend nicht mehr zu suchen, es gibt nix mehr zu holen. Drüben am westlichen Ende der Nordseestraße haben wir ein paar Gebäude gesehen, die unberührt ausschauen. Aber es laufen dort viele Streuner herum. Sieh es dir mal an.«

Kenji nickte und befahl den Männern, alles einzupacken, reichte ihnen den Schlüssel des Wagens und ordnete an, die Ablösung erst in zwei Tagen zu schicken. Er wollte mit den

Neuen auf Erkundungstour gehen. Die Männer bestätigten, gingen mit ihren Rucksäcken zum Auto und fuhren zurück zur Südzone.

»Hier im Schrank stehen Wasser und Konserven für den Notfall, im Zimmer nebenan sind ein paar Betten zum Ausruhen aufgestellt«, sagte Kenji. »Alles, was wir brauchen, sollten wir draußen finden. Hier sammeln wir alles zusammen und bringen das Brauchbare dann zur Südzone. Unten ist eine kleine Schmiede, da stellen wir unsere Pfeilspitzen, Lanzen und Schwerter selbst her und lagern alles, was in der Zone nicht direkt gebraucht wird. Der Lärm zieht die Streuner an, also seid vorsichtig, wenn ihr das Gebäude verlasst.«

Kenji wies die beiden Männer an, die Bewachung des Gebäudes zu übernehmen, während er mit den Neuen auf Tour ging. Er reichte jedem einen leeren Rucksack und dann verließen sie das Gebäude auf der Rückseite. Unten erinnerte er sie noch mal daran, zusammen zu kämpfen, wenn es nötig werden würde. Sie liefen eine Weile in der Industriezone rum, immer den Streunern ausweichend, wenn es möglich war. Dann kamen sie an eine Straße, auf deren gegenüberliegenden Seite eine Wohnzone anfing.

»Ab hier ist unbekanntes Gebiet«, flüsterte Kenji. »Wir gehen dort rein und fangen an, die Häuser zu durchsuchen. Passt auf die Streuner auf.«

Sie durchsuchten einige Häuser, fanden aber nichts, was man gebrauchen konnte. Als sie am oberen Ende der Straße ankamen, sahen sie auf das Straßenschild. Nordseestraße. Der Ort, von dem die Männer gesprochen hatten. Kenji zeigte auf eine große Halle. Sie gehörte noch zum äußersten Zipfel der Industriezone. Hier war Kenji noch nicht gewesen. Sie schlichen sich an der Begrenzungsmauer zur Halle entlang Richtung Eingangstor. Es stand weit offen und im

Hof liefen Streuner herum. Auf Kenjis Zeichen hin liefen sie in den Hof, machten alle Streuner nieder, die ihnen in den Weg kamen, und liefen zu einer Tür. Sie war verschlossen. Sie gingen weiter um das Gebäude herum und kamen an eine größere Pforte. Die Klinken der Schiebetüren waren ein paarmal mit Draht umwickelt. Kenji entfernte den Draht und schob eine Türhälfte auf. Sie gingen vorsichtig ins Innere und schlossen die Pforte von innen wieder mit dem Draht. In der Halle befanden sich Stahltanks, die auf Lkws montiert werden konnten. Die waren wohl hier hergestellt worden vor dem Untergang. Kenji zeigte auf drei Räume, die wohl als Büros gedient hatten.

»Mike, Taina, seht ihr dort nach«, sagte Kenji, »Sani und ich sehen uns in der Halle um.«

Mike und Taina begaben sich zu den Büros. Sie durchsuchten die staubigen Räume. Taina fand aber nur einen Brieföffner, den sie sich in die hintere Hosentasche steckte. Ansonsten lag nur Papierkram und belangloses Zeug herum. Währenddessen liefen Sani und Kenji in der Halle umher. Am hinteren Ende befand sich wieder eine Pforte. Kenji flüsterte Sani zu, dass sie sich noch zwischen den Tanks nach Brauchbarem umsehen sollten, ehe sie die Hallen wieder verließen. Kenji ging zwischen zwei Tanks entlang und sah sich um. Sani entschied, dass hier wohl nix Brauchbares zu finden sei, und wollte durch die hintere Pforte einen Blick in den Hinterhof werfen. Die beiden Türpforten waren mit Griffen versehen, zwischen die ein Holzpflock gesteckt worden war. Sie zog den Holzpflock raus. Kenji drehte sich um, als Sani eine Pforte öffnete und erschrak. In dem kleinen Hinterhof stand eine Unmenge Streuner herum, die irgendjemand hier eingepfercht hatte. Als die Tür aufging, strömten sie in die Halle hinein. Kenji sprang aufs

Tor zu und fing an, sie abzuwehren. Sani half nach Kräften. Sie schlugen einem Streuner nach dem anderen den Kopf ein, mussten sich aber gleichzeitig zurückziehen. Mike und Taina hatten den Lärm mitbekommen und kamen den beiden anderen zu Hilfe. Sie liefen den mittleren Gang entlang, doch dort kamen ihnen schon Untote entgegen. Sie wehrten sich tapfer, aber der Strom an Untoten wollte nicht aufhören. Langsam wurden sie zurückgedrängt. Auf der anderen Seite schlugen Sani und Kenji einen Streuner nach dem anderen nieder, wurden jedoch auch in eine Ecke gedrängt. Sani fing an, müde zu werden, und ihr taten die Muskeln schon weh vom vielen Hauen und Stechen. Zu stark war der Zustrom an Streunern. Dort in der Ecke befand sich eine Seitentür, Kenji stieß kräftig mit dem Fuß dagegen und sie sprang auf.

»Mike, Taina, raus hier. Wir sehen uns auf der anderen Seite beim Haupteingang«, schrie Kenji. Er und Sani verließen die Halle auf der Rückseite und wurden von Untoten verfolgt. Mike und Taina standen immer noch in der Mitte der Halle und wehrten die Untoten ab. Plötzlich bemerkte Mike einige in ihrem Rücken. Die Streuner hatten die beiden wohl zwischen den Tanks umgangen und kamen jetzt von hinten auf sie zu. Es waren zu viele und Taina fiel hin, wobei sie sich ihr Knie aufschürfte. Mike half ihr auf und erledigte dabei einen Streuner, der ihr fast ins Bein gebissen hätte.

»Wir sind im Arsch«, fluchte Taina trotzig.

»Keine Option, komm schnell«, entgegnete Mike.

Neben ihnen führte eine lange Stahltreppe hinauf auf ein Podest. Mike zog Taina die Treppe hinauf.

Währenddessen kämpften sich Kenji und Sani zum Eingangstor durch und liefen auf der anderen Seite der Straße zurück zu den Häusern, wo sie sich außer Atem vor den

Streunern hinter Hecken versteckten und auf Mike und Taina warteten.

Südzone. Mona und Leon waren den ganzen Tag in der Sanitätsstation gewesen. Leon war überrascht über die gute Ausstattung. Ein großer Vorrat an Medikamenten lag fein sortiert in einem mehrere Meter langen Schrank. Auch an Verbandszeug mangelte es nicht. Ein funktionierendes Desinfektionsgerät war vorhanden und ein Raum nebenan sogar als Krankenzimmer eingerichtet. Die Menschen dort waren froh, endlich einen Arzt vor Ort zu haben und machten regen Gebrauch von der Gelegenheit. Einige klagten über Hautkrankheiten wie Ausschlag oder Pilzbefall aufgrund mangelnder Hygiene. Mona konnte das nicht begreifen, da es ja funktionierende Duschen gab. Ein Luxus in dieser Welt. Bei anderen bekamen die beiden eher den Eindruck, dass es reine Neugierde war, die sie zu ihnen in die Sanitätsstation trieb. Alles in allem und in Anbetracht der Gesamtlage war Leon zufrieden mit dem Gesundheitszustand der Menschen. Niemand schien wirklich ernsthaft krank zu sein.

Als sie mal einen Moment alleine waren, schloss Mona die Tür zur Sanitätsstation.

»Leon, ich habe ein bisschen mit den Leuten hier gesprochen. Einige meinen, dass man sie belügt und es keine Regierung mehr gibt, drüben auf der Insel. Dass sie wohl alle tot sind. Oder weg an einem sichereren Ort.«

»Ja, ich weiß, hat man mir auch erzählt«, antwortete Leon, »und außerdem gibt es zwischen den vier Sicherheitszonen ernstere Probleme, als Sven uns sagte. Die Leader der einzelnen Zonen sind sich nicht ganz grün.«

»Was sollen wir tun? Ich meine …«, haderte Mona.

»Mach dir keine Sorgen, Mona. Wenn Mike, Taina und

Sani zurück sind, unterhalten wir uns alle. Dann sehen wir weiter. Okay?«

Mona war damit einverstanden und ließ den nächsten Patienten rein. Leon blickte nachdenklich aus dem Fenster und sah Micki und Jo.

Die beiden standen die ganze Zeit auf ihrem Wachturm, nichtsahnend, was ein paar Kilometer nordwärts mit ihren Freunden los war. Sie unterhielten sich über die Zone, die Möglichkeit, hier zu überleben, und wie es weitergehen würde. In Micki keimte wieder Hoffnung auf.

»Du weißt, dass ich gerne ein Kind wollte. Leider hat der ganze Mist uns die schönen Pläne versaut. Aber hier? Hier könnten wir doch ... Ich meine, es wäre einen Versuch wert.«

»Bist du verrückt? Du weißt, dass auch ich ein Kind wollte, aber unter den jetzigen Umständen ist daran wohl nicht zu denken. Ich habe gestern mit Mike gesprochen. Er hat genauso ein schlechtes Gefühl wie ich, was diese Zone angeht. Warten wir ab. Es ist noch zu früh für solche Pläne.«

Micki machte ein trauriges Gesicht und Jo nahm sie in den Arm. »Bald, mein Schatz, bald. Hab Geduld.«

Wilhelmsbrück. Taina und Mike mussten um ihr Überleben kämpfen. Sie waren über die Treppe hoch aufs Podest gelaufen. Von dort führte eine Brücke rüber zu einem tieferliegenden Podest, wo es nicht mehr weiterging. Die Streuner waren den beiden gefolgt, doch hatten sie Schwierigkeiten, die Treppe hochzugehen. Taina und Mike kam die kurze Verschnaufpause gelegen.

»Mike, rüber zum anderen Podest, dort springen wir durch das kaputte Fenster runter.«

»Warte«, Mike überlegte kurz. »Ich habe eine Idee. Hilf mir mal.«

Die ersten Streuner waren schon fast oben angelangt. An der Wand hing eine dicke Eisenkette, an dessen Ende sich ein zirka zwanzig Kilogramm schwerer Kranhaken befand. Die Kette führte schräg zur Hallenmitte nach oben durch einen Kettenzug und war an einem Träger befestigt. Er konnte auf einer Laufschiene um die Halle herum gezogen werden. Diese befand sich so ziemlich über der Mitte der Treppe. Mike und Taina warteten den idealen Moment ab und warfen den schweren Kranhaken den Streunern entgegen, die die Treppen emporkamen. Einer nach dem anderen wurde getroffen und von der Treppe katapultiert. Einige Streuner schlugen mit dem Kopf auf dem Boden auf, wobei ihre Schädel wie faule Melonen aufplatzten.

»Hahaa«, brüllte Mike. »Alle Neune!«

»Los«, schrie Taina und zerrte an Mikes Arm. »Weg hier.«

Der Haken schwenkte nach vorne und schoss dann wieder zurück, wobei er wieder ein paar Untoten den Schädel zermalmte. Dann brach die Kette ab und der schwere Haken donnerte auf die Treppe nieder und lies das ganze Podest mitsamt den Treppen erbeben. Die Untoten auf den untersten Stufen verloren das Gleichgewicht und fielen hinunter. Mike und Taina liefen über die Brücke zum zweiten Podest. Vom kaputten Fenster aus sprangen sie zweieinhalb Meter runter auf den Boden. Der ganze Lärm hatte draußen weitere Streuner angelockt. Die beiden konnten nicht in die Richtung entkommen, in der Kenji und Sani auf sie warteten. Mike nahm Tainas Hand und zog sie mit sich in die gegenüberliegende Straße rein.

»Wir umgehen den Block und kommen auf der anderen Seite wieder zurück«, schlug er vor.

Als sie die Parallelstraße zur Nordseestraße erreichten, war diese gesäumt von Streunern.

»Mist«, fluchte Taina. »Da kommen wir nicht durch.«

Mike zeigte auf ein Haus mit umzäuntem Gartenbereich.

»Hier rein«, rief er, öffnete das Geländertor und schloss es hinter ihnen wieder. Sie liefen zur Garage, die mit einer Eingangstür versehen war. Er klopfte an die Tür, um sicherzugehen, dass sich keine Untoten drinnen befanden. Noch so eine Überraschung wie in der Halle wollte er nicht mehr erleben. Von drinnen kam nicht das leiseste Geräusch. Er öffnete die Tür und beide sprangen rein. Die Tür zog sich selbst wieder zu und Mike sah durchs Fenster. Die Streuner geisterten draußen ziellos umher und hatten sie wahrscheinlich nicht bemerkt oder ihre Silhouette aus ihren toten Augen verloren. Beide drehten sich erleichtert um, und erschraken. Sie blickten in die Läufe von zirka zehn Pistolen. An einem langen Tisch in der geräumigen Garage saßen Frauen und Männer beim Essen, wie es aussah, und waren selbst überrascht, dass da jemand vor ihnen stand.

»Hallo«, sagte Mike freundlich und hob seine Hand zum Gruß, »ehmmm … Alles klar?«

Ein Hüne von einem Mann erhob sich und sprach mit tiefer rauchiger Stimme: »Was zum Henker? Wer seid ihr Idioten denn?«

»Kein Problem«, antwortete Mike. »Wir sind schon wieder weg.«

Einen Augenblick später klickte es zwölfmal und jeder am Tisch hatte den Hahn seiner Waffe gespannt.

»Okay, überredet. Wir bleiben«, sagte Mike gezwungenermaßen freundlich und hob die Hände, während Taina schnaufte. Der Hüne kam schnellen Schrittes auf sie zu.

»Das will ich auch schwer hoffen, ihr Spastiker.«

Mike erkannte schnell, dass mit diesem großen Kerl nicht zu spaßen war. Er war zwar korpulent, doch erschien er ihm sehr agil. Sein Boxergesicht und seine irgendwann einmal gebrochene, krumme, platte Nase unterstrichen dies aufs Deutlichste. Der Durchmesser von einem seiner Arme kam Mike so dick vor wie sein eigener Oberschenkel. Der Kerl überragte ihn noch um gut zehn Zentimeter und das flößte Mike dann doch Respekt ein.

Die beiden wurden gefesselt und die Augen verbunden. Dann führte man sie eine gute Zeit lang in der Gegend herum, bis man sie irgendwo in einen rostigen Container einsperrte. Die beiden konnten draußen mehrere Stimmen hören und es roch stark nach geräuchertem Fisch.

Kenji und Sani warteten eine ganze Weile, aber die beiden anderen zeigten sich nicht und immer mehr Streuner kamen in ihre Gegend geschlendert.

»Kenji, wir müssen hier weg, das werden zu viele.«

»Wo bleiben die beiden denn nur?«

»Die umgehen bestimmt den Block, lass uns weiter die Straße runter auf sie warten.«

Sie liefen hinter den Häusern entlang bis zur nächsten Straßenkreuzung und warteten dort noch eine ganze Weile. Aber Taina und Mike erschienen nicht.

»Holen wir die Männer im Außenposten und dann kehren wir zurück, um gemeinsam nach den beiden zu suchen«, schlug Kenji vor.

Sani überlegte kurz und wägte ab. »Okay.«

Als sie wieder da waren, fingen sie gleich mit der Suche an. Sani schlug einem Streuner den Kopf ein, als sie die Straße zur Halle überqueren wollten, wo sie die beiden zuletzt gesehen hatten, doch Kenji hielt sie zurück, als er in den Innenhof sah.

»Nein. Zurück. Das sind zu viele. Das schaffen wir nicht.«

»Wir müssen sie finden. Es wird gleich dunkel. Ich will sie hier nicht alleine in der Stadt lassen«, forderte Sani.

Wieder kamen Streuner auf sie zu und sie wehrten sie ab. Doch die Kämpfe und die weiten Wege hatten ihren Tribut gefordert. Müdigkeit schlich sich bei ihnen ein.

»Es hat keinen Wert. Hier laufen zu viele Streuner herum und wir sind müde. Wir bringen uns nur selbst in Gefahr. Wir müssen irgendwo ausruhen. Aber wir suchen später weiter und finden sie.«

Sani schaute nachdenklich um sich. Sie wusste, dass Kenji recht hatte. Ihr Arme und Beine schmerzten und sie fühlte sich ausgepowert.

»Du willst sie über Nacht alleine in der Stadt lassen?«

»Die beiden kommen schon klar, da bin ich mir sicher. Bis morgen früh haben die Streuner sich ein wenig verteilt, dann kommen wir einfacher durch. Und das zählt auch für die beiden.«

Sani dachte wieder kurz nach und gab Kenjis Forderung nach.

Mittlerweile war es dunkel geworden. Die Tür des Containers quietschte und öffnete sich. Vier Männer kamen rein und holten Taina und Mike, dem dabei die Augenbinde vom Kopf fiel. Sie führten sie über einen dreckigen Platz in die Ruine einer Lagerhalle, die mal eine Recyclinganlage für Metall gewesen war. Es lagen noch Haufen von Altmetall herum und einige Zerkleinerungsmaschinen für Schrott standen in einer Ecke an einem Förderband, das nach draußen führte. Hier hatten wohl Kämpfe stattgefunden. Mike fielen die Wellblechwände der Halle auf, die mit Einschusslöchern übersät waren. Ein Teil der Hallendecke war eingestürzt. In der Mitte der Halle brannte ein Feuer und mehrere Personen saßen im

Kreis und aßen geräucherten Fisch. In der Mitte von ihnen befand sich eine große, stattliche Person mit langen Haaren, gekleidet in eine dunkelbraune Lederjacke, die mit Metallplättchen und -ringen versehen war. Das Licht des Feuers reflektierte sich darin und umgab den Mann mit einer bizarren Aura. Neben ihm stand ein langer Holzstiel, an dem ein an den Enden zugespitzter Vorschlaghammerkopf befestigt war. Der Holzstiehl war mit Gravuren überdeckt. Er schien der Anführer zu sein. Der Mann aß in aller Seelenruhe seinen Fisch, als man ihm Taina und Mike vor die Füße warf.

»Wer seid ihr?«, fragte der Kerl und Mike war sich sicher, dass die tiefe und raue Stimme dieses Mannes wohl jedermanns Nervenkostüm zum Beben bringen konnte.

»Wir haben uns verirrt«, sagte Mike. »Wir wollten eigentlich in die andere Richtung, doch da kamen uns einige Streuner in die Quere …«

»Blödsinn«, schrie der Hüne, »die haben die Streuner freigelassen, die wir die letzten Tage mühevoll im Hinterhof der Schweißerei eingepfercht haben, Boss. Die ganze scheiß Arbeit war umsonst.«

Der Mann mit den langen Haaren sah Mike und Taina vorwurfsvoll an und warf den Rest seines Fischs ins Feuer.

»Hey, wenigstens haben wir ein paar Streuner erledigt, dann war ja nicht alles umsonst.«

Mikes Versuch, Taina und sich selbst aus dieser misslichen Lage zu retten, scheiterte kläglich. Der Mann mit den langen Haaren stellte sich vor Mike und sah ihn wütend an. Dann nickte er dem Hünen zu und ein paar von seinen Männern nahmen ein langes Seil, stellten Taina und Mike Rücken an Rücken und fesselten beide aneinander.

»Zum letzten Mal, wer seid ihr?«, wiederholte der Mann seine Frage.

»Wir sind nicht von hier«, erklärte Mike. »Wir haben uns verirrt und suchen ...«

Der Mann mit den langen Haaren ging einen Schritt zurück. »Hängt sie auf.«

Zwei Meter über Taina und Mike führte ein langer Eisenträger von der einen Hallenseite zur Gegenüberliegenden. Die Männer warfen zwei Seile mit Haken über den Träger, befestigten die Haken an dem Seil, mit dem sie Taina und Mike zusammengebunden hatten, und zogen die beiden hoch.

»Au«, schrie Taina, »das tut verdammt noch mal weh.«

Auch Mike knirschte vor Schmerzen mit den Zähnen.

»Und da bleibt ihr hängen, bis ich eine zufriedenstellende Antwort bekommen habe.«

»Du verdammter Sack«, schrie Taina, wirbelte mit den Beinen in der Luft herum und versuchte, den Mann zu treffen. »Lass mich sofort runter!«

»Oho, die feine Dame wird zur Wildkatze! Haha. Das liebe ich bei Frauen«, lachte sich der Mann bildlich ins Fäustchen und die ganze Bande lachte mit. Er ging zu Taina hin und zog ihr die Augenbinde vom Kopf.

»Lass mich runter und ich zeig dir, was ich mit Dorftrotteln wie dir anstelle!«, fluchte Taina. Wow-Rufe, Gelächter und Pfiffe ertönten, und der Mann mit der langen Mähne stellte sich zufrieden vor Taina.

»Au Mann, Schätzchen, du bist genau meine Kragenweite. Deine süßen Kulleraugen könnten mich glatt um den Verstand bringen.«

Taina schrie ihn sauer an: »Mit solchen Kerlen wie dir werd ich spielend fertig! Mach mich los, du Scheißkerl!«

Wieder stieß sie mit den Füssen gegen ihn und traf ihn diesmal leicht an der Schulter.

»Oooh«, sagte er, »ich bin beeindruckt.«

Nun krächzte Mike dazwischen. »Entschuldigung, ich möchte euer Tête-à-Tête nicht stören, aber mir tun die Knochen weh.«

Der Mann ging zu Mike rüber und verschränkte seine Arme. »Ich warte immer noch auf eine Antwort. Meine Frage war: Wer seid ihr?«

»Mike und Taina. Wir sind nicht von hier. Wir kamen über den Fluss hierher in die Stadt, wurden überfallen und landeten in der Südzone. Wir kennen uns hier nicht aus, deshalb haben wir uns verlaufen.«

Der Mann wurde nachdenklich. »Es würde mich wundern, wenn Bär euch einfach so rumlaufen lassen würde. Er ist ein Kontrollfreak. Und er tut nichts ohne Grund. Wenn er euch also hier rumlaufen lässt, dann hat das einen Grund, und den möchte ich erfahren.«

Der Mann spazierte herum und dachte nach. Mike betrachtete den Rücken der abgewetzten Lederjacke des Mannes, auf der sich ein Symbol im Stil eines Bikerclubs befand. Ein Helm mit Flügeln und ein Hammer. Darüber konnte er die Wörter *Hammer of the Gods* und *Northern Chapter* entziffern.

Oh nein, warum muss ich ausgerechnet auf durchgeknallte Rockertypen fallen, dachte Mike sich und ließ den Kopf einen Augenblick hängen.

»Niemand weiß, dass wir hier sind, wir sind über die Mauer und weg von dort«, gab er dem Mann zu verstehen.

»Warum?«, fragte der Rocker misstrauisch.

»Weil man uns sagte, dass es eine Regierung gibt im Hafengebiet, dort wollten wir eigentlich hin.«

»Blödsinn, die schießen auf jeden, der der Umzäunung ohne vorherige Erlaubnis zu nahe kommt«, verriet ihm der Mann. »Ich glaube, das mit euch hier, das wird noch eine sehr lange Nacht.«

Bis in die frühen Morgenstunden befragte der Mann Mike und Taina. Dann schnitt er das Seil los, die beiden knallten auf den dreckigen Boden und landeten wieder im Container.

Währenddessen erhellte die aufgehende Sonne die Südzone. Der John-Wayne-Typ, der Mikes Gruppe abgefangen und in die Südzone gebracht hatte, kam hastig zu Leon gelaufen und bat ihn, mitzukommen, da er einen Verletzten im Wagen habe, der sofort behandelt werden müsse. Leon folgte ihm schnell. Mona hatte etwas mitbekommen und war aufgestanden und zur Tür ihres Quartiers gelaufen.

»Leon, wo gehst du hin, was ist los?«

»Bereite alles vor, Mona, wir haben einen Verletzten«, entgegnete Leon und lief davon. Mona zog sich schnell an und lief zur Sanitätsstation.

Doch es dauerte ewig und Leon kam nicht. Sie ging zu einem Fenster im Flur und sah runter, doch konnte sie Leon nicht sehen. Also ging sie runter, um nach ihm zu sehen. Als sie unten ankam, saß der alte Sven auf einer Mauer und seufzte. »Sie haben ihn mitgenommen.«

»Wer hat wen mitgenommen?«

»Leon, sie haben ihm eins übergebraten, in den Wagen geschmissen und sind rausgefahren. Der schleimige Bastian und einer seiner Männer«, war Svens Antwort.

»Was redest du da?«

»Na, von dem Kerl, der euch hierhergebracht hat. Er hat Leon mitgenommen. Hier läuft irgendetwas schief.«

Mona konnte es nicht glauben. Da kam Carla vorbei und wollte wissen, was los sei. Mona erzählte ihr, was der alte Sven gesagt hatte. Carla blieb einen Moment fassungslos stehen und lief dann zum Aufzug.

– Schatten der Macht –

Carla zitterte und traute sich nicht mehr, Bär anzusprechen, nachdem sie ihm erzählt hatte, was losgewesen war. Bär ging nachdenklich im Zimmer hin und her und sah dann zum Fenster hinaus nach Nordosten. Nach einer Weile drehte er sich um und befahl Carla, Kenji zu holen.

»Der ist unten in der Stadt«, sagte sie ihm.

»Dann hol ihn, jetzt sofort!«, schrie er sie an.

Carla hatte ein paar Männer eines Außenteams zur Stadt geschickt, um Kenji zu holen. Als die Männer berichteten, sah Kenji sie nachdenklich an. Sani konnte es nicht fassen.

»Was ist da los, Kenji?«

Dieser antwortete zuerst nicht. Dann stand er auf. »Ihr bleibt hier, Sani und ich kehren zur Südzone zurück.«

»Wie bitte? Wir müssen zuerst Mike und Taina finden!«, sagte sie erzürnt. »Die sind noch irgendwo da draußen, alleine!«

Kenji fasste Sani am Arm und ging mit ihr zum Wagen, deutete mit einem Blick unmissverständlich an, dass sie einsteigen sollte. Dann fuhren sie los.

Jo lief in seinem Quartier nervös auf und ab und fluchte darüber, dass Mike jetzt nicht bei ihnen war.

»Wir müssen Leon wiederfinden und wir müssen herausfinden, was hier los ist. Warum hat dieser Kerl Leon mit Gewalt mitgenommen?«

»Wie sollen wir das rausfinden, Jo? Ich glaube kaum, dass Bär uns das mitteilt und die Eisprinzessin schon gar nicht«, meinte Micki.

Mona stand nachdenklich am Fenster, als sie unten sah, wie ein Fahrzeug in die Südzone hineinfuhr.

»Leute, Kenji ist zurück«, sagte sie den anderen.

»Sehr gut. Wenn Mike hier ist, hecken wir was aus und holen Leon zurück«, sagte Jo entschlossen.

Während Kenji sich zu Bär begab, fuhr Sani hoch zu Jo, Micki und Mona und erzählte ihnen, was geschehen war. Die anderen waren fassungslos.

»Mist, Mist, Mist, verdammter Mist«, fluchte Jo und raufte sich die Haare.

»Ich bin mir sicher, dass sie noch leben, wir müssen wieder runter in die Stadt«, meinte Sani.

»Wie?«, fragte Micki.

»Über die Mauer. Heut Nacht!«, sagte Jo entschlossen.

Bär war stocksauer. Sein Gesicht hatte eine tiefrote Farbe angenommen und er fluchte wie ein Bauarbeiter. Dann sah er Kenji tief in die Augen.

»Der Arzt war unser Faustpfand, unser Ass im Ärmel. Hol ihn mir wieder, egal was es kostet. Hast du das verstanden, Kenji?« Dieser nickte.

»Ich nehme die Neuen mit, du wirst hier alle erfahrenen Männer gebrauchen können. Wenn es zu Problemen kommen sollte, könnte es eine Menge Streuner aus der Stadt rauslocken.«

»Ist mir egal. Ich will den Arzt«, zischte Bär wutentbrannt. »Und bring mir diesen Bastian und sein Verräterpack.« Kenji verneigte sich leicht und verschwand.

Mona wollte Jos Plan erfahren. Sie war sich nicht sicher, ob es eine gute Idee war, nachts in die Stadt zu gehen, zumal sie die Gegend gar nicht kannten. Aber Sani beruhigte sie: »Ich habe ein gutes Gedächtnis, ich weiß, wo wir langgegangen sind und wo wir hinmüssen, vertrau mir. Und es ist fast Vollmond, so dunkel ist es also auch nicht.«

»Aber dann könnte man uns sehen, ich traue dieser Carla nicht«, fürchtete Mona.

»Micki und ich sind am Turm Drei als Nachtwachen eingeteilt. Carlas Zimmer liegt auf der anderen Seite des Gebäudes. Kommt um Mitternacht dahin und dann gehen wir rüber. Aber passt auf, wenn wir den Graben durchlaufen, dort sind überall spitze Bambus- und Holzstöcke im Boden. Dahinter geht es sofort in den Wald, da haben wir Deckung bis nah an die Stadt.«

»Und dann?«, fragte Mona skeptisch.

»Dann suchen wir die beiden. Und Mike wird schon wissen, wie wir Leon finden können. Wir wissen eh nicht, wo wir ihn jetzt suchen sollten.«

Schlussendlich waren alle überzeugt und bereiteten diskret ihre Ausrüstung vor. Micki und Jo waren in ihrem Zimmer, als Pepe und Lisa hereinkamen, das Ehepaar schreckte ertappt auf.

»Ich hab gehört, was mit Leon geschehen ist. Was machen wir jetzt?«, fragte Pepe besorgt.

Jo versuchte Pepe zu beruhigen: »Wir machen das schon, keine Sorge. Kümmere dich um deine Tochter. Hier bist du sicher.«

»Dachte ich es mir, ihr wollt ihn suchen gehen. Wo ist Mike?«

»Bitte, Pepe, je weniger du weißt, desto besser ist das für dich und Lisa. Wir kommen zurück, ich schwöre es dir«, sagte Micki.

»Okay. Wir werden hier auf euch warten.«

Lisa fing an zu weinen und lief Micki in die Arme, die ihr Trost spendete.

Um Mitternacht fanden sich Jo und Micki wie vorgesehen auf Turm Drei zur Nachtwache ein. Als die anderen Wachen im Gebäude verschwunden waren, kamen Mona und Sani hervor. Jo hatte ein Seil vorbereitet, befestigte es an einem Turmbalken und alle vier kletterten auf der anderen Seite runter. Sie schlichen vorsichtig durch den Graben, damit sich niemand verletzte. Als sie den Waldrand erreicht hatten, sahen sie noch einmal auf die Zone zurück und verschwanden dann im Gebüsch. Sie liefen eine kleine Anhöhe hinauf. Feuchter Nebel zog aus dem Wald auf und das Licht des Mondes hüllte das Gebüsch in ein gespenstisches Gewand. Die vier erschraken. Vor ihnen, nur ein paar Meter entfernt, stand eine von Nebelschwaden umhüllte dunkle Gestalt im Mondlicht. Vor der Gestalt kniete ein Streuner auf dem Waldboden und ächzte und krächzte die Gestalt an. In der anderen Hand hielt sie einen Speer. Die Erscheinung warf den Streuner zu Boden und stach ihm mit dem Speer in den Kopf.

»Was hat euch denn so lange aufgehalten?«, fragte die Gestalt, die sie anhand ihrer Stimme als Kenji identifizieren konnten. Mona, Micki, Sani und Jo atmeten gleichzeitig erleichtert auf.

»Wie ... Wie wusstest du ...?«, fragte Jo Kenji erstaunt, der allem Anschein nach auf sie gewartet hatte.

»Der alte Sven, er hat euer Vorhaben mitbekommen.«

»Die alte Petze!«, lästerte Mona.

Kenji lächelte. »Ich hätte es mir auch so denken können. Die Reaktionen von Sani waren ausreichend. Ich wusste, ihr würdet eure Freunde suchen gehen. Das ehrt euch. In Zeiten wie diesen braucht man jeden Freund, denn hinterhältige Verräter gibt es zuhauf.«

»Und was jetzt?«, wollte Sani wissen.

»Ich bin nicht hier, um euch aufzuhalten, sondern um euch zu helfen. Ich habe eine Mission und die kann ich nicht alleine bewältigen. Meine Hilfe unterliegt einer Bedingung: Ich helfe euch und ihr helft mir. Suchen wir zuerst Taina und Mike, denn das ist der einfachere Teil der Mission. Dann versuchen wir, Leon zu finden. Wo er ist, ist auch der Verräter Bastian. Um den kümmere ich mich selbst. Aber eines sage ich euch: Das wird gefährlich, sehr gefährlich. Denn wir müssen mitten durch die Stadt.«

»Du weißt also, wo Leon ist?«, fragte Jo.

»Ich kann es mir denken. Je mehr wir sind, desto höher sind unsere Erfolgschancen. Also los.«

Jo sah seine Freunde an und nickte. Dann verschwanden sie im Nebel des Waldes.

Es war schon weit nach Mitternacht, als Bär nur mit einer Unterhose bekleidet noch nachdenklich in seinem Zimmer saß und einen Cognac aus der versteckten Minibar genoss. Carla trat ein.

»Sind sie weg?«, wollte Bär wissen.

»Ja, sie haben die Mauer und den Graben überwunden und sind in den Wald gegangen.«

»Und Kenji?«

»Er hatte die Zone schon eine Stunde früher verlassen, um sie im Wald abzufangen.«

»Gut, sehr gut«, sagte Bär zufrieden, leerte sein Glas und zeigte mit einem Finger seiner Hand auf das Bett, »zieh dich aus.«

Taina und Mike saßen im Container. Die ersten warmen Sonnenstrahlen heizten die Containerwand auf. Mike hatte fast eine Stunde lang die Fesseln an einer hervorstehenden

Stahllatte an der Containertür gerieben, bis sie zerrissen. Dann befreite er auch Taina von ihnen. Die Stahltüren des Containers waren fest verschlossen und er merkte, dass sie hier nicht so einfach entkommen würden.

»Was tun wir jetzt?«, fragte Taina.

»Ich hoffe, Jo macht jetzt keine Dummheiten!«

»Glaubst du etwa, die kommen her?«

»Oh ja, Jo wird uns suchen wollen, und wir müssen hier weg, bevor das passiert – oder es wird eng im Container.«

Mike hörte Schritte draußen, die sich dem Container näherten, und dann ein Klacken an der Stahltür.

Die beiden Türhälften öffneten sich. Die zwei Männer, die die Tür geöffnet hatten, zogen sich zur Seite zurück und hielten ihre Füße hoch. Taina und Mike kamen aus dem Container herausgestürmt, stolperten und landeten vor den Stiefeln des Anführers im Staub.

»Euer kooperatives Verhalten ist ja rührend!«, sagte der belustigt und nickte seinen Männern zu.

»So viel zu: Rauslaufen, Umhauen und Überraschungsmoment«, beklagte sich Taina und sah Mike kopfschüttelnd an.

Die Typen packten die beiden, zogen ihnen einen großen Kartoffelsack über den Oberkörper und fesselten sie wieder. Dann wurden sie auf einen Pick-up geladen und fuhren weg. Die Reise dauerte nur knappe fünf Minuten, doch der Fahrer hatte es eilig und fuhr schnell. Das eine oder andere Mal knallte es dumpf, als ob jemand vom Pick-up angefahren werden würde. Mike konnte sich denken, was da passierte. Als der Wagen stehen blieb, zerrte man Taina und Mike von der Ladefläche, nahm ihnen die Fesseln ab und zog den Kartoffelsack weg. Die grelle Sonne blendete die beiden für einen Moment. Sie befanden sich an einem ummauerten Ort. Ein zweistöckiges langes Gebäude konnte Mike erspähen und viele Menschen waren hier und sahen sich die Neuankömmlinge an. Taina sah Wintergärten, in denen Gemüse angepflanzt wurde, Eichenfässer voll mit Äpfeln und einen riesigen Tank, auf dem *Wasser* stand. Daneben befanden sich Hühner- und Kaninchenställe sowie ein paar Ziegen, die frei herumliefen. Einige der Überlebenden kamen auf den Anführer zugelaufen und begrüßten ihn herzlich. Taina und Mike merkten, wie sehr die Leute froh waren, ihn wiederzusehen. Ein älterer kleiner Kerl kam auf die Gruppe zu. Er erinnerte Taina an eine gealterte Punkversion von Iggy Pop. Sein weißes Haar war durcheinander gewühlt und stand in alle Richtungen weg. So, als hätte er sich die Haare gerauft und mit Gel fixiert.

»Na, Söhnchen, bist du wieder da?«

Dann sah er rüber zu Taina und rieb sich seine Hände und kicherte dabei. »Oooh, darf man die anfassen?«

»Nein, Pops, darf man nicht«, erwiderte der Anführer. »Die ist eine Kragenweite zu groß für dich, die frisst dich mit Haut und Haaren.«

»Oooh, oh, lecker, hihihi«, kicherte Pops. Eine ältere Frau in einem alten, halb zerrissenen und wieder zusammengenähten Kleid mischte sich ins Gespräch ein.

»Sohnemann, wie schön, dass du wieder da bist.«

»Hallo, Mom«, antwortete der Bikerchef, umarmte sie kurz und gab ihr einen Kuss auf die Wange. »Sorg bitte dafür, dass Pops seine Medikamente nimmt, er fängt wieder an, sich schlecht zu benehmen.«

»Ach weißt du, ich glaube, er ist verrückt«, flüsterte die alte Frau und kicherte. »Gestern hat er mir gesagt, er müsse dringend zur Poststelle, er hätte sich eine aufblasbare Puppe mit riesen Dingern bestellt. Dabei ist die Post doch zu, weil der Postbote tot ist. Ja, das hast du mir so gesagt.«

»Ja, das hab ich! Und wenn ihr eure Medizin nehmt, wird alles wieder gut.«

»Aber Söhnchen, ich glaube, wir müssen mal zum Psychosofen mit ihm. Kümmere dich um einen Termin, ja?«

»Ja, Mom, werde ich tun.«

Die Frau drehte sich um, nahm Pops am Arm und begleitete ihn zurück ins Gebäude, während dieser verrückte Freudensprünge absolvierte. Mike und Taina sahen sich verwundert an, und Taina fiel erst jetzt auf, dass die ältere Frau barfuß unterwegs war. Ihre Füße waren ziemlich dreckig und kleine rotbraune Flecken und Hautabschürfungen überzogen ihre Fußhaut bis weit über die Knöchel.

Der Anführer drehte sich zu ihnen um. »Ihr könnt da stehen bleiben und Wurzeln schlagen, oder mir folgen. Ganz wie ihr wollt.«

Nach ein paar Schritten wollte Mike wissen, wo sie hier waren.

»Das ist die Westzone. Das Gebäude hier ist die ehemalige geschlossene Psychiatrie der Stadt und dort sowie in den Häusern dahinten, versuchen wir, zu überleben. So gut es geht.«

Er drehte sich um und schritt weiter vorwärts. »Und übrigens«, fügte er hinzu, »mein Name ist Dave.«

»Dave, hä?«, frotzelte Taina. Dave drehte sich um und sah sie an, ohne etwas zu sagen. Mikes Blick deutete Taina an, dass sie jetzt ruhig sein sollte, doch das war alles aber nicht das, was Taina wollte.

»Ich kannte mal einen Dave.«

»Ach ja?«, bemerkte der große Langhaarige, während Mike seine Augen zukniff.

»Ja, ich hab ihn vermöbelt und aus meinem Laden geschmissen. Er war ein Arsch.«

Mikes Augen öffneten sich weit, während er mit offenem Mund dastand. Er konnte es nicht fassen, dass Taina jetzt derart provozierend auf Dave losging. Dieser sah Taina mit ernster Miene an.

»Du hast es drauf, Lady, du hast es echt drauf«, sagte er und nickte. Langsam verzog sich sein Mund zu einem Lächeln. Taina wurde sauer, weil Dave sich nicht provozieren ließ. »Nette Familie übrigens, sind die alle hier … so?«

Mike verschlug es die Stimme, als er ihr eigentlich Einhalt gebieten wollte. Dave sah zum Gebäude und dann wieder zu Taina.

»Mom und Pops sind nicht meine Eltern, sondern meine Patienten«, betonte er. »Sie halten mich nur für ihren Sohn. Beide sind dement und begreifen die Lage nicht. Und sie mussten mit ansehen, wie ihr leiblicher Sohn von Streunern in mehrere Teile zerrissen wurde. Ich habe sie vor den Untoten gerettet. Ist wohl irgendwie hängengeblieben.«

Mike und Taina verschlug es einen Moment die Sprache.

»Tut mir leid, das zu hören. Sind Sie etwa Arzt?«, fragte Mike beschämt.

»Nein, ich bin … beziehungsweise war Altenpfleger.«

Taina und Mike fühlten sich jetzt sichtlich unwohl. Der raue, furchtlose, brutale Rockertyp entpuppte sich als Führungspersönlichkeit mit sozialer Ader.

»Wisst ihr«, sagte er, atmete lange ein und blickte zum Boden, »niemand sonst wollte mir einen Job geben. Der Chefarzt dieser Anstalt hatte ein Verhältnis mit meiner Mutter und vertraute ihr. Ich konnte hier meine Ausbildung machen und habe die beiden nie enttäuscht. Als der Niedergang abzusehen war, kam ich hierher, um zu gewährleisten, dass man sich um die Leute hier kümmert. Niemand war mehr da. Wo meine Mutter ist, weiß ich nicht. Und der Chefarzt, also der, in den ich Vertrauen hatte, war weg. Er hatte die Kranken sich selbst und ihrem Schicksal überlassen. Meine Kumpels und ich entschieden uns, hierzubleiben und für die Menschen zu sorgen. So gut wir es eben konnten. Mit der Zeit kamen mehr Überlebende hierher, und wir haben niemanden weggeschickt. Jetzt leben hundertzwanzig Menschen hier und jeder sorgt für den anderen. Und solange ich lebe, wird das hier auch so bleiben. Und deshalb dulde ich es nicht, wenn andere mir in die Suppe spucken wollen.«

Mike und Taina waren beeindruckt und sprachlos. Dave sah wieder zu ihnen.

»Aber genug geredet, ich hab Hunger. Mögt ihr Fisch?«

Dave zeigte mit seinem Hammer auf das Gebäude und ging voran. Taina und Mike folgten ihm.

Die Schweißerei in der Innenstadt.

Überall lagen grässlich verunstaltete Körper rum. Jo sah sich um und dann die Stahltreppe hoch.

»Ja«, sagte er, »das hier hat Mike veranstaltet. Da bin ich mir absolut sicher.«

Kenji, Sani, Jo, Micki und Mona waren in der Halle angekommen, wo sie Mike und Taina das letzte Mal gesehen hatten. Sie sahen sich um, fanden aber keine Überreste, die auf die beiden passten.

»Die sind hier irgendwie irgendwo raus«, war sich Sani sicher.

Jo sah sich die Treppe noch mal an und bemerkte den schweren Kranhaken, der sich in einen Streuner gebohrt hatte. Dieser ächzte noch leise. Jo stach ihm in den Kopf. Dann ging er vorsichtig die beschädigte Treppe hinauf. Oben auf dem

Podest sah er Fußspuren im Staub, die zu einer zweiten Plattform in einer Ecke des Gebäudes führten. Micki fragte nach, ob er was entdeckt hatte.

»Ich glaub schon«, antwortete Jo. »Hier sind zwei Paar Fußspuren im Staub und die führen hierhin zu diesem Podest und dann sind sie wohl dort aus dem kaputten Fenster raus.«

Jo sah aus dem Fenster und dann auf den Boden auf der Außenseite. Dort lag etwas Glitzerndes im Gras.

»Hey«, rief Jo den anderen zu. »Kommt außen rum, wir sehen uns unten.«

Noch ehe die anderen verstanden hatten, war Jo gesprungen.

»Verrückter Kerl«, meinte Kenji ernst.

»Und noch dazu einer, den ich geheiratet habe«, erwiderte Micki verständnislos. Dann liefen sie raus zu Jo.

»Was ist? Was hast du gefunden?«, fragte Micki. Jo stand da und hielt etwas in der Hand. Es war ein Brieföffner. Er war weder oxidiert noch vergilbt.

»Das Ding liegt noch nicht lange hier rum, hat wohl einer von den beiden verloren, die sind hier raus und dann irgendwohin«, stellte Jo fest. Er steckte sich den Brieföffner in die Innentasche seiner Jacke und sah sich um. Von der anderen Seite kamen zwei Streuner auf sie zu. Kenji hob seinen Yari und köpfte die beiden mit einem Schlag. Dann sah er die Straße hoch.

»Seht da, im Dreck. Weitere Fußspuren!«

Jo erkannte, dass es dieselben Spuren waren wie auf dem Podest.

Südzone. Bär ging ungeduldig hin und her. Er sah immer wieder nachdenklich nach Nordosten. Ein Mann betrat den Balkon. Bär sah zu ihm rüber und fragte, ob alles fertig sei.

»Ja, mein Team ist ausgerüstet und startklar«, antwortete dieser.

»Gut«, sagte Bär. »Dann los. Ich will ihn lebend. Klar?«

Der Mann nickte und ging wieder. Bär ging zu seiner geheimen Minibar im Schrank und nahm sich einen Drink. Daraufhin verließ er sein Büro und ging zur Kantine. Dort erblickte er eine junge Frau, die ihm schon das letzte Mal besonders aufgefallen war, und ging auf sie zu.

»Lisa, richtig?«, fragte er die hübsche junge Frau.

»Ja«, antwortete sie schüchtern mit einem leichten Lächeln im Gesicht. Sie hatte sich seit ihrer Ankunft hier verändert. Aus dem verdreckt und verwahrlost aussehenden Frosch war eine hübsche Prinzessin geworden. Ihr Haar war wieder glattgekämmt und sah gepflegt aus. Sie war sauber und fing an, sich hier sichtlich wohlzufühlen.

»Wenn du willst, komm doch mal in mein Arbeitszimmer«, bot Bär freundlich an. »Ich hätte dir einen Vorschlag zu machen, der dir sicherlich gefallen würde. Und natürlich auch deinem Vater. Man sieht ja, wie sehr er sich um dich sorgt, und das sollte er nicht. Hier bist du ja sicher. Du solltest nicht in der Kantine arbeiten. Sieh mal deine Hände, du ruinierst dir doch deine schöne Haut.«

Bär streichelte ihr sanft über die Finger und lachte sie gierig an, wie ein hungriger Wolf ein junges Lamm. Lisa errötete und lächelte verlegen.

»Okay«, antwortete sie, »ich komme mal vorbei.«

Lisa drehte sich lächelnd um und suchte ihren Vater im Gedränge der Kantine. Pepe hatte die beiden beobachtet und das, was er da sah, gefiel ihm gar nicht. Carla stand in der anderen Ecke des Raumes und hatte es auch mit angesehen. Wut und Enttäuschung stiegen wie eine brennende Gluthitze in ihr hoch. So ein dahergekommenes, junges Flittchen passte ihr gar nicht ins Konzept. Obwohl Bär sie nur benutzte, was Carla durchaus bewusst war, ging es ihr gut unter ihm, und sie genoss dadurch einige Privilegien, auf die sich nicht verzichten wollte.

Bär hatte Carla mittlerweile auch bemerkt. Er konnte ihren eifersüchtigen Blick spüren wie die brennenden Sonnenstrahlen an einem heißen Sommertag. Provozierend lächelte er Carla zu, sah noch einmal zu Lisa rüber und verschwand. Carla marschierte zu Lisa, nahm sie fest am Arm und zerrte sie in eine Ecke. Lisa verzog schmerzvoll ihr Gesicht.

»Bleib weg von ihm, er ist nicht das, was du denkst, klar?«, sagte Carla gereizt.

Lisa nickte nur und fing an, zu zittern. Angst kroch in ihr hoch und sie sah sich nach ihrem Vater um. Carla ließ sie los und verschwand. Pepe kam besorgt zu seiner Tochter und wollte wissen, was Bär und Carla mit ihr zu besprechen hätten.

»Es ist alles in Ordnung, Papa.«

»Nein, Kind, das ist es nicht. Ich habe Augen im Kopf. Rede mit mir, por favor.«

»Papa, bitte! Ich bin kein Kind mehr. Es ist alles in Ordnung.«

Westzone. Dave bot Mike und Taina Wasser aus einer Karaffe an.

»Wir gewinnen unser Trinkwasser hauptsächlich aus Regenwasser, aber wenn nicht genug fällt, nehmen wir Meerwasser und lassen es durch unsere Entsalzungs- und Aufbereitungsanlagen fließen. Wir haben ein paar dieser Dinger aus Yachten unten am Hafen ausgebaut, als dieser noch zugänglich war. Die funktionieren sehr gut mit Solarstrom.

Das haben wir Finn zu verdanken, er ist ein echter Tüftler.« Mike war beeindruckt.

»Esst ihr hier jeden Tag Fisch?«, fragte Taina.

»Sehr viel davon, wir haben mit den Soldaten unten am Hafen ein Abkommen. Einmal pro Woche dürfen wir aus dem Hafen raussegeln, um zu fischen. Ein Drittel müssen wir abgeben, der Rest ist für uns.«

Mike kam das komisch vor.

»Hattest du nicht erzählt, die würden sofort schießen?«

»Es gibt ein paar Hobbyangler unter uns, die vor der Apokalypse oft draußen auf dem Meer unterwegs waren. Der Tag und die Tageszeit sind festgelegt. Das ist die Abmachung und solange wir uns daran halten, läuft das Ganze reibungslos ab. Die müssen auch essen.«

»Was ich nicht verstehe: Warum lässt die Regierung die Menschen nicht in die Sicherheitszone am Hafen oder zur Insel? Was bedeutet das alles?«, fragte Mike neugierig.

Dave rieb sich müde die Augen.

»Als alles die Klospülung runterging, gab es Aufstände in der Stadt; Vergewaltigungen, Morde et cetera. Armee und Polizei hatten ihre Mühe, für Ordnung zu sorgen. Doch Anarchie beherrschte bereits die Straßen und die Seuche verbreitete sich schnell. Sehr schnell. Sie machten das Hafengebiet zu einer Sicherheitszone. Nachdem die Hauptstadt dem Mob zum Opfer gefallen war, floh die Regierung rüber nach Langenmark auf den Flottenstützpunkt.«

Mike und Taina hörten interessiert zu.

»Sie schmissen die Einwohner aus der Zone, einige landeten bei uns. Aber viele haben das nicht überlebt, die Streuner ... Ihr wisst schon.«

»Das ist doch unglaublich!«, empörte sich Taina.

»Tja. Es ging drunter und drüber. Und dann trat dieser

General auf den Plan. Seitdem dürfen wir nur noch mit ihm verhandeln. Von der Regierung haben wir nichts mehr gehört«, sagte Dave abwertend und fügte hinzu: »Und wer Langenmark zu nahe kommt, wird von der Fregatte beschossen, die dort vor Anker liegt. Die noblen Damen und Herren wollen keine ungeladenen Gäste auf ihrer Party.«

»Bär hatte uns etwas erzählt von einer Abmachung. Die Regierung würde ein Labor einrichten unten am Hafen, wenn ihr die Sicherheit garantieren könnt, oder so was in der Art«, erzählte Mike ihm. Dave sah Mike düster an.

»Die wollen, dass wir für sie die Drecksarbeit machen. Dabei könnten viele von uns draufgehen. Würde denen so passen, dann hätten sie den Rest leichter unter Kontrolle. Und Bär, den könnt ihr vergessen, der lebt immer noch in der alten Welt. Er will nur Macht, er will der Zampano der neuen Ordnung sein, seiner neuen Ordnung. Aber er ist nur ein geiler alter Sack.«

»Du scheinst ihn ja gut zu kennen«, meinte Taina.

»Er war hier ein bekannter Lokalpolitiker. In nicht ganz saubere Affären verwickelt. Genaues weiß ich nicht und das ist mir auch egal. Ich mag ihn eh nicht.«

»Na, jedenfalls hat er uns freundlicher behandelt als ihr«, stellte Taina fest.

Dave sah Taina lächelnd an. »Du bist noch hübscher, wenn du wütend wirst. Aber vielleicht hast du recht. Eventuell überdenke ich …«

Ein Mann kam rein und unterbrach die Unterhaltung. Er beugte sich zu Dave vor und flüsterte ihm etwas ins Ohr.

»Na so was«, sagte er erstaunt, »haben wir in ein Nest gestochen?«

Dave stand auf, nahm seinen Hammer und nickte Mike und Taina zu, dass sie ihm folgen sollten. Draußen war gerade ein Transporter vorgefahren. Die Männer machten die hintere

Tür auf, zerrten einige Personen aus dem Laderaum und warfen sie Dave vor die Stiefel.

»Sieh an, sieh an, wen haben wir denn hier?«, fragte sich Dave erstaunt. Mike und Taina erging es nicht besser.

»Jo!«, rief Mike überrascht. »Was zum Teufel macht ihr denn hier?«

»Na, dich suchen, du Ochse.«

Sie waren erleichtert, Taina und Mike lebend wiederzusehen. Dave drehte sich zu Mike und Taina um und sah dann wieder verwundert die kniende Reihe an.

»Also, ihr habt auch noch Freunde!? Aber der hier gehört sicher nicht zu euch. Hallo, Tempura San«, sagte Dave abfällig und deutete mit seinem Hammer auf Kenji. »Ich bin froh, dich wiederzusehen.«

Kenji würdigte ihn keines Blickes.

»Oooh, du nimmst es noch immer persönlich, nicht wahr?«, meinte Dave und drehte sich zu Mike und Taina um.

»Er hatte vor uns einen kleinen japanischen Laden entdeckt, der unversehrt schien, aber wir haben den Laden vor seiner Nase leergeräumt.«

Er musste diebisch lachen und seine Schadenfreude war nicht zu übersehen.

»Das war der Laden meiner Eltern, du verlaustes Stück Dreck«, wütete Kenji.

»Tut mir leid, Tempura San, dann musst du beim nächsten Mal schneller sein.«

Er zeigte mit dem Hammer auf ihn. Seine Männer fassten Kenji an den Armen und schleppten ihn fort.

»Was machst du mit ihm?«, wollte Taina wissen.

»Der Japs ist gefährlich und ein Sicherheitsrisiko für diese Zone. Außerdem traue ich Bärs Schergen nicht. Er bleibt vorerst im Container.«

Dann wandte er sich an die kniende Reihe: »Wenn ihr euch benehmt, erspar ich euch die nette Willkommensbehandlung, die eure Freunde hier erfahren durften. Aber ich warne euch, treibt es nicht zu bunt, sonst werde ich sehr schnell meine Meinung ändern. Habt ihr Hunger? Es gibt Fisch!«

Jo verdrehte die Augen, er hasste diese glitschigen stinkenden Dinger.

Abends saßen Mike und seine Gruppe draußen an einem bescheidenen Lagerfeuer. Jo hatte ihm erzählt, was mit Leon geschehen war. Mike konnte es nicht fassen. Sie hatten Pieter verloren, dann Paul und jetzt war auch noch Leon verschwunden. Er wurde das dumpfe Gefühl einfach nicht los, dafür verantwortlich zu sein.

»Und überhaupt«, fügte Jo hinzu, »wo zum Teufel hast du diese verlauste Wikinger-Showtruppe aufgetrieben? Dieser Hanseaten-Thor mit seinem Götterhammer jagt mir richtig Angst ein.«

Mike antwortete nicht, das flackernde Feuer spiegelte sich in seinen traurigen Augen.

Aus dem Dunkeln näherte sich eine große Gestalt der Gruppe. Es war Dave. Er stellte seinen Hammer vor sich hin und stemmte sich mit seinen Händen auf den Holzstiel. Jo zuckte kurz zusammen, da er Dave nicht bemerkt hatte, und ihm fielen sofort die Gravuren auf dem Stiel auf. Runen und Bilder nordischer Götter, Szenen aus der nordischen Mythologie waren wunderschön filigran in den Holzstiel eingeschnitzt worden. Ein wahres Meisterwerk.

– Fataler Irrtum –

Dave sah in die Runde und wurde das Gefühl nicht los, dass was im Busche lag. Er setzte sich zu Mikes Gruppe.

»Ich weiß nicht, was los ist, aber man sieht euch an, dass ihr was vorhabt, und ich möchte euch warnen. Egal was ihr auch tut, wenn es Probleme gibt oder wenn ihr die Sicherheit dieser Zone in Gefahr bringt, werfe ich euch den Streunern vor.«

Mike hob beruhigend die Hand. »Keine Sorge, das haben wir nicht vor. Im Gegenteil. Wenn du uns erlaubst, zu gehen, verlassen wir die Zone und du siehst uns nicht mehr wieder. Aber wir wollen Kenji haben.«

»Warum?«

Mike sah seine Freunde an. Er wollte sich nicht zu weit aus dem Fenster lehnen, doch merkte er, dass es schwer werden würde, Kenji freizubekommen, solange da irgendetwas Persönliches zwischen den beiden nicht geklärt war.

»Es gibt da etwas, das wir zurückhaben wollen und nur er weiß, wo wir es finden können.«

Dave wurde nachdenklich. »Ich weiß nicht, was ihr vorhabt, und es interessiert mich auch nicht. Wir begleiten euch zu unserer Zonengrenze. Ab da seid ihr auf euch alleine gestellt. Doch warne ich euch noch mal: Sollte durch euer Tun die Sicherheit meiner Familie hier in Gefahr geraten, werden wir uns wiedersehen, und dann wird es nicht so glimpflich ablaufen für euch.«

Am nächsten Morgen rief Dave einen seiner Männer zu sich und befahl ihm, Kenji zu holen.

»Was für die anderen zählt, zählt auch für dich, Tempura San. Ich will dich hier nicht mehr sehen.«

Kenji drehte sich, ohne etwas zu sagen, um und ging zu Mike. Die Gruppe war schon abmarschbereit. Sie übergaben Kenji seine Sachen. Taina wandte sich noch mal zu Dave um. Er sah ihr lange in ihre schönen tiefschwarzen Augen.

Adieu, Schönheit, dachte er noch, als die Gruppe mit einigen von Daves Männern Richtung Zonengrenze lief. Dort angekommen drehten Daves Männer sich wortlos um und kehrten zurück.

Kenji lief voran, alle folgten ihm an einer Geschäftszeile entlang bis zu einem Lokal mit kaputten Schaufenstern. Kenji kletterte hinein und zeigte mit einem Finger auf seinen Mund, um den anderen zu signalisieren, dass sie sich ruhig verhalten sollten. Sie schlichen die Treppe hoch in den ersten Stock des leeren Hauses.

»Was ist los, Kenji?« fragte Jo.

»Ich will sichergehen, dass die uns nicht verfolgen. Ich vertraue ihnen nicht«, antwortet er und fing an, eine alte Kommode beiseite zu schieben.

»Was tust du da?«, wollte Jo wissen doch Kenji antwortete nicht. Hinter der Kommode befand sich, gut versteckt, eine hölzerne Schiebetür und Kenji öffnete sie. Dahinter befand sich aber nur ein leeres Regal. Der Japaner seufzte und fletschte die Zähne.

»Kenji, was ist los?«, fragte Jo wieder.

»Nichts. Das ist das Haus meiner Eltern. Ich hatte gedacht, ich würde hier noch ein Erinnerungsstück der Familie finden. Das hat sich wohl erübrigt.«

Dann erklärte er Mikes Gruppe, dass jetzt der gefährliche Teil der Reise beginnen würde. Kenji war sich sicher, dass man Leon in die Ostzone gebracht hatte.

»Der Anführer dieser Zone heißt Devon van Moor, ein

ehemaliger Industriemagnat und Chef einer international operierenden Sicherheitsfirma. Er hat ausschließlich für Regierungen in der ganzen Welt gearbeitet und für sie oft die Drecksarbeit erledigt. Meist ging es um geheime Rüstungsverträge, illegale Waffenlieferungen oder das Entsenden von Söldnertruppen. Die Ostzone ist nichts anderes als sein ehemaliges Firmengelände, ausgebaut wie ein Hochsicherheitstrakt.«

»Und wie sollen wir da reinkommen?« fragte Mike.

»Zuerst müssen wir es mal bis dahin schaffen. Das wird schon schwierig genug, weil wir durchs Zentrum müssen. Da laufen tausende Streuner herum. Den Rest entscheiden wir an Ort und Stelle.«

»Warum gehen wir nicht einfach draußen rum?« schlug Mike vor.

»Dort sehen sie uns schon von Weitem kommen. Aber niemand rechnet damit, dass jemand die Stadt durchquert.«

»Und wie wollen wir durchs Zentrum kommen?«, fragte Micki.

»Das werden wir schnell rausfinden, ich hab da schon eine Idee.«

Sie gingen weiter durch die Stadt, Richtung Zentrum. Man sah das Ausmaß der Krawallen an den Fassaden der Häuser. Graffiti, Brandspuren und mutwillige Zerstörungen waren überall zu sehen. Ausgebrannte und plattgedrückte Autos säumten die Straßen oder blockierten die Bürgersteige. Hier und da standen auch verlassene Schützenpanzer und zerstörte gepanzerte Polizeieinsatzwagen. Kenji verlangte äußerste Vorsicht, da er die immer zahlreicher werdenden Untoten nicht auf sie aufmerksam machen wollte. Zudem sah er sich immer wieder um, um sicherzugehen, dass niemand sie verfolgte. Sie verließen die Hauptstraße, bogen zwischen zwei Häusern in eine Seitenpassage und gingen hinter der Häuserzeile durch die Gärten weiter. Hier waren kaum Streuner zu sehen, da die Gartenzäune sie fernhielten.

Sie erreichten das Eckhaus der Zeile. Kenji versuchte die hintere Tür zu öffnen, doch es gelang ihm nicht. Er zog sein Messer und ritze mit der Spitze so lange das Glas an, bis es zersprang. Dann entfernte er ein paar Glasstücke und öffnete von innen die Tür. Sie gingen vorsichtig in das Haus. Kenji bedeutete Mike und Jo, dass sie nach oben gehen sollten, um den ersten Stock zu überprüfen. Den anderen zeigte er an, dass sie im Flur warten sollten, als er das Wohnzimmer betrat. Als er um die Ecke bog, stand dort ein Untoter. Er hatte Kenjis Bewegungen bemerkt und wollte gerade losfauchen und sich auf ihn stürzen, als Kenji ihm seinen Yari in die Stirn rammte. Jo und Mike kamen die Treppen runter und machten Zeichen, dass oben alles in Ordnung war.

Kenji ging an das mit staubigen, verblassten Vorhängen verhangene Fenster und spähte zwischen ihnen hindurch. Auf der gegenüberliegenden Seite befand sich ein großer Platz, hinter dem sich das alte Rathaus befand. Überall standen Stacheldrahtverhaue, Absperrgitter, Sandsäcke mit Maschinengewehren, Militärfahrzeuge, einige Schützenpanzer, Sanitäts- und Feuerwehrwagen. Armee- und Sanitätszelte waren aufgerichtet worden und Container mit Versorgungsgütern standen herum. An einigen Stellen standen noch schwere Stahlzäune, die an anderen Stellen umgeworfen worden waren. Es lagen viele verrottete Körper auf dem Boden und unzählige Untote säumten die davor liegende Straße und den Platz, gingen sinn- und ziellos umher. Kenji erinnerte sich an die Tragödie, die sich hier abgespielt hatte. Er war ihr damals nur knapp entkommen, als eine Herde Untoter die Barrikaden durchbrochen hatte.

Auf der anderen Straßenseite gegenüber dem Haus sah er den Zugang zur ehemaligen U-Bahn. Er dachte kurz nach, zeigte ihn den anderen und flüsterte ihnen zu: »Als die Polizei und Armee versuchten, hier eine Sicherheitszone zu errichten, hatten sie die U-Bahnzugänge aus Sicherheitsgründen geschlossen. Die unterirdischen Gänge müssten sicher sein, denn sie wurden nicht mehr geöffnet. Die Zugänge sind nur mit Rollgittern verschlossen, die am Boden mit einem einfachen Sicherheitsschloss gehalten werden.« Er holte eine Brechstange aus seinem Rucksack.

»Und die ganzen Streuner?«, fragte Jo neugierig. »Wie kommen wir an denen vorbei?«

»Hiermit!« Kenji holte eine kleine Leuchtpistole mit vier Leuchtpatronen aus dem Rucksack und reichte sie Mike.

»Du schießt die vier Patronen auf verschiedene Stellen auf dem Platz. Das zieht die Toten an und wir können schnell rüber und dann die Treppen runter zum Gitter. Ich knacke das Schloss und wir gehen rein.«

Jo und Micki reichte er eine Taschenlampe und die anderen bekamen den Auftrag, ihnen den Rücken freizuhalten.

»Und dann, wohin gehen wir dann?«, fragte Taina.

»Der Gang führt zum unterirdischen Bahnhof. Auf der gegenüberliegenden Seite führen Treppen wieder zu einem Ausgang hinter dem Rathaus. Vor diesem Bereich befindet sich eine Sicherheitstür, hinter der ein Gang zu technischen Räumen führt. Da gibt es einen Notausgang, einen Schacht, durch den wir über eine Leiter nach oben klettern können. Der Ausgang befindet sich in einem Park, ein gutes Stück hinter dem Rathaus. Dort dürfte es nicht so von Streunern wimmeln wie hier.«

»Sicherheitstüren heißen nicht umsonst so. Da wirst du dir mit deiner Brechstange einen Bruch heben«, meinte Sani.

Kenji kramte einen Schlüssel aus seiner Innentasche und lächelte. »Ich war einmal der Sicherheitschef der U-Bahn hier vor Ort.«

Alle grinsten und waren jetzt bereit. Kenji zog vorsichtig den Vorhang des Fensters zur Seite, öffnete leise die eine Hälfte des Fensters, während Mike die Leuchtpistole lud. Ein leiser, dumpfer Knall hallte über den Platz. Mike hatte die erste Leuchtpatrone abgeschossen. Als sie auf dem Boden aufschlug, zischte es und die Patrone fing an, Rauch zu produzieren und grün zu leuchten. Die Untoten wurden davon wie magisch angezogen und fingen an, sich dorthin zu bewegen. Mike feuerte zwei weitere Leuchtpatronen in Richtung verschiedener Stellen auf dem Platz ab und auch jene produzierten Rauch, leuchteten auf und zogen die Streuner magisch an.

Kenji sah, dass die Untoten dem Haus den Rücken gekehrt hatten. Jetzt war der Moment gekommen, aus dem Fenster in den Vorgarten zu springen und schnell rüber zu den Treppen der U-Bahn zu laufen. Er gab das Zeichen und alle sprangen raus. Kenji, Sani und Taina erledigten ein paar Untote auf dem Weg dahin und die Truppe lief die Treppe runter. Kenji hielt seine Brechstange bereit, zögerte jedoch. Nicht nur war die Gittertür mit einem Schloss versehen, man hatte innen über die ganze Länge zwei schwere Winkeleisen angebracht, die am Gitter angeschweißt und am Boden und den Seitenwänden festgeschraubt worden waren. Die Tür zu öffnen war nicht möglich, außer man riss sie heraus.

»Das ist unmöglich, ich war dabei, als die Gitter verschlossen wurden. Die Verstärkungen hier müssen später befestigt worden sein«, sagte Kenji verärgert. Sein Plan war nicht aufgegangen und jetzt waren sie in Schwierigkeiten. Oben fingen die ersten Streuner an, sich für die Gruppe zu interessieren. Mike schoss seine letzte Leuchtpatrone unten aus dem Treppengang heraus in die Luft, in der Hoffnung, die Untoten ablenken zu können. Die Patrone leuchtete auf, erhellte den Platz und tauchte ihn in ein schauriges Grün. Kenji rief der Gruppe zu, sie sollten alle wieder zum Haus zurücklaufen und dann weiter zum Garten. Doch es war zu spät. Zu viele Untote standen ihnen jetzt im Weg. Sie saßen wie die Maus in der Falle.

Kenji drehte sich um. Aus dem Dunkel des unterirdischen Bahnhofs kamen Geräusche. Drei Streuner, angezogen vom Lärm, kamen von innen ans Gitter heran, fauchten die Gruppe an und Kenji machte ein erschrockenes Gesicht. Einer der Streuner trug eine Uniform der Eisenbahnpolizei mit einem Namensschild auf der Brust. Kenji hatte ihn gekannt. Er näherte sich dem Gitter.

»Das tut mir so leid, Mirko«, flüsterte er dem Streuner zu, hob die Brechstange und stieß sie ihm in den Kopf. Micki stand oben an der ersten Treppenstufe und wehrte einen Beißer ab, doch hinter ihm war noch einer, der ihren Arm packte und sich anschickte, reinzubeißen. Im letzten Moment konnte sie ihren Arm wegziehen, nahm den Untoten am Hals und versuchte, ihn davon abzuhalten, sie zu beißen. Sie schrie vor Todesangst auf und Jo kam zu Hilfe. Der musste selbst Untote abwehren, konnte sich dann aber absetzen, sprang zu Micki rüber und rammte dem Streuner sein Messer in den Kopf. Doch der Druck der Untoten auf die Gruppe wurde stärker und sie mussten sich wieder in den Treppengang zur U-Bahn zurückziehen.

Ein lauter Schrei hallte zu ihnen herüber. Mona erschrak. Die Untoten drehten sich um. Die Gruppe sah nicht, was geschehen war, aber die Streuner wurden von irgendetwas abgelenkt. Taina blickte aus dem Treppengang nach oben.

Dort standen zwei Untote, die sich in Richtung des Hauses fortbewegen wollten, doch sie kamen nicht mehr dazu. Die Köpfe der beiden zerplatzten einer nach dem anderen; Blut, Knochenteile und Gehirnmasse spritzen überallhin. Etwas wirbelte durch die vom Verwesungsgeruch verpestete Luft. Taina sah über die Mauer.

»Dave!«, rief sie erstaunt und sah, dass er mit ein paar Männern dabei war, die Untoten abzuwehren. Seine *Jungs* trugen wie er schwere Lederjacken, die mit Eisenplättchen und Stahlringen versehen waren. Einige hatten sogar Motorradhelme auf. Sie sahen aus wie wilde postapokalyptische Ritter. Dave schwang kraftvoll seinen Hammer und wirbelte ihn in der Luft herum. Jedem Streuner, den er traf, zerschmetterte er den Kopf. Daves Männer hatten schließlich eine Schneise in die Streueransammlung geschlagen.

»Na los, worauf wartet ihr? Zurück ins Haus!«, schrie er und schlug seinen Hammer wieder wild in die Untotenphalanx. Die Gruppe kämpfte sich ihren Weg frei und stürmte aus dem Gang heraus in Richtung des Hauses. Als sie wieder am Fenster waren, kletterte einer nach dem anderen hinein, und Dave, der als letzter einstieg, schloss das Fenster. Draußen drängten sich jetzt die Untoten am Fensterglas.

»Was zum Teufel tut ihr da?«, schrie Dave die Gruppe an. »Seid ihr lebensmüde?«

Die Gruppe hatte keine Zeit mehr, zu reagieren. Ein lautes, zischendes und pfeifendes Geräusch hallte in der Luft und dann gab es eine kräftige Explosion. Das Fenster zerbarst. Dann gleich noch eine Explosion und die Untoten wurden magisch davon angezogen.

»Himmel und Hölle!«, schrie Mona. »Was ist das?«

»Die Armee! Die schießen mit Mörsern. Wir müssen weg hier«, schrie Dave.

Mehrere Explosionen waren zu hören, überall wurden Untote in die Luft katapultiert und Körperteile flogen herum. Dave und Mike hörten das Herannahen von Fahrzeugen und dann hämmerte es mehrmals schwer durch die Luft. Irgendjemand hatte begonnen, mit Maschinengewehren zu schießen. Die Streuner auf dem Platz fielen einer nach dem anderen oder wurden in Stücke geschossen. Drei Mannschaftstransporter in armeegrüner Tarnfarbe kamen mit voller Wucht auf den Platz vorgefahren, überrollten alles, was sich ihnen in den Weg stellte, und die Schützen auf den Panzern hörten nicht auf, ihr schweres MG einzusetzen.

Dave schrie die Gruppe an, sich schnellstens in den Hinterhof zu begeben. Doch er blieb am Fenster stehen, genauso wie Kenji, Taina und Mike. Sie beobachteten die Szenerie auf dem Platz. Leuchtspurmunition aus den MGs zischte umher. Die Türen der hinteren Teile der Fahrzeuge öffneten sich und etliche Soldaten sprangen schießend heraus. Einige trugen Tarnuniformen, andere Zivilkleidung. Kugeln schlugen in der Fassade und den Fenstern auf dem ersten Stock des Hauses ein, in dem die Gruppe sich aufhielt. Glas splitterte. Dave, Kenji, Taina und Mike beobachteten, wie sich die Soldaten gezielt auf dunkelblaue Lkws mit der Aufschrift *SKB* zubewegten. Die Soldaten stiegen in die Trucks ein. Es dauerte einige Zeit, bis sie ansprangen, doch dann verschwanden sie in die Richtung, aus der die Schützenpanzer gekommen waren. Als Letztes fuhren die Panzer immer noch wild um sich schießend vom Platz. Der Geruch von Schießpulver lag in der Luft und stieg Dave in die Nase.

Keine Sekunde später pfiff es wieder, und wieder schlugen Granaten auf dem Platz ein, doch diesmal war es stärker und heftiger. Eine Granate traf das Hausdach und Dave schrie den anderen zu, dass sie sofort rauslaufen sollten. Hinten im Garten angelangt, entfernten sie sich schnell durch die anderen Gärten. Sie kletterten über Zäune und drängten sich durch Hecken auf die andere Seite zu den gegenüberliegenden Häusern. Dave sah sich noch mal um. Zwei weitere Granaten trafen das Haus, in dem sie sich noch ein paar Sekunden zuvor aufgehalten hatten, und das Gebäude fiel teilweise zusammen.

Sie liefen einige hundert Meter quer durch die Stadt, hier und da Streuner abwehrend, und erreichten eine Halle. Auf der Rückseite gab es eine Feuerleiter. Dave zeigte auf sie und schrie ihnen zu, sich aufs Dach zu begeben. Alle kletterten hoch. Von hier oben hatten sie eine gute Rundumsicht und die Gruppe sah das Feuer und den Rauch aus der Richtung, aus der sie gekommen waren. Einige Häuser hatten Feuer gefangen. Die Gruppe setzte sich hin und musste verschnaufen.

»Was zum Henker war das jetzt?«, fragte Jo erschöpft.

»Ich sollte euch alle erschlagen, ihr Dummköpfe!«, antwortete Dave grimmig.

»Ich habe einen fatalen Fehler begangen. Es ist meine Schuld, nicht ihre!«, entschuldigte Kenji die anderen.

»Dann werde ich dich eben erschlagen, Tempura San.«

Blitzschnell hielt der ihm die spitze Klinge seines Yari an die Kehle. Daves Männer sprangen auf und richteten ihre Äxte und Speere gegen Kenji.

»Tu es doch, Tempura, und dein Leben ist genauso verwirkt.«

»Mein Name ist Kenji, du verlauster Barbar«, entgegnete er und verzog sein Gesicht zu einer grimmigen Fratze.

»Verdammt noch mal, jetzt reicht es aber«, schrie Taina und ging dazwischen. »Ihr beide hört jetzt sofort auf damit, haben wir nicht genug Scheiße gehabt für heute?«

»Ich hab euch aus eurer Scheiße rausgehauen, Lady!«, stellte Dave lapidar klar.

Vom Dach aus konnte man die Südzone sehen, die sich auf einer leichten Anhöhe befand. Als Dave ausgesprochen hatte, vernahmen sie von dort eine sehr laute Explosion. Ein riesiger Feuerball stieg auf.

An anderer Stelle in der Stadt, hoch oben auf einem Hochhaus, stand ein Teleskop. Ein Mann mit nach hinten gekämmten graumelierten Haaren blickte hindurch, als sich die Explosion in der Südzone ereignete.

»Gut! Das wird ihn einige Zeit beschäftigen. Wenn er es denn überlebt.«

Ein Mann hinter ihm gesellte sich dazu. »Was ist mit den Trucks? Die Armee hat sie jetzt.«

»Ja, aber sie können damit nichts anfangen, denn wir haben die Wissenschaftler. Und die Trucks sind erst mal in Sicherheit. General Hoffmann wird jetzt mit mir verhandeln.« Er lachte bösartig, atmete tief durch und verließ das Hochhaus. Unten angekommen stieg er über tote Männer hinweg durch die hintere Tür in einen SUV. Es waren die Männer, die Bär losgeschickt hatte. Der Wagen gab mächtig Gas, die Räder drehten durch und das Fahrzeug preschte davon.

Südzone. Bär stand auf dem Balkon seines Zimmers. Er sah ungeduldig in Richtung Nordosten, als Carla den Balkon betrat. »Gibt es Neuigkeiten?«

»Nein, nichts.«

Plötzlich hörte er Explosionen in der Stadt und Bär sah rüber. Er schrie Carla an, ihm sofort sein Fernglas zu bringen und beobachtete die Stadt.

»Was zum Henker geht da vor?«, fragte er sich und wurde nachdenklich. Rauch stieg aus der Stadt auf und noch mehr Explosionen waren zu hören. Bär hob wieder sein Fernglas.

»Carla, schick jemanden runter zum Beobachtungsposten in die Stadt, ich will wissen, was da vor sich geht.«

Carla verschwand und betrat nach ein paar Minuten wieder den Balkon. »Es fährt sofort jemand los.«

Bär senkte sein Fernglas und Augenblicke später gab es eine riesige Explosion. Diese riss genau vor dem Eingangstor der Südzone einen großen Krater in die Straße. Die Druckwelle war so stark, dass das Tor und Teile der Schutzwand umgeworfen wurden. Auch Bär und Carla wurden durch die Druckwelle zu Boden geschleudert. Fensterscheiben zerbrachen oben im Gebäude und Glassplitter fielen runter auf den Balkon.

Bär richtete sich wieder auf und wusste instinktiv, dass alle Untoten in der Nähe jetzt zur Südzone strömen würden, angezogen von der Explosion und dem Rauch. Ein großes Loch klaffte in seiner Schutzmauer, durch das die Streuner ungehindert ins Innere gelangen konnten. Grimmig sah er in Richtung Nordosten und fluchte.

Mike stand fassungslos da und grübelte. Taina hatte die beiden Streithähne Kenji und Dave beruhigen können, während Mona einige kleine Verletzungen und Schnittwunden bei Jo, Micki und Sani behandelte. Mike ging zu Kenji und Dave.

»Ich will jetzt von euch wissen, was hier abläuft. Was bedeutet das alles hier? Wer hat ein Interesse daran, unseren Doktor zu entführen und warum?«

Dave sah Kenji überrascht an.

»Von was für einem Arzt redet der? Ich habe das Gefühl, dass es Zeit wird, die Karten auf den Tisch zu legen!«

Kenjis Blick schweifte über die Südzone zur Stadtmitte und seine Miene verfinsterte sich.

– Eiserne Jungfrau –

Ostzone. Devon van Moor, ein kleiner quirliger aber entschlossener Mittfünfziger, kam in sein Hauptquartier spaziert, zufrieden über das, was geschehen war. Für die wichtigen Verhandlungen mit General Hoffmann hatte er jetzt alle Trümpfe in der Hand und Bär, dieser lästige Kontrahent aus der Südzone, würde ihm nicht ans Bein pinkeln. Der wäre eine Zeit lang beschäftigt, dafür hatte Devon gesorgt. Er betrat sein Arbeitszimmer und fand seinen Leibwächter sowie eine Person vor, die ihm augenscheinlich missfiel, denn sofort verzogen sich seine Gesichtszüge zu einer reservierten Miene. Für Devon war Loyalität eine Tugend, die nur die Besten auszeichnete. Und mit nicht Geringeren als den Besten wollte er sich umgeben. Besonders in Zeiten wie diesen, in denen der Geruch des Todes permanent in der Luft lag. Bastian war ein Mann, den er mit ein bisschen Druck und Todesdrohungen ziemlich leicht davon überzeugen konnte, dass es besser war, für ihn zu arbeiten und nicht für Bär.

»Ah, Bastian«, grüßte Devon ihn gleichgültig, nahm einen Olivenholzkamm aus der Innentasche seiner Jacke und fuhr sich durch sein Haar. »Zufriedenstellende Arbeit, mein Lieber. Nimm Platz. Der Arzt ist wohlauf, obwohl er in den nächsten Tagen noch Kopfschmerzen haben wird. Es hätte gereicht, ihn einfach nur zu fesseln, anstatt ihm fast den Schädel einzuschlagen. Aber das mit der Zeitbombe! Perfektes Timing.«

Bastian setzte sich und war erleichtert über Devons Zufriedenheit. Für Bär war er unentbehrlich gewesen – damals, als sie gegen die Ratten kämpfen mussten. Und das wollte er ab jetzt für van Moor sein. Eine andere Wahl hatte er sowieso nicht mehr. Bastians Kopf nahm plötzlich eine unnatürliche rotblaue Hautfarbe an, sein Gesicht verzog sich zu einem gequälten Grinsen. Er fasste sich mit beiden Händen an den Hals, stampfte mit den Füßen auf den Boden und fing an, nach Luft zu schnappen. Sein Hals schmerzte und etwas schien ihm das Atmen zu erschweren.

Er hatte nicht bemerkt, wie Devons Leibwächter eine Drahtschnur hervorholte. Damit schnürte dieser Bastian nun die Luftröhre zu. Währenddessen steckte Devon seelenruhig seinen Kamm wieder in die Tasche und genehmigte sich einen Drink, ehe er sich mit grimmigem Gesicht umdrehte.

»Übrigens. Was hatte das Empfangskomitee an meinem Beobachtungsposten zu suchen?«, fragte er nun erbost. Der Leibwächter lockerte ein wenig die Schnur, damit Bastian wieder atmen konnte.

»Ich weiß nichts davon«, stammelte er, doch Devon wollte ihm dies nicht abkaufen. Der Leibwächter zog die Schnur enger und Bastians Kopf lief wieder rot an, er schnappte verzweifelt nach Luft.

»Warum hab ich das Gefühl, lieber Bastian, dass du ein doppeltes Spiel spielst? Ich meine, genau dort, wo wir uns treffen sollten, finde ich ein paar Attentäter vor, die mir nach dem Leben trachten wollen. Hättet ihr mich und meine Männer erledigt, wer hätte euch noch aufhalten können, hierherzukommen und euch alles unter den Nagel zu reißen?«

Bastian schnappte immer noch händeringend nach Luft, seine Adern an Stirn und Schläfen traten deutlich hervor. Der Leibwächter lockerte wieder die Schnur und Bastian musste husten und hatte Probleme damit, Luft zu holen.

»Ich … ich wusste nichts … davon, ich schwöre, ich … wusste nichts davon«, röchelte er. Devon nickte seinem Leibwächter zu. Dieser nahm die Schnur von Bastians Hals und stellte sich wieder in die Ecke des Raumes. Bastian griff sich an seinen Hals und musste wieder husten.

»Weißt du, deinem Boss traue ich nicht. Und jedem, der ihm dient, traue ich auch nicht. Ich halte es da wie die alten Römer.«

Devon öffnete eine Schublade an seiner Bar, zog blitzschnell eine schallgedämpfte Pistole aus dieser hervor und schoss Bastian zweimal in den Oberkörper, bevor dieser irgendeine Reaktion zeigen konnte.

»Ich liebe den Verrat, aber nicht den Verräter.«

Bastian zuckte, hauchte seinen letzten Atemzug aus und sackte im Stuhl zusammen.

»Devon? Devon Schatz?«, hallte es vom ersten Stock her.

»Lass ihn verschwinden«, befahl er seinem Leibwächter und ging zur Tür seines Arbeitszimmers.

»Draußen wartet sein Fahrer«, bemerkte der Leibwächter.

»Den auch.«

»Devon, bist du da?«, hallte es wieder hinunter.

»Ja, Liebling, ich bin hier. Ich komme.«

Südzone. Währenddessen war Bär damit beschäftigt, die Lücke zu schließen, die die Bombe verursacht hatte. Er und ein paar Männer waren dabei, Untote abzuwehren, doch kamen immer mehr davon aus dem Wald und aus der Stadt. Einige seiner Männer fingen an, panische Angst zu bekommen.

»Ihr verdammten Angsthasen. Wollt ihr alle sterben und so werden wie die da?«, schrie er sie an. Einige sahen ihn an und schüttelten verneinend den Kopf.

»Dann fasst euch an die Eier und schlagt diese verdammten Matschköpfe zu Brei.«

Der Bautrupp fuhr Autos und Lkws zur Stelle, wo das Haupttor gestanden hatte und blockierte die Einfahrt.

Draht- und Baugitter wurden herbeigeholt, um die Absperrungen zu verstärken. Pepe stand draußen und half mit, die Untoten abzuwehren. Er schlug einem nach dem anderen mit einem Hackbeil den Kopf ein. Doch der nicht nachlassen wollende Strom an Untoten ließ ihn bald seinen Mut verlieren.

»Santa Maria, das sind zu viele. Weg hier.« Er wollte nur noch zu seiner Tochter und mit ihr fliehen. Doch Bär hielt ihn auf.

»Du bleibst schön hier, Freundchen, und kämpfst weiter. Oder ich sorge dafür, dass du zu einem von denen mutierst, und dann werde ich dich so deiner Tochter zeigen.«

Pepe riss erschrocken die Augen auf. Alle kämpften weiter, doch auch Bär sah ein, dass sie die Streuner nicht allzu lange weiter abwehren konnten. Es waren einfach zu viele. Er sah zurück zum Haupttor und stellte fest, dass der Bautrupp die Lücke fast geschlossen hatte. Zwei seiner Männer wurden jedoch beim Abwehrkampf gebissen, von denen einer hinfiel und von Streunern zerfleischt wurde. Den Rest verließ nun endgültig der Mut und sie liefen zurück, hinein in die Sicherheitszone. Bär versuchte sie aufzuhalten, um dem Bautrupp noch ein paar kostbare Minuten zu verschaffen, doch es war vergebens. So zog auch er sich zurück, doch einige Streuner hatten es bereits bis zum Tor geschafft. Zwei Männer hatten sich auf einen Lkw begeben und fingen an, Bolzen mit ihren Armbrüsten auf die Streuner zu schießen. Nur noch Pepe und Bär waren draußen und die Streuner bedrängten sie. Ein Untoter fasste Bär an der Schulter, doch dieser schlug die Hand weg, griff Pepe, der vor ihm lief, am Kragen seines Pullovers und schleuderte ihn zurück. Diesem fiel dabei sein Hackbeil aus den Händen und er ging zu Boden. Die Streuner fielen über ihn her und zerrissen ihn bei lebendigem Leibe, während er vor Schmerzen grausam schrie. Bär sprang schnell über die Absperrung in Sicherheit.

»Los, bringt das Baugitter her und schließt dieses Loch. Na wird's bald.«

Die Männer sprangen herbei und verschlossen das letzte Schlupfloch, während die Armbrustschützen unaufhörlich schossen, um die Streuner vom Bautrupp fernzuhalten. Die Südzone war gesichert, im allerletzten Moment. Bär atmete erleichtert auf. Doch als er seine Männer ansah, sah er das Entsetzen in ihren weit aufgerissenen Augen und ängstlichen Gesichtern.

»Was glotzt ihr so rum? Nehmt euch Speere und stecht die Matschköpfe ab. Wir sind noch nicht fertig hier«, schrie er sie an.

Eine Frau lief an Bär vorbei zur Absperrung.

»PAPA!!! Neeeiiin!«, schrie Lisa wütend und sank, von Trauer und Schmerz über den Anblick ihres Vaters gepeinigt, in sich zusammen. Sie weinte bittere Tränen. Bär lief zu ihr und nahm sie in die Arme.

»Es tut mir so leid, Lisa. So leid. Ich hatte noch versucht, ihn zu retten, aber es waren einfach zu viele. Ich konnte nichts mehr tun.«

Bär drehte Lisa um, drückte sie fest an sich, damit sie den Anblick ihres Vaters nicht mehr ertragen musste, sah selbst aber zu, wie Pepes Leiche zerfleischt wurde. Die Streuner zogen die blutigen Innereien heraus und fraßen sich satt an seinem Fleisch. Bär fand es abstoßend und faszinierend zugleich. Er befahl seinen Männern, weiterzumachen und jeden Streuner zu erledigen, der nah genug an die Absperrung herankam. Dann ging er mit Lisa in sein Büro und legte sie dort ins Bett. Er befahl Carla, bei ihr zu bleiben und sich um sie zu kümmern. Dann verschwand er wieder, um die Abwehr gegen die Untoten zu organisieren und seine Männer unter Kontrolle zu behalten.

Westzone. Als Dave, Mike und die anderen erschöpft in der Westzone ankamen, hatte niemand mehr große Lust auf einen klärenden Plausch. Auch von hier aus konnte man das lichterloh brennende Zentrum sehen, das langsam von Rauchschwaden verdeckt wurde. Die Granateneinschläge hatten ihren Tribut gefordert. Wider Erwarten hatte sich die Gruppe durch einige Horden von Untoten kämpfen müssen. Mike hatte sich eine Wunde an der Stirn zugezogen, die Mona verarztete. »Den Verband müssen wir regelmäßig erneuern, sonst entzündet es sich wieder, okay?«

Mike nickte und bedankte sich herzlich. Dave gab heimlich seinem hünenhaften Freund Loki den Befehl, die Gruppe nicht aus den Augen zu lassen. Dabei meinte er vor allem Kenji.

»Falls der Japs abhaut, um seinen Leuten helfen zu wollen, könnte er die Streuner hier noch mehr aufscheuchen und weitere anziehen. Dann haben wir ein Problem.« Loki nickte.

Als die Nacht hereinbrach und die Gruppe sich ein wenig ausgeruht hatte, saßen alle wieder am Lagerfeuer und Dave gesellte sich zu ihnen.

»Heute war wohl kein guter Tag für Vertrauensbildung. Ich weiß immer noch nicht, was ihr vorhattet, aber ihr habt sehr viel Unruhe ins Chaos gebracht. Hier wohnen viele Menschen und es ist nicht leicht, sie zu beschützen, zu ernähren und für alles andere zu sorgen, was man so braucht. Ich schätze es nicht, dass das in Gefahr gebracht wird. Ich will jetzt eine Erklärung von euch haben.«

Mike wollte ihm die Lage erklären, doch Kenji kam ihm zuvor. »Mikes Gruppe kam vor knapp zwei Wochen zu uns. Unter ihnen war ein Arzt, der bei der *SKB* war.«

»*SKB?*«, wollte Dave wissen.

»Die Seuchenkontrollbehörde«, erklärte Mike.

»Dieser Arzt wurde von einem von Bärs Männern entführt, und ich gehe davon aus, dass Devon van Moor dahintersteckt«, glaubte Kenji zu wissen.

»Warum sollte der das tun?«, fragte Dave.

»Das weiß ich nicht, Bär hat auch seine Geheimnisse und teilt mir nur das mit, was ich wissen muss.«

Kenji wurde nachdenklich. »Die Armee hatte gezielt diese blauen Fahrzeuge vom Platz geholt und van Moor wollte unbedingt diesen Arzt haben. Es würde mich nicht wundern, wenn das eine etwas mit dem anderen zu tun hat. Nur weiß ich noch nicht genau, was das sein könnte. Ich muss zurück zur Südzone.«

»Vorerst geht hier niemand weg«, stellte Dave klar. »Ihr habt die Untoten in der ganzen Gegend aufgescheucht wie ein Fuchs einen vollen Hühnerstall. Wenn sich die Lage beruhigt hat, sehen wir weiter.«

Kenji merkte, dass sich hinter ihm irgendwer bewegte. Dave konnte das an Kenjis Gesichtsausdruck ablesen. »Loki wird dich im Auge behalten, Tempura San, also komm nicht auf dumme Gedanken.«

Taina mischte sich ins Gespräch ein, sah auffordernd in die Runde und bestätigte, dass niemand hier irgendetwas Dummes anstellen würde. Alle nickten, doch Dave war sich sicher, dass Kenji dies nicht ernst meinte. Als Dave sich schlussendlich zurückzog, folgte Taina ihm und fasste ihn hart am Arm.

»Warum behandelst du Kenji so respektlos?«

»Weil ich ihm nicht traue.«

Am nächsten Morgen waren Mike und Jo wieder früh auf und liefen durch die Westzone. Dave hatte recht gehabt, es liefen deutlich mehr Streuner herum als vor ein paar Tagen. Da es sonst nichts zu tun gab, erkundeten sie die Zone. Zwischen ein paar Häusern lag ein kleiner Platz. Hier saß ein mittelgroßer, muskulöser Mann mit langen blonden Haaren, der Holzbalken sägte und schliff. Hinter ihm, auf einem Hocker, lagen ein blutverschmierter Helm und eine Axt. Mike und Jo sahen sich das genauer an.

»Ah, die Neulinge! Willkommen. Ich bin Finn.«

Mike schätzte den Mann auf Mitte fünfzig. Er sah ihm an, dass er sich mit Holzarbeiten gut auskannte. Seine Handbewegungen und Arbeitsvorgänge deuteten auf reichlich Erfahrung hin. Mike grüßte freundlich zurück und fragte nach, an was er da baute.

»Wir planen die Erweiterung der Zone. Die brachliegenden Felder hintenan wollen wir sichern. Da werden wir nächstes Jahr Gemüse anpflanzen und weitere Ställe für unsere Tiere bauen.«

»Gute Idee«, meinte Mike, »und was macht ihr, wenn eine Herde Streuner anrückt?«

Finn zeigte auf einen alten amerikanischen Kastenwagen neben dem Haus, der mit einer Schneeschaufel ausgerüstet war. »Im schlimmsten Fall, falls der Weg freigeräumt werden muss, nehmen wir Big Daddy.«

Mike und Jo sahen sich erstaunt an und mussten grinsen.

»Warum ist uns so was nicht eingefallen, als wir im Kloster waren?«, fragte Jo Mike.

»Weil du dafür keine Schneeschaufel brauchtest, Josef Joachim!«, scherzte dieser und grinste neckisch, während Jo ihm den Mittelfinger entgegenstreckte.

Als sie weitergehen wollten, fielen Jo einige Holzstiele auf, die gegen die Fassade des Hauses gelehnt waren. In einige waren schon Gravuren hineingeschnitzt worden. Finn musste also schon vor dem Untergang ein ganz talentierter Schreiner mit Hang zu nordischer Geschichte und Mythologie gewesen sein.

»Warst du mal Schreiner oder Künstler? Das ist eine tolle Arbeit, diese Schnitzereien«, fragte er Finn.

»Nee, das ist mein Hobby. Beruflich war ich Rentner, so etwa ab meinem Schulabgang«, antwortete er und grinste die beiden an. »Nennen wir es mal so: Ich bin ein Überlebenskünstler.«

»Aha«, entfuhr es Jo und die beiden gingen erstaunt weiter.

»Was wollen wir jetzt machen wegen Leon? Hast du eine Idee?«, wollte Jo wissen.

Mike dachte schon die ganze Zeit darüber nach. Weder wussten sie mit Sicherheit, ob sich Leon in der Ostzone befinden würde, noch waren sie in der Lage, ihm irgendwie helfen zu können. Das brachte Mike an den Rand der Verzweiflung. Kenji wurde beobachtet und es viel Mike langsam auf, dass auch sie nicht aus den Augen gelassen wurden. Mike nahm sich vor, mit Dave ein ernstes Wort zu reden.

Später am Nachmittag sah er ihn auf dem Dach des Hauptgebäudes sitzen. Er ging hoch zu ihm und setzte sich neben Dave. »Von hier aus hat man eine gute Aussicht auf die Stadt!«

»Ja, das hat man. Aber du bist nicht hierhergekommen, um mir das zu sagen. Ist es nicht so?«

»Nein. Da hast du Recht. Du hast mir erzählt, dass deine Freunde hier wichtig sind für dich. Dass du alles für sie tun würdest. Genauso fühle ich für meine Freunde.«

Dave nickte verständnisvoll und hörte Mike weiter zu.

»Da draußen, irgendwo da draußen, ist mein Freund Leon, und er ist nicht freiwillig dort. Ich möchte ihn wieder zurückholen. Ich brauche Kenji, aber ich brauche auch dich. Du musst uns helfen, Leon wiederzufinden. Außerdem haben wir noch Freunde in der Südzone, die wir dagelassen haben. Ich muss zu ihnen.«

Dave sah nachdenklich zum Hafen rüber. »Euer Kommen hat Bewegung ins Spiel gebracht. Und das hat wohl seinen Grund. Aber ich kenne diesen Grund nicht, und ich kann und werde niemandes Leben riskieren, um das rauszufinden.«

»Dann lass Kenji gehen, er kann es in Erfahrung bringen.«

Dave schüttelte skeptisch den Kopf. »Wieso traust du ihm? Er ist Bärs rechte Hand! Was, wenn er nicht zurückkommt, weil es ihm vielleicht egal ist?«

»Ich weiß es nicht, Dave, es ist nur so ein Gefühl. Und ich lag bisher immer richtig. Aber wieso misstraust du Bär so?«

»Anfangs hatten wir Versorgungsprobleme. Ich bat Bär bei einem Treffen um Nahrungsgüter für die Menschen hier, was dieser ablehnte. Es kümmere ihn einen Scheiß, ob die Verrückten hier an Hunger krepierten. Und wenn wir den von ihm beanspruchten Stadtteil betreten würden, würde er auf uns schießen. Das waren seine Worte. Und der Japs war auch dabei und hat keine Miene verzogen.«

Daves düsterer Blick schweifte über die Stadt und er dachte kurz über Kenjis Freilassung nach. »Noch vor ein paar Wochen war alles ruhig hier. Und jetzt scheint alles drunter und drüber zu gehen. … Ich überlege es mir.«

Zwei Tage später in der Südzone. Bär saß an seinem Schreibtisch und erwartete Carla für einen Zwischenbericht. Sie konnten die Südzone mit letzter Kraft verteidigen. Hunderte

Streuner waren abgewehrt worden und mussten nun weggeräumt und verscharrt werden. Bärs Männer murrten wegen der ganzen mühevollen Graberei, doch wollte Bär die Leichen nicht verbrennen, aus Angst, noch mehr Streuner aus der Umgebung anzulocken. Carla bestätigte drei Tote und zwei Verletzte, davon einer mit einer Bisswunde.

»Lass ihn zum Vorposten in die Stadt bringen. Ich will nicht, dass er hier weitere infiziert, falls er unbemerkt sterben sollte«, ordnete Bär an.

Carla notierte und fuhr weiter mit ihrem Bericht fort. Kenjis und Mikes Gruppe wurden vermisst. Auch das zweite Außenteam, das Bär entsendet hatte, um van Moor zu entführen, war verschollen. Bär schnaubte vor Wut.

»Dieser Mike und seine Leute sind mir egal, aber Kenji muss zurückkommen. Ich brauche ihn.«

»Wir können eh nicht mehr genug Außenteams zusammenstellen«, stellte Carla betrübt fest, als sie ihre Personalliste überprüfte. »Die, die noch übrigbleiben, brauchen wir für den Wachdienst an den Türmen.«

»Wie viele Männer haben wir noch an der Südgrenze?«, wollte Bär wissen.

»Nur noch drei Mann.«

Die Lage war verzweifelt. Bär winkte mit dem Finger. Carla legte ihren Bericht auf den Tisch und ging. Bär zerbrach sich den Kopf, doch ihm fiel nichts ein. Er fing an, Selbstgespräche zu führen, als er zum Bett rüber sah. Lisa lag all die Tagen dort und trauerte bitterlich um ihren Vater. Sie hatte kaum etwas gegessen oder getrunken. Dunkle Ringe hatten sich unter ihren Augen gebildet. Bär hatte sich um sie gekümmert, sie getröstet und er küsste sie immer wieder auf Wangen und Stirn, um sie zu beruhigen. Lisa sah ihn an. Sie hatte das Gespräch belauscht.

»Ach, mein Liebes, du solltest solche Gespräche nicht mitanhören. Das ist nichts für zarte Gemüter.«

Bär stand auf und setzte sich zu Lisa ans Bett. »Es ist traurig genug, dass dein Vater sein Leben für uns opfern musste. Dieser van Moor ist an allem schuld. Und ich würde deinen Vater rächen, wenn ich könnte. Doch leider habe ich nicht mehr die Mittel dafür. Zu viele meiner Männer haben diese Attacke nicht überlebt.«

»Es gibt eine Möglichkeit«, stotterte Lisa vor sich hin.

Bär setzte sein Haifischlächeln auf und streichelte ihr zärtlich über ihr langes weiches Haar.

»Du bist eine wunderschöne junge Frau und sicherlich ein kluges Köpfchen, aber das sind Dinge, um die du dir keine Gedanken machen solltest.«

Lisa sah ihn ernst an. »Es gibt eine Möglichkeit!«

Sie fing an, ihm ihre Idee zu unterbreiten. Bär hörte ihr desinteressiert zu. Beim Anblick dieser schönen jungen Frau hatte er andere Sachen im Sinne als belangloses Geschwafel über die aktuelle Situation mit einem hübschen Frosch im Tümpel, der vom rauen Meer keine Ahnung hatte. Doch mit Dauer des Gesprächs weiteten sich seine Pupillen und seine Gedanken schweiften zurück zur Realität. Als Lisa fertig war, legte er sich erstaunt und sprachlos neben sie, lächelte sie an und streichelte ihr über die Wangen.

– Des Teufels Schergen –

Ostzone. Devon van Moor machte sich bereit. Er kämmte sich sein Haar, verabschiedete sich von seiner Frau, gab ihr einen zarten Kuss auf den Mund und ging zum Wagen.

»Bring mich zu General Hoffmann. Habt ihr auch die weiße Flagge dabei? Ich will nicht von diesen Trotteln beschossen werden.«

Der Leibwächter bejahte und sie verließen die Ostzone in Richtung Hafen.

Als sie dort ankamen, liefen Untote vor dem Eingangsportal der militärischen Sperrzone herum. Vor der Einfahrt erfasste van Moors Wagen einen der Untoten und schleuderte diesen gegen die Stahlbetonpalisade der Sicherheitszone. Sein halber Körper zerplatzte wie eine faule Tomate und hinterließ ein Graffiti aus Blut, Gehirnmasse und Fleischresten an der Mauer. Van Moor ging zielstrebig zu General Hoffmanns Büro. Es befand sich in einem mehrstöckigen Gebäude, das einmal einer Reederei gehört hatte. Das Namensschild der Firma prangte immer noch silberglänzend an der Eingangstür. Neben der Tür wehte auf Befehl von General Hoffmann immer noch die Nationalflagge. Van Moor schüttelte verständnislos den Kopf. Die Wache im Eingangsbereich ließ ihn ungehindert vorbei in den zweiten Stock gehen. Devon klopfte nicht an und betrat das geräumige und komfortabel eingerichtete Büro des Generals.

»van Moor, was wollen Sie?«, fragte General Hoffmann in einem unfreundlichen Ton und sah seinen Besucher gleichgültig an.

»Och, wie feindselig. Dabei komme ich, um Sie zu beglückwünschen«, entgegnete van Moor zweideutig.

»Ach ja?«

»Ja, Herr General. Meine Männer haben mir berichtet, dass Sie sich bei ihrer letzten Veranstaltung im Zentrum der Stadt im Besonderen für *SKB*-Fahrzeuge interessiert haben. Und da frage ich mich doch, wieso? Die hatten doch sicher keine Verpflegung geladen. Aber genau die haben Sie liegenlassen. Warum wohl? Was gibt es Wichtigeres als Verpflegung … in diesen Tagen?«

»Mein lieber van Moor«, sagte der General in abwertendem Ton, lehnte sich zurück in seinen Ledersessel und lies sein Arme auf den Armlehnen ruhen. »Es geht Sie einen feuchten Dreck an, wo ich was mit wem wie veranstalte.«

»Aaah, da wäre ich mir nicht so sicher, lieber General. Ich habe nicht umsonst für die Regierung gearbeitet. Ich gehörte zu dem Kreis von Leuten, die umfassend informiert waren, auch über Dinge, die der Geheimhaltung unterlagen. Vergessen Sie nicht, dass einige Regierungsmitglieder ihr Überleben auf Langenmark meinem Privatjet zu verdanken haben. Anderenfalls wären sie jetzt wanderndes totes Fleisch, falls sie es nicht schon sind. Das habe ich nicht aus Wohlgefallen oder Gutmütigkeit getan. Das hatte seinen Preis! Informationen, mein Lieber.«

Van Moor zog sich einen schlichten hölzernen Stuhl heran und setzte sich ohne Aufforderung hin.

»Ich kann mir denken, was in den Trucks ist. Der Innenminister hatte da was erwähnt. Und wenn das so ist, weiß ich, dass sie damit nicht viel anfangen können. Sie haben Glück, dass Sie die Lkws zuerst in die Finger bekommen haben. Sie mögen jetzt das Werkzeug haben, aber ich habe die Handwerker.«

General Hoffmann sah van Moor erstaunt an.

»Ja, lieber General, Sie haben richtig gehört. Und ich habe nicht nur einen, sondern gleich drei. Und! Das Know-how.

Obwohl Ihnen das schwerfallen wird, bin ich mir sicher, dass eine Zusammenarbeit von beiderseitigem Interesse wäre. Berichten Sie das der Kanzlerin. Ich komme in ein paar Tagen vorbei, um mir anzuhören, was sie entschieden hat. Aber vergessen Sie nicht, ich bestimme die Konditionen der Veranstaltung! Auf Wiedersehen.«

General Hoffmann gefiel dies gar nicht.

»Bevor ich der Kanzlerin irgendetwas berichte, will ich diese Personen sehen.«

Van Moor nickte bewilligend, drehte sich um und verschwand zügig.

Westzone. Es war Nacht. Der abnehmende Vollmond beschien die Gegend um die Westzone und warf hier und da grausige Schatten in den Staub der verfallenden Stadt. Kenji und Mike saßen am Lagerfeuer und unterhielten sich.

»Die haben hier wirklich ein perfektes Lager gefunden«, meinte Kenji.

»Ja«, bestätigte Mike. »Und nah am Meer. Einer der Fischer hat mir heute Morgen gesagt, dass sich die Fische wieder schneller vermehren werden, weil es keine Hochseeflotten mehr gibt, die die Meere leerfischen. An Nahrung wird es hier nicht fehlen in Zukunft.«

»Stimmt, hier könnte man was ganz Großes draus machen.«

»Ich kann mir vorstellen hierzubleiben. Aber davor muss ich zurück zur Südzone. Ich muss wissen, wo Leon ist und ihn da rausholen. Und Pepe und Lisa herholen. Ich mache mir Sorgen um die beiden.«

Mike war äußerst ungeduldig geworden. Die Situation mit den Untoten hatte sich beruhigt. Doch Dave hatte noch immer keine Entscheidung getroffen und Mike wollte nicht länger warten. Kenji war derselben Meinung. Sie mussten zurück.

»Also gut, Kenji. Wenn Dave morgen keine Entscheidung trifft, gehen du und ich morgen Nacht über die Mauer, okay?«

»Einverstanden, aber nur wir beide!«

»Geht klar.«

Mike erhob sich und ging schlafen.

Dave saß auf der Aussichtsplattform auf dem Dach und beobachtete die Gegend. Hier und da schlurften Untote ziellos umher, aber es war ruhig. Von hier oben konnte er das Meer sehen. Die Lichtreflexe, die durch den Mondschein hervorgerufen wurden, ließen seine Gedanken für einen Moment in weit entfernte Gefilde schweifen. Doch wurde er wieder in die Realität zurückgeholt, als er jemanden die Treppen heraufkommen hörte.

»Man hat mir gesagt, dass ich dich hier finde.«

»Und hier bin ich, wie du siehst.«

»Ja.« Taina setzte sich neben ihn und sah dem Spiel der Wellen zu, wie sie mit den Lichtreflexen des Mondscheins um die Wette tanzten.

»Schön hier oben, ich mag das Meer. Es erinnert mich immer an … vergangene und bessere Zeiten.« Sie musste schlucken und fühlte für einen Moment Wehmut.

»Ja«, sagte Dave nachdenklich, »deshalb bin ich oft hier oben, ich brauche das hier. Diese Momente der Ruhe. Sonst würde ich wahrscheinlich verrückt werden.«

»Ja, das kann ich verstehen.«

Ihre Blicke trafen sich und beide verspürten ein leises Knistern in der Luft. Ein Gefühl, das sie schon lange nicht mehr empfunden hatten. Sie mussten beide schmunzeln und sahen verlegen für einen Augenblick wieder aufs Meer hinaus.

»Weißt du, Taina, ich ...«

Taina legte ihm ihren Finger sanft auf den Mund, rückte ganz nah an ihn ran und gab ihm einen Kuss auf den Mund.

»Was? Nur einen kurzen Kuss?«, fragte Dave erstaunt.

Taina sah ihn an und musste lächeln. »Du stinkst nach Fisch.«

Dave riss zuerst die Augen auf und musste dann tief lachen. »Entschuldigung, aber Zahnpasta ist gerade alle.«

»Dann muss das wohl dringend auf die Besorgungsliste, unter *sehr Wichtig*!«

Beide lachten und küssten sich wieder.

Jo und Micki saßen unten im Flur vor ihrem Zimmer und unterhielten sich, als Loki auf sie zukam. »Habt ihr Dave gesehen?«

»Ja, der ist oben auf dem Dach und wird gerade vergewaltigt«, frotzelte Jo. Loki sah ihn verdutzt an. Micki gab Jo einen liebevollen Klaps auf den Kopf.

»Er ist oben mit Taina, und er ist beschäftigt, Loki. Falls du verstehst, was ich meine. Die wollen sicherlich alleine sein und ich würde beide jetzt nicht stören.«

»Oh, ok, hehe. Ist auch nicht so wichtig, kann bis morgen warten.« Loki errötete, drehte sich verwundert um und verschwand wieder.

»Josef Joachim, du bist ein Lümmel!«

»Ach was, wenn unsere Wildkatze mit ihm fertig ist, bleibt für die Streuner eh nichts mehr übrig«, sagte er, nahm Micki in den Arm und gab ihr einen Kuss auf den Mund.

»Wo wir gerade von Wildkatzen reden«, flüsterte Micki Jo ins Ohr und sah ihn ganz verführerisch an. Dann zog sie ihn am Hemd ins Zimmer und schloss die Tür.

Die Südzone, tags darauf. Es hatte ein wenig geregnet am frühen Morgen, doch jetzt verzogen sich die grauen Wolken und die aufgehende Sonne brach durch die auflockernde Wolkendecke. Bär stand im Bademantel auf seinem Balkon, atmete die frische Luft ein und überlegte, während er wieder in Richtung Nordosten sah. Dunkle Gedanken schwirrten in seinem Kopf herum. Er hatte van Moor schon vor der Apokalypse abgrundtief gehasst, weil dieser ihm um ein Haar seine politische Karriere vermasselt hatte – wegen einer Korruptionsaffäre. Und jetzt, wo er sich anschickte, der große Held der neuzuschreibenden Menschheitsgeschichte zu werden, kam dieser Emporkömmling ihm wieder in die Quere. Doch Lisa hatte ihm eine Idee geliefert, wie er sich seiner Probleme entledigen könnte. Aber dafür müsste er seine Seele an den Teufel verkaufen.

Carla kam in Bärs Zimmer, um ihre Arbeit aufzunehmen. Als sie zu seinem Bett sah, erschrak sie. Lisa lag dort splitternackt und schlief. Erschüttert ging sie auf den Balkon und sah Bär vorwurfsvoll an.

»Was ist? Schlecht geschlafen?«, entfuhr es diesem, der sich durch ihre Präsenz in seinen Tagträumen gestört fühlte.

»Du Schwein, du verdammtes Schw…« Mehr konnte sie nicht mehr sagen, denn Bär hatte sich blitzartig umgedreht und sie am Hals gepackt.

»Mach jetzt hier keine Szene, sonst kannst du was erleben. Sie wollte es so. Und ich hab es zugelassen. Und ab jetzt klopfst du an, wenn du meinen Raum betrittst. Und du betrittst ihn nur, wenn ich es dir erlaube. Ist das klar?«

Carla nickte ängstlich. Bär fletschte die Zähne und ließ sie los. Sie verließ fluchtartig den Balkon. Als sie das Zimmer durchquerte und zum Bett sah, bemerkte sie, dass Lisa aufgestanden war und sich ihr Kleid vor den Körper hielt. Sie hatte ihre Unterhaltung mit Bär wohl mitbekommen. Carla sah sie angewidert an und verließ das Zimmer ruckartig. Lisa sah ihr nach und nachdem Carla die Tür zugeknallt hatte, verdunkelte sich ihr Gesicht und ein bitterböses Lächeln verfinsterte ihren Gesichtsausdruck zusätzlich. Doch einen Augenblick später legte sie wieder ihr Unschuldslächeln auf.

»Ah, mein Schatz, du bist schon wach?«, fragte Bär, als er vom Balkon in sein Zimmer trat. »Ich habe mir deine Idee gut überlegt und werde heute die Südzone verlassen. Mal sehen, was sich da machen lässt.«

»Ich komme mit.«

»Aber, aber! Das kommt nicht in Frage, es ist gefährlich da draußen und ...«

»Es war meine Idee und ich werde mitkommen. Was mit meinem Vater passiert ist, geht auch mich etwas an. Ich will überleben und dazu muss ich hier raus und lernen. Ich will es diesem Schwein heimzahlen, genau wie du!«

Bär gefiel ihre Attitüde und ihre Worte fand er ziemlich erregend. »Ich werde dich immer beschützen, das weißt du doch hoffentlich. Also! Wenn das dein Wunsch ist, dann soll es so sein.«

Bär gab ihr einen Kuss auf ihren süßen Mund, nahm sie in seine Arme und legte sie wieder ins Bett. Sein Bademantel fiel zu Boden. »Aber bevor wir rausgehen, haben wir noch ein wenig Zeit, nur für uns.«

Zwei Stunden später verließ ein Wagen die Südzone Richtung Süden. Bär hatte Carla, die immer noch äußerst angewidert war, aufgetragen, sich darum zu kümmern, dass das Tor vor seiner Rückkehr am späten Nachmittag wieder instand gesetzt war und der letzte Haufen Untoter verscharrt. Er konnte diesen Anblick nicht mehr ertragen.

Ostzone. Devon van Moor ging in den Keller seiner Villa. Von dort führte ein unterirdischer Gang zum gegenüberliegenden Administrationsgebäude seiner ehemaligen Firma, das sich auf demselben gut geschützten Areal befand. Der Gang führte ihn direkt in die geheime Forschungsabteilung. Er kam zu einem mit einer Sicherheitstür versehenen Labor, blieb vor der Tür stehen und kämmte sich wieder die Haare. Die Türwache öffnete sie und van Moor ging hinein.

Man hatte Leon neben einigen Analysegeräten, die auf dem Boden aufeinandergestapelt waren, ein unkomfortables Feldbett aus alten Armeebeständen hingestellt. Zudecken konnte er sich nur mit einer kratzenden, müffelnden Wolldecke. Neben dem Feldbett stand ein kleiner Tisch, auf dem ein paar Schundhefte gelegen hatten, die Leon sauer in eine Ecke geworfen hatte, als er wieder zu sich gekommen war. Ihm war auch der Staub auf den Geräten aufgefallen. Das Labor musste schon länger nicht mehr benutzt worden sein. Einmal am Tag brachte man ihm Wasser und etwas zu Essen. Heute hatte man ihm sogar etwas zum Lesen gebracht, damit er sich mal mit etwas Intelligentem beschäftigen konnte, wie die Wache ihm angedeutet hatte.

»Ah, lieber Leon, wie geht es Ihrem Kopf? Wie ich sehe, beschäftigen Sie sich mit dem Auszug des Berichts, den ich Ihnen zur Verfügung gestellt habe! Gut, sehr gut, es kann ja absolut langweilig sein hier. Ich verstehe das, aber es muss sein. Sie sind Gold wert, ehrlich!«

»Dann würde ich Sie bitten, mich auch so zu behandeln. Ich will hier raus und zurück zu meinen Freunden«, schnaubte Leon ihn an.

»Leon, Leon! Wer wird denn hier gleich so undankbar sein? Ich sorge für Ihre Sicherheit, ernähre Sie, stelle Ihnen

Dokumente zur Verfügung, die Sie als Einziger richtig bewerten und deuten können.«

Van Moors Rede erinnerte Leon an seinen ehemaligen Chef. Dieser hatte auch immer ellenlange, leere Vorträge gehalten, was Leon immer verabscheute.

»Ich gebe Ihrem Dasein in diesen schrecklichen Zeiten einen Sinn. Verstehen Sie das nicht? Sie können unser aller Leben retten. Sie wären ein Held!«

Leon wollte ihm gerade antworten, als sich die Tür zum Labor öffnete. Die Wache an der Tür ließ zwei weitere Personen in den Raum hinein.

»Darf ich Ihnen diese beiden Herren vorstellen, Leon? Doktor Hans Palmer, Hämatologe. Eine Koryphäe in seiner Disziplin. Und Professor Doktor Dieter Heiden, er war einmal ein ganz angesehener Neuropsychiater. Er führte die Irrenanstalt dieser Stadt.«

Heiden räusperte sich. »Das Klinikum für Neuropsychologie im Westen der Stadt.«

»Genau. Ich denke, dass Sie drei zusammen ein hervorragendes medizinisches Untersuchungsteam bilden werden.«

Leon sah die beiden Ärzte verwirrt an. Er verstand nicht, was er mit einem Hämatologen und einem Neuropsychiater untersuchen sollte.

»Wenn ich mit General Hoffmann fertig bin, werde ich Ihnen auch die Möglichkeit geben, sich in einem adäquaten Labor der Forschung widmen zu können.«

»Der Forschung an was?«, fragte Leon erstaunt und neugierig.

»Na an dem Virus, der diese schöne Welt an den Rand der Vernichtung gebracht hat.«

»Sie sind wohl nicht bei Sinnen! Wir haben gar nicht die

Mittel dafür, und niemand weiß, ob es sich um einen Virus oder sonst etwas handelt!«

Leon schüttelte den Kopf und sah van Moor an, als wäre er geistesgestört.

»Wie ich Ihnen schon sagte, Leon, die Mittel werden Ihnen zur Verfügung gestellt. Der Rest ist Ihre Aufgabe. Machen Sie sich miteinander bekannt, denn in nicht allzu ferner Zukunft werden Sie wieder Forschung betreiben und ich erwarte schnelle Resultate«, sagte van Moor im Befehlston, drehte sich um und verließ genervt den Raum.

Leon konnte nicht fassen, was er da gerade vernommen hatte. Palmer ging auf Leon zu und reichte ihm die Hand. Er war groß gewachsen, hatte eine drahtige Figur und kurzgeschorene dunkle Haare. Leon glaubte sich zu erinnern, dass er mal von ihm in einer Fachzeitschrift gelesen hatte.

»Hans Palmer. Ich kann sehr gut verstehen, dass Sie sich ein wenig von den Ereignissen überrollt fühlen. Uns ging es nicht anders, als wir hier landeten. Ich war damals auf dem Weg zum militärischen Sperrgebiet gewesen. Ich hatte eines der seltenen Tickets für Langenmark erhalten und sollte der Kanzlerin als medizinischer Beirat zur Seite stehen. Als ich auf dem Flughafen ankam, der schon im Chaos versank, war van Moor zufällig zur Stelle und bot mir an, mich mitzunehmen. Ich willigte dankend ein. Alles, an was ich mich dann erinnern kann, ist, wie ich hier im Labor wach wurde.

Doktor Heiden, ein mittelgroßer, etwas korpulenter Mittfünfziger mit krausem grauem Haar, trat nun an Leon heran und reichte ihm ebenfalls die Hand. Sein schwacher, feuchter Händedruck bewegte Leon dazu, sich unauffällig seine Hand an seinem Hosenbein abzuwischen.

»Professor Doktor Heiden. Auch mir erging es nicht besser. Ich war in meinem Klinikum und sorgte mich um meine

Patienten, als es von den Untoten überrannt wurde und ich fliehen musste. Dann lief ich im Stadtzentrum diesem van Moor über den Weg, der mir versprach, mich in Sicherheit zu bringen. So kam ich hierher. Ich dachte aber, man würde mich nach Langenmark bringen.«

»Geteiltes Leid ist wohl halbes Leid«, meinte Leon sarkastisch. »Ich verstehe nicht, wie dieser van Moor glauben kann, dass wir etwas gegen die Seuche tun können. Die Welt, wie sie einmal war, ist Geschichte. Nichts wird das wieder umkehren können«, stellte Leon klar.

»Das wissen wir nicht, Leon. Van Moor ist im Besitz umfassender Dokumente zum letzten medizinischen Forschungsstand an dieser Krankheit, der von ihrer ehemaligen Behörde erstellt wurde. Doktor Hans Klein, ihr ehemaliger Chef, war auf dem Weg zur Kanzlerin, als er im Zentrum der Stadt in Schwierigkeiten geriet. Der Mob hatte sein Auto angehalten und sie wollten ihn ausrauben. Rein zufällig war van Moor zur Stelle und rettete ihn davor. Doch Klein wurde von einem Infizierten gebissen. Er gab van Moor die Unterlagen und sagte ihm, dass dieser äußerst wichtige Bericht und die ganzen Forschungsunterlagen zur Kanzlerin gebracht werden müssten. Das tat er jedoch nicht, er behielt es für sich. Als Faustpfand, sozusagen.«

Zufälle gibts, dachte sich Leon sarkastisch und fragte erbost: »Warum?«

»Die Kanzlerin hatte der Armee befohlen, das Hafengebiet zu räumen und eine Sicherheitszone zu schaffen. Jedem wurde der Eintritt verwehrt, auch van Moor. Oder sagen wir es so: besonders van Moor. Die Kanzlerin verabscheute ihn. Die Regierung zog sich nach Langenmark zurück. Dort gab es keine Infizierten auf der Insel. Es war also mehr oder weniger sicher dort und das sollte auch so bleiben.«

Heiden bestätigte Palmers Aussage und führte weiter aus. »van Moor wollte sich und seiner Frau mit dem Bericht und den Forschungsdokumenten ein Ticket für die Insel erkaufen. Doch die Kanzlerin lehnte ab, stellte ihrerseits Bedingungen und seitdem gibt es keine Neuigkeiten mehr von ihr oder anderen Regierungsmitgliedern.«

»Und was steht in dem Forschungsbericht?«, fragte Leon weiter.

»Wir wissen auch nur das, was van Moor Ihnen gezeigt hat. Aber daraus lässt sich auf nichts schließen. Solange wir das Dokument nicht vollständig einsehen können, können wir auch keine Prognosen erstellen.«

Leon wurde nachdenklich. »Trotzdem weiß ich nicht, was er sich davon verspricht. Die Welt ist aus den Fugen geraten. Diese Untoten dort draußen, das ist die bittere Realität.«

Heiden trat an Leon heran und faltete die Hände wie zum Gebet. »Er ist besessen davon, ein Heilmittel zu finden. Seine Frau erwartet Zwillinge und ist im achten Monat schwanger. Bitte, Doktor Webber, tun Sie nichts Unbedachtes. Wenn er der Meinung ist, dass wir nutzlos sind, könnte es uns auch anders ergehen. Diese Welt hat das in ihm verstärkt, was er immer schon war: ein gefährlicher Paranoider! Und wir riskieren unser Leben, wenn wir nicht das tun, was er von uns will. Also sollten wir es ihm einfach geben.«

Palmer nickte zustimmend. »So ist es, Doktor Webber.«

Leon kratzte sich nachdenklich am Kopf. »Ich habe Freunde draußen, die suchen mich sicher ...«

»Doktor Webber, das hier ist ein Areal wie ein Hochsicherheitsgefängnis. Drei Meter hohe Stahlbetonwände rundum, mit Stacheldraht bewehrt. Hier kommt niemand so einfach rein.«

Leon war überrascht und musste nachdenken, als die

Wache hineinkam. Sie deutete Palmer und Heiden an, dass es Zeit wäre, zu gehen. Die beiden Ärzte verabschiedeten sich von Leon und verließen das Labor. Er legte sich auf sein Feldbett und ließ seine Gedanken schweifen.

Reizvoll wäre es schon, an meiner Theorie zu dieser Seuche weiterzuforschen, aber sicher nicht unter diesen Umständen hier, dachte er sich noch, als er ermüdet einschlief.

Irgendwo im Süden. Gegen Mittag erreichte Bär die Stelle, an der seine Männer Mikes Gruppe aufgegriffen hatten. Er blieb bei der Schreinerei stehen, wo drei seiner Männer die Grenze bewachten und gab ihnen den Befehl, wieder zur Südzone zurückzukehren und nichts Brauchbares zu hinterlassen. Dann fuhr er weiter, zuerst aus dem Ort hinaus und dann der Straße nach, hart nach Süden. Hier und da standen Autowracks am Straßenrand und Streuner liefen ziellos auf den Feldern umher. Bär blieb stehen und öffnete das Handschuhfach. Er nahm einen Revolver heraus und reichte ihn Lisa.

»Hier, Lisa, da, wo wir jetzt landen werden, ist es sehr gefährlich. Steck sie dir vorne in den Riemen, sodass man sie sehen kann. Damit niemand direkt auf dumme Gedanken kommt. Falls du sie benutzen musst, einfach nur abdrücken. Aber Achtung, du hast nur sechs Kugeln.«

Lisa nahm die Pistole und sah sie sich an. Ihre Hand zitterte, aber sie war entschlossen, sie zu benutzen, wenn es nötig werden würde. Bär setzte die Fahrt fort. Sie näherten sich einer größeren Ortschaft und Bär verlangsamte die Geschwindigkeit. Gleich vor dem ersten Haus stand das Ortsschild. Nur hatte man das Schild selbst entfernt und den Kopf eines Streuners daran befestigt, der im Wind hin- und herbaumelte. Noch dazu schnappte der Kiefer unentwegt auf und zu und die Augen bewegten sich in alle Richtungen. Lisa fand es abscheulich.

Zwischen den ersten Häusern saß ein Mann in schmutzigen Jeans auf einem Motorrad und rauchte eine dicke Zigarre. Bär fuhr langsam seitwärts an ihn ran.

»Na, ihr Lebensmüden, was treibt euch denn hierher?«

Bär sah den Mann respektlos an. »Ich muss mit deinem Boss reden. Es ist wichtig.«

Der Mann auf dem Motorrad lachte amüsiert und gab ein Zeichen mit der Hand. Bär registrierte in einem Fenster beim ersten Haus den Lauf eines Scharfschützengewehrs, das auf ihn zielte. Eine jüngere Frau in Lederhose und schmutzig weißem, ärmellosen T-Shirt kam heraus. Bär bemerkte den verwaschenen Schriftzug *Bad to the bone* auf ihrer großen Oberweite und die schwere Schrotflinte, mit der sie bewaffnet war. Der Kerl auf dem Motorrad gab der schwarzhaarigen Frau die Order, die Stellung zu halten, da er Bär und Lisa zu ihrem Boss begleiten würde. Sie nickte und ihre dunklen Augen richteten sich auf Bärs Wagen. Der Motorradfahrer streichelte ihr mit einem Finger über ihre Brustwarze. »Gutes Mädchen.«

»Lass das, du Arsch«, warnte sie ihn und schlug seine Hand weg. Der Motorradfahrer lachte, fuhr vorne weg und Bär legte den ersten Gang ein. Die Frau legte die Waffe über ihre Schulter und kaute weiter an einem Zahnstocher. Als Bär an ihr vorbeifuhr, spuckte sie den Zahnstocher aus und sah ihn finster an. Dieser ignorierte es und fuhr weiter.

»Wir fahren jetzt in ihre Zone. Du wirst unschöne Dinge sehen, Lisa. Zeige keine Angst, sie werden uns nichts tun, solange wir sie nicht beleidigen. Okay?«

Lisa nickte nur, doch innerlich zitterte sie vor Nervosität und Angst. Der Motorradfahrer fuhr in eine Seitenstraße des

Ortes ein, an dessen Ende sich zwischen zwei Häusern ein aus dicken Baumstämmen gefertigtes Tor befand. Lisa war aufgefallen, dass nicht ein Streuner auf den Straßen zu sehen war. Als sie sich dem Tor näherten, öffnete es sich und sie fuhren auf einen großen Platz vor. Es war dreckig hier und es lief allerlei Gesindel herum. Die Frauen und Männer, die hier herumlungerten, waren ungepflegt, ja dreckig, und man sah ihnen ihre Hinterhältigkeit am Gesicht an. Dies war ein Ort, an dem Lisa sich in normalen Zeiten nie hin getraut hätte. In Mexiko hatte es solche Orte gegeben, deshalb war ihr Vater mit ihrer schwangeren Mutter ausgewandert, damit Lisa es nie ansehen oder miterleben müsste. Die Männer sahen sie an, als wäre das Abendmahl gerade angeliefert worden, was ihr natürlich nicht entging. Mit ihrer Hand umklammerte sie fest den Revolvergriff. Das Motorrad fuhr vor eine Kirche und der Mann zeigte mit einem Kopfwink in Richtung des Gotteshauses, dass ihre Reise hier ein Ende fand und sie sich in die Kirche begeben sollten. Dann fuhr er wieder weg.

»Vergiss nicht, Lisa, keine Beleidigungen, egal was passiert. Dann geschieht uns nichts. Wir gehen da rein, reden mit deren Boss und verschwinden wieder.«

»Geht klar«, sagte sie vor Angst bangend und sah sich in alle Richtungen um. Ihre Gedanken waren bei ihrem Vater. Sie war nicht religiös, aber sie bat seinen Geist und die heilige Mutter Gottes, die ihr Vater so verehrt hatte, ihr beizustehen und ihr Mut zu schenken. Sie stiegen aus dem Auto und gingen die Treppen hinauf zur Kirche. Lisa bemerkte, dass alle Zufahrtsstraßen zum Platz mit Palisaden aus dicken Baumstämmen versehen waren. Auf den Palisadentürmen befanden sich bewaffnete Wachen, die zu allen Seiten Ausschau nach möglichen Gefahren hielten. Neben der Kirche stand eine größere Holzhütte, deren Front mit Eisenstangen versehen war und die damit einem Gefängnis aus alten Wildwestzeiten glich. Menschen saßen im Innern und alle trugen Fußfesseln. Bär hatte die Hütte auch bemerkt.

»Hätten sie euch gefasst, wärt auch ihr dort gelandet. Als Arbeitssklaven. Also kein Wort davon, dass du zu denen gehörst, die sie gesucht haben.«

Lisa nickte und musste schlucken, doch ihre Kehle fühlte sich trocken wie Wüstensand an.

Beide traten in die Kirche ein. Im Innern roch es übel nach Zigarettenrauch, Alkohol, Schweiß und sonstigen menschlichen Düften. Lisa wurde fast schlecht und schwindlig.

Die Kirche glich keinem Gotteshaus mehr, sondern eher einer billigen Bar aus der hintersten Ecke eines schludrigen Rotlichtviertels. Dort, wo auf einem Podest einmal der Altar gestanden haben musste, befand sich nun ein großer antik aussehender Stuhl, der wie ein Thron über einer im Halbkreis angeordneten Stuhlreihe thronte. Etwas vor dem Thron stand ein großer hölzerner Tisch, auf dem eine Landkarte lag.

Als Bär und Lisa sich dorthin bewegten, zogen sie die misstrauischen Blicke der Anwesenden auf sich. Ein elender, schäbig aussehender Kerl sah Lisa an, leckte sich die Lippen nass und kratzte sich am Schritt. Lisa versuchte, ihn nicht zu beachten. Der Kerl lachte, nahm eine Birnenhälfte aus seiner Konservendose und steckte seine Zunge in das Loch, wo einst das Kerngehäuse gewesen war. Dabei lächelte er Lisa weiter an, als sie an ihm vorbeiging. Lisa erkannte die Konservendose. Es war eine von denen, die sie in der Marina gefunden hatten und die ihnen auf dem Fluss verloren gingen, als sie beschossen worden waren.

Da trat ein größerer Mann mit Glatze und brustlangem Bart aus einer dunklen Ecke hervor, bewegte sich auf den Thron zu und sah die beiden verächtlich an.

»Du hier? In der Südzone ist wohl die Pest ausgebrochen!? Was führt dich hierher? Oder hast du mir ein Geschenk mitgebracht?« Er sah dabei auf Lisa und ihr gefiel diese Bemerkung gar nicht.

»Nein, Kai, sie gehört zu mir. Ich bin gekommen, um über Geschäftliches zu reden.«

»Wir haben ein Abkommen und solange dies nicht in Frage gestellt wird, weiß ich nicht, was es da noch zu reden gibt.«

»Oh, das war doch erst der Anfang. Ich finde, wir sollten unsere guten ... Beziehungen vertiefen. Wie ich sehe, habt ihr es nicht leicht hier. Ich biete euch mehr. Viel mehr!«

»Ach. Und was könnte das sein?«

Bär lächelte arglistig. »Nun, das ist eine längere Geschichte. Aber um es kurz zu machen: Es gibt im Nordosten von Wilhelmsbrück eine weitere Sicherheitszone. Und die könntet ihr euch unter den Nagel reißen!«

»Warum habe ich das Gefühl, dass wir für dich die Kastanien aus dem Feuer holen sollen?«

»Na ja! Weil es eure Kastanien sind! Diese Dreckskerle haben uns überfallen und ziemlichen Schaden angerichtet. Oh, nichts, was wir nicht wieder in Ordnung bringen können, aber unser kleiner Handel könnte Verzögerungen bekommen. Das können wir uns nicht erlauben und ihr euch sicherlich auch nicht. Ich brauche das Holz, um meine Zone abzusichern, und ihr seid auf meine Nahrungslieferungen angewiesen.«

Kai überlegte intensiv und Bär sah seinen Männern an, dass er die Lust auf Raubzüge entfacht hatte. Endlich würden sie aus ihrem tristen und langweiligen Alltag rauskommen. Er war jetzt entschlossen, nicht locker zu lassen.

»Es gibt da einen Mann in dieser Zone und er wurde gegen seinen Willen dorthin entführt. Er gehört mir, und ich will ihn wiederhaben. Das ist alles, was ich will, den Rest könnt ihr euch unter den Nagel reißen. Dort gibt es ausreichend Nahrung, die haben Waffen und hohe Mauern. Die Zone ist nahe am Meer. Es gibt Fisch im Überfluss.«

Ein Raunen ging durch Kais Männer und alle sahen ihren Anführer erwartungsvoll an. Das Glänzen in ihren Augen stand dem der Konquistadoren in nichts nach, als man ihnen von El Dorado erzählt hatte. Bär ließ nicht locker.

»Alleine kann ich das Problem nicht beheben, aber vereint können wir es schaffen. Und natürlich bleibt unser Handel für eine Übergangszeit bestehen. Wir helfen euch am Anfang, bis alles läuft, und dann sehen wir weiter. Ist das nicht fair?«

Verlockend war es schon für dieses Rattenpack. Kai und seine Männer hatten genug von dieser schäbigen, trostlosen und ausgeplünderten Gegend. Die Aussicht auf eine sichere Zone nah am Meer gefiel ihnen auf Anhieb.

Der schäbige Kerl indessen konnte nicht von Lisa loslassen. Die ganze Zeit schon hatte er seine lüsternen Blicke auf ihren Hintern gerichtet und wer wusste schon, was er sich alles in seinen dreckigen Phantasien ausmalte? Er näherte sich ihr, ohne dass Lisa es bemerkt hatte.

»Raffa, du Hurensohn! Lass sie in Ruhe, oder du bekommst die Knute zu spüren!«, warnte Kai. Die Männer lachten, doch einige provozierten ihren Freund weiter. Lisa bewegte langsam den Finger zum Abzug ihres Revolvers, den sie sich vorne in den Hosenriemen gesteckt hatte.

Bär legte seinen Plan auf den Tisch, malte Kreuze auf die Karte, um anzuzeigen, wo sich die Ostzone befinden würde und wie sie ihre Verteidiger überrumpeln könnten. Kai zeigte sich überraschend interessiert an den Details.

Raffa hingegen hatte sich von der Warnung seines Chefs nicht einschüchtern lassen. Zu groß war die Verlockung, diesen süßen Hintern anzufassen. Schließlich waren harte Zeiten angebrochen – und sein schäbiges Aussehen trug wohl auch dazu bei, dass er bei Frauen ziemlich kurz kam.

Man muss sich einfach nur nehmen, was man will, dachte er sich. Er schlich sich langsam an Lisa heran und fuhr ihr mit seiner Hand von hinten zwischen die Beine. Lisa erschrak und sprang hoch. Die Männer, die Raffa genüsslich zugesehen hatten, mussten so laut lachen, dass Bär und Kai ihre Unterhaltung unterbrachen. Lisa hatte ihn nicht kommen hören oder gesehen, und mehr aus Reflex als gewollt drehte sie sich blitzschnell um – und traf mit ihrem Ellenbogen aus Versehen den Mund von Raffa. Der Perverse fiel zu Boden und hielt sich sein Gesicht vor Schmerzen. Blut lief aus seinem Mund und er spuckte Zahnstücke heraus.

»Fie hat mir die Fähne ausgeschlagen, diefe Hure hat mir die Fähne gebrochen«, klagte er von Schmerz gepeinigt. Lisa spuckte ihn an und seine Freunde lachten Raffa aus.

Kai stürmte wutentbrannt zu dem Störenfried, packte ihn am Kragen und schleifte ihn zur Tür. Er öffnete sie und schmiss ihn hinaus und Kais Männer tobten wieder vor Freude.

»Haltet die Schnauze, ihr dämliches Dreckspack!«

Das Lachen verstummte schnell und er rief seine Männer zu sich an den Tisch. Kai erklärte ihnen, was er mit Bär ausgemacht hatte, und befahl dann einem von ihnen, eine gute Flasche Whisky aus der Reserve zu holen. »Darauf, mein Freund, stoßen wir an.«

Bär war davon nicht so begeistert, es war schon spät und er wollte wieder zurückfahren, doch Kai bestand mit Nachdruck darauf, dass die beiden die Nacht in seiner Zone blieben, da er ihnen am morgigen Tag noch ein kleines Spektakel zeigen wollte. Bär nahm widerwillig an und Lisa war deswegen ziemlich sauer. Sie hasste diese in allen Hinsichten heruntergekommenen Menschen hier. Nach ein paar Gläsern des edlen Gesöffs verließen Bär und Lisa die Kirche.

Einer von Kais Männern trat an seinen Boss heran.

»Wie kommt es, dass du diesem schmierigen Drecksack traust?«

»Wer hat gesagt, dass ich ihm traue? Und wer hat gesagt, dass das alles so abläuft, wie er sich das vorstellt?«

Beide lachten verächtlich und hoben ihre Gläser.

Westzone. Am späten Nachmittag kam Dave zu Mike und bat ihn, mit ihm nach draußen zu gehen.

»Da ihr eh vorhabt, über die Mauer zu gehen, geb ich euch die Erlaubnis, zur Südzone zurückzukehren.« Er sah Mike verschmitzt an. »Nichts entgeht Loki so schnell!«

»Ja, sieht so aus.« Mike fragte sich, wie er dieses Schwergewicht nur übersehen haben konnte, dabei waren Kenji und er bei ihrem Gespräch so diskret gewesen.

»Aber kein Wort zu Bär, dass ihr hier wart. Lasst euch eine Geschichte einfallen, falls er fragt. Ich will nichts mit ihm zu tun haben.«

Mike suchte Kenji sofort auf und beide begannen, das Notwendigste zu packen. Als Jo vorbeikam, wollte er wissen, wohin die Reise gehen würde.

»Wir gehen zur Südzone, aber ihr bleibt hier, klar? Wir versuchen, rauszufinden, was los ist, und ob es Neuigkeiten von Leon gibt. Und ich bringe Pepe und Lisa mit hierher.«

»Das heißt, du hast vor, hierzubleiben?«, fragte Jo.

»Ja, ich denke, hier sind wir am sichersten, meinst du nicht auch?« Jo stimmte ihm zu, verabschiedete sich von den beiden und ging, um die anderen zu informieren. Mike und Kenji warteten nicht und verließen zügig die Westzone.

Sie mussten sich durch die Straßen kämpfen. Die Aktion von vor ein paar Tagen hatte die Streuner wieder gleichmäßiger in der Stadt verteilt und es war jetzt zeitraubender, sie zu durchqueren. Die Sonne war gerade untergegangen und warf ihre letzten gelbroten Strahlen gegen die Spitze des Hauptgebäudes der Südzone und lies es wie ein schauriges Mahnmal aufleuchten. Kenji und Mike bemerkten die frischen Massengräber einige hundert Meter vor den Mauern der Zone. Die Männer am Tor waren froh, Kenji wieder zu sehen. Carla hatte die beiden auch kommen sehen. »Ach, ihr lebt noch?«

Kenji sah sie ausdruckslos an und fragte nach Bär.

»Er ist nicht hier, er hat die Zone heute Morgen verlassen. Wir erwarten ihn noch heute zurück.«

Carla musterte Mike kalt und gleichgültig von Kopf bis Fuß, drehte sich um und ging wieder ins Hauptgebäude. Mike fühlte sich hier sehr unwohl. Er wusste jetzt, dass seine Entscheidung, zur Westzone zu ziehen, richtig war. Die Menschen dort waren vielleicht rauer in ihren Manieren, aber dennoch menschlicher und herzlicher. Er verabschiedete sich einstweilen von Kenji und suchte nach Pepe und Lisa. Als er zu ihrem Zimmer kam, war niemand da. Der alte Sven verließ gerade sein Quartier, als er Mike bemerkte.

»Ah, Mike, du lebst noch? Das freut mich aber, dich zu sehen. Wo sind die anderen?«

»Sie sind nicht hier, Sven, aber es geht ihnen gut. Keine Sorge. Aber wo sind Pepe und Lisa?«

»Es ... Es tut mir so leid, Mike, aber Pepe ist tot. Er wurde von Streunern gebissen, als wir versucht haben, die Zone zu verteidigen. Die Explosion ...«

»Was? Oh Gott!« Mike fuhr sich erschüttert durchs Haar. »Wo ist Lisa?«

»Sie ist bei Bär, ich weiß nicht, wieso.«

Mike merkte sofort, dass Sven sehr wohl wusste, was los war. Sein Alter, sein grauweißes Haar, ja sein ganzes Erscheinungsbild ließen ihn vertrauenswürdig erscheinen. Jeder erzählte ihm etwas und so war er die interne Informationsquelle Nummer eins, wenn es um den neuesten Klatsch und Tratsch in der Zone ging. Mike sah den alten Sven ernst an und hielt ihm den Zeigefinger vor die Nase. »Sven … Ich will es wissen!«

»Ja, weißt du, also … ähm … man hat mir erzählt, dass Bär sich die Kleine gefügig gemacht hat. Ich weiß nicht, ob das stimmt. Ehrlich nicht. Und einer vom Bautrupp erzählte mir, dass Bär es war, der Pepe zurückgestoßen hat, als sie sich in die Zone zurückzogen. Es waren zu viele Streuner da und die Männer konnten sie nicht mehr alle abwehren. Die Untoten drohten, in die Zone einzudringen. Also hat Bär den Erstbesten geopfert, aber auch, um sein eigenes Leben zu retten. So hat man es mir erzählt.«

Mike schäumte vor Wut. Er machte sich Vorwürfe, dass sie die beiden in der Zone zurückgelassen hatten. Er ging wutentbrannt runter, um Kenji zu aufzusuchen. Der stand am verbarrikadierten Tor und hielt Ausschau nach einem Wagen. Aber es war schon dunkel und er war sicher, dass Bär heute nicht mehr zurückkommen würde. Mike trat an ihn heran und Kenji erkannt die Wut in seinem Gesichtsausdruck.

»Ich weiß es, Mike, man hat es mir erzählt.«

»Ich schwöre dir, ich mach ihn alle. Kenji, ich bringe diesen Kerl um.«

»Sachte, Mike.« Kenji dreht sich zu Mike um und legte ihm seine Hand mitfühlend auf die Schulter. »Jetzt weißt du, wer Bär ist. Ich mag ihn genauso wenig wie du, aber all das hier war seine Idee. All diese Menschen hier haben ihr Überleben ihm zu verdanken.«

»Nein, Kenji, das haben sie dir zu verdanken. Du hast ihnen gezeigt, wie man kämpft. Und deshalb können sie überleben. Sie haben zumindest eine Chance darauf.«

»Trotzdem, er hat uns alle hierhergebracht. Sein Organisationstalent hat diese Zone entstehen lassen und sein Wissen hat uns ernährt. Lass ihn erst mal zurückkehren. Dann sprechen wir mit ihm.«

Mike ließ Kenji allein am Tor und ging wieder hoch zu Sven.

Kenji redete noch ein wenig mit den Wachen, die ihm erzählten, dass sie sich um den Außenposten unten in der Stadt Sorgen machten, da sich von dort niemand mehr meldete.

Weit südlich der Südzone. Bär und Lisa hatten in einem größeren Zelt, nicht weit von der Kirche entfernt, übernachten müssen und es war die Nacht über relativ kalt gewesen. Sie wurden früh wach und als Bär aus dem Zelt trat, bemerkte er eine auf dem Boden liegende Münze, die halb von Gras bedeckt war. Er hob sie auf, wischte mit dem Daumen den Dreck von ihr und sah sie sich einen Augenblick lang an, lächelte und schüttelte den Kopf. Dann sah er auf dem Platz eine Art Pyramide aus Holzbalken, die ihm am Vortag nicht aufgefallen war.

Aus der Kirche kamen Kai und seine Mannen auf den Platz marschiert. Er zeigte Bär mit einer Fingerbewegung an, dass er sich nähern sollte. Bär steckte die Münze in die Tasche seiner Jacke. Auch die Menschen aus der Umgebung näherten sich jetzt der Pyramide.

»Ich will hier eines klarstellen«, verdeutlichte Kai. »Wenn ich was sage, meine ich das so, und wer nicht gehorcht oder mir in den Rücken fällt, der kann was erleben.«

Dabei fixierte er die ganze Zeit Bär und dieser hatte sofort verstanden, dass die Warnung auch ihm galt. Jemand reichte Kai eine Peitsche.

»Wer mich nicht ernst nimmt, der bekommt ab sofort die Peitsche zu spüren.«

Auch Lisa hatte das mitbekommen und ihre inneren Alarmglocken schrillten, als sie aus dem Zelt trat. Sie fühlte Gefahr im Verzug und griff nach dem Revolver an ihrem Gürtel. Bär stand unbewaffnet vor diesem Halunken und sie war somit die Einzige, die ihm helfen konnte. Sie griff ins Leere und merkte schockiert, dass sie ihn gar nicht eingesteckt hatte, obwohl Bär sie daran erinnert hatte, nicht unbewaffnet hier herumzulaufen.

Die Türen der Kirche öffneten sich und zwei Männer schleiften eine dritte nackte Person zur Pyramide und banden sie mit der Vorderseite an die Holzkonstruktion. Der Kerl sah übel zugerichtet aus, als wäre er grausam zusammengeschlagen worden. Bär, der näher dran stand, erkannte den Kerl. Raffa röchelte vor sich hin und Blut floss aus seinem Mund. Obwohl Bär keinen Pfifferling für diese Menschen hier gegeben hätte, tat jener ihm doch leid. Und dann fing Kai an, Raffa auszupeitschen. Die Schläge hallten in der Luft wie das giftige Zischen einer Kobra und jeder Schlag lies den Gepeinigten zusammenzucken und schreien. Lisa und Bär wurde schlecht. Nach einem Dutzend Schlägen hatte Kai den Buckel seines Opfers regelrecht zerfetzt. Dessen Haut war aufgeplatzt und Blut lief in Strömen seinen Rücken hinunter. Kai ließ von ihm ab und Raffa fiel in Ohnmacht.

Er sah Bär jetzt zufrieden an. »Damit ist alles geklärt und unser Abkommen besiegelt. Ich freue mich auf unsere Zusammenarbeit.«

Bär nickte und führte Lisa zum Wagen. Das Tor der Zone öffnete sich, Bär sah Kai noch einmal finster in die Augen und verlies dann schnell diesen elendigen Ort.

Als das Tor wieder geschlossen war, ging Kai an der Pyramide vorbei Richtung Kirche. Raffa war wieder zu sich gekommen und nuschelte irgendetwas vor sich hin.

»Du hast mich zum letzten Mal enttäuscht«, sagte Kai im Vorbeigehen, zog seine Pistole und schoss Raffa in den Kopf.

Südzone. Frühmorgens hatte der Bautrupp begonnen, das reparierte Tor neu aufzubauen. Kenji half mit, ein paar Streuner abzuwehren. Immer noch war weit und breit nichts von Bär zu sehen. Er beschloss, runter zum Außenposten in der Stadt zu fahren, um nachzusehen, warum sich die Posten nicht mehr gemeldet hatten.

Als er dort ankam, sah er, dass das Gitter weit offen stand und sich ein paar Streuner im Innenhof aufhielten. Er ging vorsichtig zum Gitter. Dort lag einer seiner Männer. Er war tot, hatte sich aber noch nicht verwandelt. Kenji sah eine Bisswunde am Hals, zog sein Messer und verhinderte die Verwandlung. Ein Streuner hatte ihn bemerkt und trottete auf ihn zu. Kenji erledigte ihn. Den zweiten, der im Hof stand, kannte er. Es war einer der Überlebenden gewesen, die hier zuletzt auf dem Posten waren, um Ausschau zu halten. Er hatte ihn selbst ausgebildet. Es tat ihm in der Seele weh, ihn endgültig töten zu müssen, aber es musste sein. Diese Existenz hatte niemand verdient. Aber Kenji verstand nicht, wie die Streuner hier hereingekommen waren. Jemand musste das Tor aufgelassen haben, dabei hatte er seinen Männern immer eingebläut, alle Tore und Türen geschlossen zu halten.

Er wollte gar nicht hoch in den zweiten Stock und dennoch trieb es ihn über die blutverschmierte Treppe hinauf.

Als er oben ankam, sah er zwei zum Teil bis auf die Knochen abgenagte Leichen dort liegen. Eine riesige Blutlache hatte sich über den halben Raum verteilt. Auch sie waren Überlebende aus der Südzone gewesen. Kenji erkannte den einen an seinen bunten markanten Sportschuhen und den anderen an seiner schmuddeligen Baseballkappe. Aus einem Nebenraum, wo die Betten standen, kam ein Geräusch. Kenji hob seinen Yari und ging vorsichtig zur Tür des Schlafsaals und stieß sie mit dem Fuß auf. Ein Streuner stand dort, fauchte ihn an. Sein Bauch war zum Bersten aufgequollen. Fleischfetzen hingen aus seinem blutverschmierten Mund. Kenji kannte ihn. Er war eine der Turmwachen der Südzone gewesen, noch ein recht junger Kerl von knapp dreißig Jahren, der eigentlich nie einem Außenteam zugeteilt worden war. Was hatte er hier zu suchen gehabt? Kenji bemerkte Bisswunden an seinem Arm. Ansonsten schien er unverletzt gewesen zu sein. Er sah einen Augenblick zu den halb abgenagten Leichen und ließ für einen Moment den Kopf hängen.

»Entschuldige, mein Freund, aber es muss sein.« Er nahm seinen Yari und stach ihm die Klinge in den Kopf. Der Streuner sackte zusammen.

Kenji packte schnell die wenigen Vorräte ein, die noch da waren und verlies diesen schaurigen Ort schnellstens Richtung Südzone.

– Erkenntnis –

Kenji war gerade in der Südzone angekommen und hatte seinen Leuten die traurige Nachricht vom Tod ihrer Freunde im Beobachtungsposten mitgeteilt, da öffnete sich wieder das Tor und Bär kam hineingefahren.

»Kenji, du lebst?«

Bär war innerlich erleichtert darüber, doch äußerlich zeigte er sich gefühlskalt.

»Ja, wir haben es gerade noch so geschafft und auch die ...« Bär unterbrach ihn sofort: »Gut, komm später in mein Büro, ich muss mit dir reden.«

Mike hatte auch mitbekommen, dass Lisa und Bär wieder da waren. Er lief achtlos an Bär vorbei zu Lisa.

»Lisa! Wie geht es dir? Es tut mir so leid, das mit deinem Vater.«

»Danke, aber du konntest nichts tun, du warst ja nicht hier. Wie damals im Kloster, als wir überfallen wurden. Und bei Pieter und den anderen vorher.«

Lisa lies Mike einfach dastehen, ging zu Bär und beide verschwanden im Hauptgebäude. Mike wusste nicht, wie ihm geschehen war. Er war sprachlos. Kenji sah Mike nur an, legte ihm seine Hand auf die Schulter und ging dann auch seiner Wege. Mike musste sich erst mal hinsetzen. Er fühlte sich nun regelrecht von den Ereignissen überrannt und ihm wurde fast schlecht.

Früh abends ging Kenji zu Bär und erzählte ihm vom Beobachtungsposten, doch das interessierte den alten Politiker wenig.

»Bereite die Männer auf eine Auseinandersetzung vor«, forderte er von Kenji.

»Wieso? Was meinst du damit?«, wollte Kenji wissen.

»Vorbeugung«, war Bärs vage Antwort.

Doch Kenji kaufte ihm das nicht ab. Sein Gefühl sagte ihm, dass hier etwas Größeres am Laufen war.

Mike stand abends auf dem Dach des Hauptgebäudes und lies sich von der frischen Brise, die vom Meer her ins Land wehte, umwirbeln. Sven kam zu ihm. »Hast du vor, die Südzone zu verlassen?«

»Ja, Sven, hier werde ich nicht bleiben. Ich gehe zu meinen Leuten zurück.«

»Ich gehe mit.«

»Warum? Was ist los?«

»Oh, es ist nur so ein Gefühl. Und mein Gefühl hat mich nie im Stich gelassen. Ich fürchte, dass es in nicht allzu ferner Zukunft hier Probleme geben wird. Ernste Probleme. Ich will genauso wenig hierbleiben wie du.«

»Wenn das dein Wunsch ist, dann mach dich bereit. Morgen Abend spätestens bin ich hier weg.« Sven nickte, bedankte sich und ging wieder.

Ein paar Augenblicke später erschien Kenji auf dem Dach.

»Mike, ich habe dich überall gesucht. Sven sagte mir, dass ich dich hier finde.«

»Was ist los?«

»Bär hat einen der Wachposten, der gebissen worden war, zum Beobachtungsposten in die Stadt bringen lassen, weil er ihn hier nicht haben wollte. Ich weiß nicht, wie es geschehen konnte, aber er muss gestorben sein, ohne dass es jemand gemerkt hat. Ich war da, heute Morgen. Alle sind tot.«

»Mein Gott«, ärgerte sich Mike, »läuft denn alles schief hier?«

»Das ist noch nicht alles. Bär will, dass ich die Leute fit mache für eine mögliche Auseinandersetzung. Aber er will mir keine Details geben. Ich fürchte, wir werden sehr bald Ärger bekommen. Er hat auch die Order gegeben, dass niemand mehr die Südzone verlassen darf.«

»Ich werde nicht hierbleiben. Und der alte Sven geht auch mit.«

»Was ist mit Lisa?«

»Ich fürchte, sie hat ihre Entscheidung getroffen, Kenji. Und glaube mir, das tut mir weh in der Seele. Pepe würde mir den Hals umdrehen, wenn er könnte. Aber ich kann nichts mehr für sie tun.«

Mike blickte hoch in den leicht bewölkten Himmel. Die Sterne funkelten hell zwischen den Wolkenstreifen und für einen Augenblick musste er an Paul denken. Ob er und Pepe von da oben auf sie herabschauten?

Kenji klopfte Mike auf die Schulter. »Wenn du gehen willst, mach es bald. Morgens gegen vier sind die Wachen immer müde, das ist der beste Zeitpunkt. Aber lasst euch nicht erwischen.«

»Und du? Komm mit uns, Kenji.«

»Nein, ich bleibe hier bei den Leuten. Ich kann sie nicht einfach alleine lassen.«

»Ich verstehe. Wenn was ist, weißt du, wo du uns findest.«

Kenji nickte und verabschiedete sich von Mike. Dieser blieb noch eine ganze Weile oben stehen. Der stärker wehende Wind und die von der See herkommenden dunklen Wolken schienen einen Sturm anzukündigen.

Tags drauf bereiteten Mike und Sven diskret ihre Sachen vor. Mike erklärte Sven, dass sie nachts gegen vier Uhr an derselben Stelle über die Mauer gehen würden wie das letzte Mal. Sven hatte jedoch Bedenken.

»Vertrau mir, Sven, die Wachen sind morgens in der Früh

immer müde. Wir warten, bis sie einschlafen, und dann sind wir hier weg.«

»Ich hätte es lieber, du würdest ein wenig nachhelfen.«

»Wie?«

Sven holte Teebeutel hervor. »Weißt du, in meinem Alter hat man halt Schlafstörungen. Ich habe mir hier einen Kräutertee zusammengemixt, der mir beim Einschlafen helfen soll. Und es funktioniert.«

Mike schmunzelte. »Du alter Fuchs.«

Kenji war im Keller und trainierte mit ein paar Männern, als er die Wachen rufen hörte. Er eilte aus dem Keller zum Tor und blickte über die Schutzmauer. Zwei Lieferwagen kamen angefahren. Auf dem Dach des ersten Fahrzeuges war ein schweres Maschinengewehr befestigt und es war mit einem schweren Rammschutz versehen, der aus handbreiten Baumstämmen bestand. Eine Person erhob sich im Maschinengewehrstand. Kenji kam sie bekannt vor. Sie hatte mehrere seiner Männer getötet, als sie gegen die Ratten aus dem Süden kämpfen mussten. Er wollte gerade Alarm schlagen, als Bär an ihn herantrat und ihn zurückhielt.

»Sie sind hier, weil ich sie geholt habe.«

»Was? Bist du verrückt geworden?«

»Du weißt nicht alles und du wirst das tun, was ich dir sage. Diese Ratten werden unser Problem lösen. Nein, sie werden unsere Probleme lösen.«

»Was meinst du damit?«

»Das wirst du schon noch sehen, wenn die Zeit reif ist.«

Das erste Fahrzeug kam am Tor zum Stehen und Kai hob seine Hand zum Gruß. »Was ist? Begrüßt man so seine neuen Freunde?«

Ostzone. Leon war seit Tagen in diesem Labor eingeschlossen. Er konnte nur hier und da mal kurz mit Palmer oder Heiden reden und hatte das Gefühl, fast verrückt zu werden. Sie hatten ihm erzählt, dass die Ostzone praktisch autark funktionieren würde. Das Dach des Gebäudes war eine einzige Solaranlage und produzierte mehr Strom, als die knapp fünfzig Menschen hier verbrauchen würden.

»Wir pflanzen vieles selber an und züchten Meerschweinchen und Hühner zum Verzehr. Unser riesiger Lagerraum ist vollgestopft mit Astronautennahrung. Auf Jahre hinweg haltbar. Van Moor besitzt sogar ein größeres Segelschiff weiter nördlich in einer geschützten Bucht, damit fahren wir manchmal raus, um zu fischen«, erzählte ihm Palmer.

»Auch wenn er ein paranoider Irrer ist, er weiß, was man tun muss, um zu überleben«, hatte ihm Heiden immer wieder eingetrichtert, der sich vor Angst fast in die Hose machte, wenn er nur den Namen ihres Gastgebers hörte. Leon ging er mit seinen ewigen Einschüchterungsversuchen langsam auf die Nerven. Die Tür zum Labor öffnete sich und Devon van Moor trat hinein.

»Ah, Leon. Entschuldigen Sie, dass ich Sie so lange habe warten lassen. Aber ein freudiges Ereignis hat stattgefunden. Ich bin Vater von Zwillingen geworden. Die beiden sind zwei Wochen früher gekommen als geplant, aber sie sind wohlauf und kerngesund.«

Leon sah ihn gleichgültig an. »Aha. Meine Glückwünsche. Ich will hier raus.«

Van Moor lachte. »Ja, das kann ich gut verstehen. Ich bin hier, um Sie zum Essen einzuladen. Danach zeige ich Ihnen Ihre neue Wirkungsstätte und ich möchte Sie ein paar Leuten vorstellen.«

Leon wurde stutzig. Essen? Wirkungsstätte? Ein paar Leuten vorgestellt werden? Was sollte das alles jetzt bedeuten? Zuerst wurde er jedoch in ein Zimmer geführt; dort konnte er sich waschen und saubere Kleidung war auch vorhanden. Dann gingen sie rüber zum Haupthaus. Leon war froh, endlich wieder frische Luft atmen zu können und sog sie tief ein. Das Haupthaus lag gegenüber dem Gebäude, in dem das Labor lag. Es war ringsum von Gärten umgeben und ein Schotterweg führte zum Haus. Der Rasen sah gepflegt aus. Das zweistöckige Haus war relativ groß und Leon war sich sicher, dass es mit allem Luxus ausgestattet war. Sie betraten die große Eingangshalle, in der einige Gemälde hingen, darunter auch ein Portrait von van Moor in einer Offiziersuniform aus der Kaiserzeit. Sie gingen in ein großes Esszimmer. Dort befand sich ein reichlich gedeckter Tisch; mehrere Personen waren anwesend und feierten wohl die Geburt der beiden Kinder. Leon sah in einer Ecke des Zimmers eine schöne und elegant gekleidete Frau auf einem Stuhl sitzen, die sich um die beiden Kinder kümmerte. Van Moor führte ihn zuerst zu ihr.

»Darf ich vorstellen, das ist meine Frau Caroline.«

»Sehr angenehm, mein Name ist Leon Webber, Doktor Webber.«

»Freut mich, Sie kennenzulernen, Doktor Webber.« Die Frau lächelte ihm zu, doch ihre Augen fixierten ihn nicht, sondern sahen leicht hin und her und an ihm vorbei. Leon erkannte, dass die Frau blind war. Er warf einen Blick auf die kleinen unschuldigen Babys. Er machte gute Miene zum bösen Spiel und gratulierte der Mutter, doch er konnte nicht verstehen, wie man in solch einer Zeit daran denken konnte, Kinder in die Welt zu setzen. Van Moor entschuldigte sich manierlich bei seiner Frau und bestand darauf, Leon noch weiteren Leuten vorzustellen. Ein Mann in khaki-grün gefleckter Tarnuniform, der ein Glas Sekt in der Hand hielt, drehte sich gerade zu ihnen um. Die vier Rauten auf seinen Schulterabzeichen verrieten Leon seinen Dienstgrad.

»Ah, Leon, darf ich Ihnen General Hoffmann vorstellen? Er ist der Verantwortliche der Sperrzone am Hafen und unser Kontakt zu unserer Kanzlerin.«

»Sehr erfreut, Herr General.«

Hoffmann verzog weder eine Miene noch reichte er Leon die Hand. »Sie waren also bei der *SKB*?«

»Ja, das stimmt. Ich war im Team von Doktor Hans Klein, meinem ehemaligen Chef, und sollte in einer Sicherheitszone neue Medikamente gegen die Seuche testen. Leider ... kam es dazu nicht mehr, wie wir alle wissen.«

Der General sah bekümmert auf den Boden und nickte. »Wenn Sie die Möglichkeit hätten, in einem Labor an der Forschung der Erkrankung weiterzuarbeiten, könnten Sie einen Impfstoff oder sonst etwas entwickeln?«

»Das ist unmöglich vorauszusagen. Ich müsste mich zuerst einmal über den letzten Stand der Forschung informieren, da ich zuletzt nicht mehr dabei war. Alleine wäre das sicher schwierig, aber mithilfe der anderen Ärzte hier könnte uns das gelingen. Aber wie ich es schon sagte: Man kann das nicht voraussehen.«

Der General wurde nachdenklich und van Moor mischte sich ins Gespräch ein. »Wie ich Ihnen schon angedeutet hatte, lieber General, bin ich im Besitz von etwas ganz Wertvollem: dem letzten Forschungsbericht sowie den kompletten Forschungsunterlagen zur Seuche. Ich bin kein Arzt, aber so, wie ich es verstehe, ist die Entwicklung einer Art Impfung möglich. Und ich will verdammt sein, wenn mir das nicht gelingt. Natürlich mithilfe der Ärzte hier und der Ihrigen, Herr General.«

»Erstens kennen Sie die Bedingungen, van Moor: eine Sicherheitszone um das Sperrgebiet. Diese ist immer noch nicht realisiert. Und zweitens hängt dies nicht von mir ab, sondern von der Entscheidung der Kanzlerin. Und sie ist der Meinung, dass die erste Bedingung erfüllt sein muss, bevor wir unsere ... Beziehungen weiter vertiefen.«

Van Moor wurde sauer. »General, ich glaube, dass Sie uns was vormachen. Seit mehreren Monaten erzählen Sie uns diese Leier. Keiner von uns hat je wieder etwas von der Kanzlerin gehört, geschweige denn sie gesehen. Was ist da drüben auf Langenmark wirklich los?«

»Nichts, was Sie etwas angehen dürfte. Aber ich bin autorisiert, Ihnen mitzuteilen, dass wir Kontakt mit der englischen Regierung haben, die sich auf eine Insel in der Schottischen See zurückgezogen hat. Mit mehreren hundert Überlebenden. Die Kanzlerin befindet sich im Moment vor Ort, um die weltweite Lage mit den Briten zu erörtern.«

Leon sah den General verwundert an, doch van Moor glaubte ihm kein Wort.

»Dieses Märchen glauben Sie doch selbst nicht. Ich sag Ihnen was: Die sind alle tot. Niemand ist mehr am Leben dort drüben auf Langenmark. Sie halten uns hier nur hin. Bringen Sie die Laster mit dem Labor hierher und meine Ärzte werden sich sofort daransetzen, einen Impfstoff zu entwickeln.«

»Was Sie glauben, van Moor, ist mir egal. Ich befolge Befehle. Ich werde der Kanzlerin berichten und dann sehen wir weiter.«

General Hoffmann drehte sich um, stellte sein Glas Sekt auf einen Tisch und verließ das Esszimmer zügig. Van Moor schnaubte vor Wut und ging ihm hinterher. Palmer und Heiden gesellten sich zu Leon. »Das ging wohl in die Hose?«, sagte Palmer.

»Ja«, gab Leon zu, »ich brauche zuerst die kompletten Unterlagen, dann erst nützt mir ein Labor etwas. Ich denke, gemeinsam könnten wir es schaffen, van Moor dazu zu bringen, uns die Unterlagen auszuhändigen. Jetzt wäre wohl der geeignete Augenblick dazu.«

Die beiden anderen nickten.

Van Moor hatte Hoffmann draußen bei seinem Fahrzeug eingeholt.

»General, ich bin es leid, Ihnen hinterherzulaufen. Wenn Sie mir das Labor nicht ausliefern, dann komme ich und hole es mir.«

General Hoffmann sah in verächtlich an, doch er wusste, dass van Moor es, ohne zu zögern, tun würde. Und er wusste, dass er nicht die Möglichkeiten hatte, dies zu verhindern.

»Bringen Sie Webber morgen in die Zone und ich zeige ihm das Labor. Wenn er mir bestätigt, dass alles da ist, was er braucht, er das Labor einrichten und damit arbeiten kann, werde ich der Kanzlerin empfehlen, Ihnen das Labor auszuhändigen. Mehr kann ich nicht tun.«

Obwohl van Moor misstrauisch blieb, nahm er das Angebot an. »Aber ich warne Sie, General, keine billigen Tricks. Sonst werde ich dafür sorgen, dass Sie nicht mehr in der Lage sind, Befehle zu befolgen.«

Van Moor drehte sich um und verschwand im Haus. Als er das Esszimmer wieder betrat, nahm er Leon am Arm und zog ihn in eine Ecke zu einem ernsten Gespräch unter vier Augen.

»Morgen, lieber Leon, werden wir zum Hafen fahren. Hoffmann wird Ihnen das Labor zeigen. Sie werden bestätigen, dass Sie damit arbeiten können. Er wird es dann hierhinbringen lassen und wir werden es drüben installieren. Dann können Sie mit Ihrer Forschung beginnen.«

Fast unterwürfig sah Leon van Moor an. »Wenn ich Sie darum bitten könnte, einen Blick in die Forschungsunterlagen werfen zu dürfen? Wir sollten keine Zeit verlieren und könnten so zügiger vorankommen.«

»Eins nach dem anderen. Morgen nach unserer Rückkehr werde ich Ihnen die Dokumente zur Verfügung stellen.«

Leon nickte und bedankte sich. Während van Moor zu seiner Frau und seinen Neugeborenen eilte, gesellten sich Palmer und Heiden zu Leon. »Er wird es tun, er wird uns morgen die Dokumente übergeben.«

Westzone. Dave hatte sich zu Taina, Mona und Sani an den Tisch gesetzt. »Na, ihr Küken?« Die drei Frauen sahen ihn an und mussten kopfschüttelnd lachen.

»Ich werde heute mit Loki und Finn rausgehen, auf Versorgungstour. Wir haben da einen Laden erspäht, nahe dem Zentrum. Da waren wir noch nicht und er scheint bis jetzt nicht geplündert worden zu sein.«

»Oh, da wär ich gerne dabei, ich muss hier mal raus«, sagte Sani und Taina schloss sich an.

»Okay, wenn ihr wollt, könnt ihr mitgehen. Ist ein 08/15-Ding. Nichts Besonderes.«

Mona jedoch winkte ab. »Nee nee, geht ihr mal alleine, ich bleib hier. Die Ruhe tut mir gut.«

»Alles klar«, freute sich Dave. »Dann macht euch bereit – in einer Stunde geht es los.«

Taina ging die Treppen hoch und klopfte an Jos und Mickis Zimmertür. Als sie das Zimmer betrat, lagen Micki und Jo noch im Bett, engumschlungen. »Hey, ihr Turteltäubchen, wir gehen mit Dave raus auf Versorgungstour. Will jemand von euch mit?«

»Nö. Wir sind beschäftigt«, antwortete Jo fröhlich. »Macht ihr das mal, wir sehen uns später.«

Taina wünschte den beiden viel Spaß und ging wieder. Als sie die Treppen runterging, wurde ihr kurz schwindlig. Sie schüttelte den Kopf, gab nichts weiter darauf und ging weiter.

Südzone. Am späten Abend lief Mike am Wachturm vorbei, bei dem er später in der Nacht mit dem alten Sven über die Mauer gehen wollte. Die beiden Nachtwachen hatten gerade ihren Dienst angetreten.

»Hey, Jungs, ich hab euch einen Tee vorbereitet. Sieht nach schlechtem Wetter aus. Der wird euch wärmen.«

Die beiden bedankten sich freundlich bei Mike und er hoffte inständig, dass Svens Teegebräu später seinen Effekt zeigen würde. Als er am Haupteingang des Gebäudes entlangkam, sah er zu den Neuankömmlingen rüber. Sie saßen bei ihren Wagen und tranken reichlich Alkohol, den Bär ihnen spendiert hatte. Kenji kam gerade aus dem Gebäude.

»Kenji, hast du gesehen, was die an Waffen im Wagen liegen haben?«

»Ja. Bär ist verrückt geworden. Er will mir nicht sagen, was er vorhat, aber ich kann es mir denken. Er will die Ostzone angreifen und sich Leon mit Gewalt zurückholen. Diese Leute dort sind nur deswegen hier.«

»Dann muss ich schnell hier weg. Ich muss zurück zu meinen Leuten. Leon darf nichts geschehen. Wenn es nicht anders geht, muss ich diesen van Moor warnen.«

»Ich komme mit, Mike. Ich werde nicht hierbleiben, ich habe die Schnauze voll von Bär. Treffen wir uns um Mitternacht am Turm Drei?«

»Was ist mit den ganzen Leuten hier?«

»Niemand wird sich trauen, wegzugehen. Die meisten haben zu viel Angst vor Bär und dem, was da draußen auf sie wartet.«

»Okay, dann um Mitternacht«, bestätigte Mike und ging hoch zu Sven, um ihm die Planänderung mitzuteilen.

Am selben Abend, irgendwo nahe dem Zentrum von Wilhelmsbrück. Dave und die anderen waren erschöpft auf der Rückseite eines Hauses angekommen.

»Ihr habt den Haufen ganz schön aufgemischt. Vorher liefen in den Gärten und Hinterhöfen weit weniger Streuner herum als jetzt«, bemerkte Dave.

Taina und Sani sahen blass aus, und alle waren blutverschmiert durch die vielen Streuner, die sie heute hatten töten müssen. Dave brach die hintere Tür des Hauses auf und sie gingen rein.

»Pscht, das Fenster vorne im Laden ist kaputt, die Streuner auf der Straße könnten uns hören!«, flüsterte er und zeigte mit dem Finger auf Finn, Loki und Sani und dann nach oben. Die drei verstanden und gingen vorsichtig die Treppe hoch. Dave und Taina schlichen sich an das kaputte Fenster. Er zeigte Taina das Geschäft. Es lag auf der gegenüberliegenden Seite, doch die Straße war sehr breit, und viele Untote standen hier herum oder schlurften in ihrem üblichen sinnlosen Trott ziellos umher. Dave hörte das unverwechselbare, herannahende Geräusch eines Untoten. Er drückte Taina rückwärts an die Wand und stellte sich direkt ans Fenster. Der Untote konnte ihn zwar nicht sehen, aber wittern. Als er am Ladenfenster vorbeikam und sich anschickte, hineinzusehen, schoss eine starke Hand heraus. Sie packte ihn am Hals, zog ihn hinein und warf ihn mit dem Gesicht voran zu Boden. Dave stampfte den Hammer wuchtig in den hinteren Teil des Kopfes, sodass dieser zerbrach wie eine faule Melone. Aus allen Öffnungen des Kopfes floss ein blutroter, gallertartiger Brei heraus.

»Oh nein, uargh«, entfuhr es Taina leise. Ihr wurde schlecht und sie verzog sich leise nach oben. Dort musste sie sich kurz übergeben. Dave sah, dass die anderen Untoten sie nicht bemerkt hatten und folgte Taina.

»Tut mir leid, Taina, aber es ging nicht anders. Der hätte die Aufmerksamkeit auf uns gezogen, dann hätten wir uns wieder zurückziehen müssen. Es ist jetzt zu dunkel und zu gefährlich da draußen. Wir rasten hier ein wenig und bei Sonnenaufgang gehen wir rüber.«

»Aber wie willst du über die Straße mit all den Untoten, ohne dass die auf uns aufmerksam werden?«, wunderte sich Sani. Dave lächelte sie an.

»Wird Zeit, dass ihr mal was lernt von Profis. Aber jetzt ruht euch mal aus, Morgen wird ein interessanter Tag.«

Taina konnte jetzt nicht schlafen, also übernahm sie die erste Wache. Sie setzte sich ans Fenster und sah den Untoten zu. Es fing an, zu regnen, und hier und da zuckten feuriggelbe Blitze durch die Nacht. Langsam rannen Regentropfen das staubige Fenster hinunter. Taina war tief in Gedanken versunken, als ein greller Blitz zuckte und das Gesicht eines Mannes auf das nasse und staubige Fenster zauberte. Taina zuckte erschrocken zurück. »Papa?«

Ostzone. Tags darauf vor Sonnenaufgang. Leon war früh geweckt und mit Palmer zu einem Kleinlaster gebracht worden, an dem man einen breiten Rammschutz angebracht hatte. Van Moor grüßte ihn knapp. Er bat ihn, in seinen SUV einzusteigen, während Palmer im Kleintransporter Platz nehmen musste.

Die Fahrt ging rasant durch die Straßen von Wilhelmsbrück und dem Fahrer des Kleinlasters schien es zu gefallen, Untote umzufahren, die ihm in die Quere kamen. Palmer wurde schlecht. Van Moor unterhielt sich derweil mit Leon. Er erzählte ihm davon, wie er Palmer und Heiden abgefangen hatte: »Wissen Sie, dass in der Hauptstadt alles zusammenbrechen würde, hatten die Spatzen schon Tage vorher von den Dächern gepfiffen. Ich begriff schnell, dass eine neue Ära anbrechen würde, und habe beizeiten vorgesorgt. Waffen und Munition waren leicht zu besorgen. An Tonnen von lange haltbaren Nahrungsvorräten ranzukommen, war zu dem Zeitpunkt ebenfalls noch kein Problem. Ich habe sogar noch schnell einen Kredit dafür aufgenommen und der Bank erzählt, es wäre für ein Hilfsprojekt in der Dritten Welt.«

Er musste kopfschüttelnd lachen, während sich Leon die Nackenhaare sträubten.

»Dann habe ich einige Politiker mit meinem Privatjet ausfliegen lassen, und die haben mir dafür bereitwillig Informationen überlassen. Die habe ich zu meinem Vorteil genutzt.«

»Wie intelligent von Ihnen«, sagte Leon mit einem sarkastischen Unterton, der van Moor nicht verborgen blieb. Dieser lachte genüsslich.

»Ich bin zu lange im Geschäft, um alles dem Zufall zu überlassen. Diesen ganzen inkompetenten und korrupten Politikern kann man das Heil der Welt doch nicht überlassen. Oder?«

»Aha, und Sie denken, Sie haben das Potenzial dafür?«

»Sonst wären Sie nicht hier. Na ja, bei Ihnen war es ja wirklich der Zufall. Aber bei Ihrem Chef war es etwas schwieriger. Ihn in dem Chaos der Stadt zu lokalisieren, war nicht einfach. Dass er infiziert wurde – ein bedauerlicher Unfall. Aber dafür habe ich ja die Dokumente bekommen. Und bevor ich ihm den Gnadenschuss verpassen musste, verriet er mir, dass das Labor auf dem Weg nach Wilhelmsbrück war.

Palmer abzufangen, war ein einfacher Job. Ich musste am Flughafen nur auf ihn warten. Und Heiden hatte sein Irrenhaus fluchtartig verlassen und seine ganzen Patienten ihrem Schicksal überlassen. Dem musste ich nur einen sicheren Zufluchtsort versprechen und *Zack*, hatte ich ihn im Sack«, sagte er und lachte wieder genüsslich.

»Mein lieber Leon, wie Sie sehen, tue ich, was nötig ist, um meine Ziele zu erreichen. Dabei muss ich manchmal skrupellos sein, und glauben Sie mir, das bin ich, wenn es um meine Interessen geht. Dass mir nicht noch mehr Ärzte ganz zufälligerweise über den Weg liefen, ist wohl dem dann schnell eingetretenen allgemeinen Zusammenbruch anzurechnen. Ich kann Ihnen leider bestätigen, dass die meisten Ihrer ehemaligen Kollegen beim *SKB* nicht mehr leben. Bedauerlich, nicht wahr? Sehr bedauerlich ...«, resümierte van Moor und blickte wieder aus dem Wagenfenster.

Sie kamen zügig vorwärts und dann hielt der kleine Konvoy auch schon an. General Hoffmann war zur Stelle und begrüßte Leon und Palmer.

»Willkommen in der militärischen Sperrzone.«

Es kam Leon so vor, als ob Hoffmann jetzt wesentlich freundlicher zu ihnen war. Er führte sie in eine angrenzende Halle. Dort standen mehrere *SKB*-Laster.

»Herr Webber, dies hier dürfte Ihnen bekannt vorkommen. Das ist die Checkliste für das mobile Labor. Wenn Sie mir nur bestätigen könnten, dass das alles ist, was Sie brauchen?«

Leon sah mit Palmer die Liste durch, während van Moor den General in eine Ecke bat, um mit ihm unter vier Augen zu sprechen. Palmer sah Leon über die Schulter.

»Ist es das Labor, von dem van Moor sprach?«

»Ja, das ist es. Aber versprechen Sie sich nichts davon. Wir werden ihm nicht das liefern können, was er will, fürchte ich. Ein Impfstoff ist ausgeschlossen.«

»Aber versuchen können wir es. Und auch wenn es so ist, wie Sie sagen, können wir immer noch auf Zeit spielen.«

Van Moor kam mit dem General wieder auf die beiden Ärzte zu. Der General wandte sich ungeduldig an Leon.

»Wie sieht es aus, Doktor Webber. Können Sie damit etwas anfangen?«

»Ja, Herr General, das ist das einzige mobile Labor der Stufe vier, das wir besaßen. Wenn ich die Liste so durchsehe, scheint es komplett zu sein. Aber es müsste an einem sauberen Ort aufgestellt werden, und die Stromversorgung ist wohl das Allerwichtigste.«

Palmer nickte bestätigend. Van Moor kam auf General Hoffmann zu und legte ihm seine Hand auf die Schulter.

»Sehen Sie, Herr General, ich kann all das bieten, was Sie brauchen, um das Labor zu betreiben. Ich habe solche Räume in meinem Firmensitz, die Stromversorgung ist kein Problem und meine Zone bietet von allen hier wohl den besten Schutz.«

General Hoffmann wusste, dass dies der Wahrheit entsprach. Und er hatte seine Befehle. Er dachte zurück an die Worte der Kanzlerin vor ihrer Abreise.

»*Sollte es eine sichere Möglichkeit geben, das Labor einzurichten und Forschung zu betreiben, haben Sie das Nötigste zu veranlassen. Wenn möglich, ohne van Moor!*«

Das waren ihre letzten Worte gewesen und seitdem hatte es keine Neuigkeiten mehr von ihr und der U1 gegeben. Nun war der Moment gekommen, jedoch mit van Moor. Und dieser legte nach.

»Zusätzlich dazu kann ich noch weitere Apparaturen und

Analysegeräte bieten, die ich in meinem eigenen Labor eingelagert habe. Die Bedingungen könnten besser nicht sein.«

»Also gut, van Moor, bereiten Sie alles vor. Ich werde Ihnen in ein paar Tagen das Labor liefern. Aber einige meiner Soldaten werden es bewachen.«

Van Moor lächelte erfreut und bat Leon, wieder im SUV Platz zu nehmen. »Herr Webber, wir haben viel Arbeit. Verlieren wir keine Zeit.«

Leon stieg wieder in den Wagen und van Moor schloss die Tür. Dieser blickte noch einmal spitzbübisch auf General Hoffmann. »Und bestellen Sie der Kanzlerin meine Grüße und meinen Dank.« ... *an ihrem Grab auf der Insel*, dachte er ironisch. Dann stieg er in sein Auto.

»Herr van Moor, das Beobachtungsteam hat uns gemeldet, dass die Armeeposten entlang der Straße, auf der wir hierherkamen, mit Schützenpanzern verstärkt wurden.«

Van Moor dachte kurz nach, was das bedeuten könnte. »Fahren Sie die Alternativroute, sicher ist sicher.«

Der Leibwächter nickte und gab die Order an den Fahrer des Kleinlasters weiter. Daraufhin fuhren sie zügig los und verließen die Sperrzone. Die Alternativroute führte nah am Zentrum vorbei, jedoch war die Straße breit und gut befahrbar.

»Fahren Sie an der nächsten Kreuzung nach links, wir sind außerhalb von Hoffmanns Fängen, das Gebiet hier kontrollieren wir«, befahl van Moor seinem Leibwächter. Das Fahrzeug bog wie befohlen an der Kreuzung links ab. Der Magnat schaute desinteressiert in die Gegend. Als er in seinem rechten Augenwinkel eine Bewegung registrierte, drehte er seinen Kopf instinktiv dorthin und sah den großen Kühlergrill eines Kleintransporters auf sich zukommen. Er schreckte auf. Bevor er ein Wort sagen konnte, erkannte er noch knapp das überraschte Gesicht des Fahrers des entgegenkommenden Fahrzeugs. Van Moors Wagen wurde seitlich weggeschleudert und überschlug sich zweimal, um dann auf dem Dach liegen zu bleiben. Dabei hatte er mehrere Streuner plattgewalzt. Das Sonnendach seines Fahrzeuges war beim Überschlag in tausend kleine messerscharfe Stücke zersplittert und hatte bei ihm und Leon zahlreiche blutende Wunden auf dem Gesicht hinterlassen. Leon war zudem ohnmächtig geworden. Der Kleinlaster, in dem Palmer saß, kam nicht mehr rechtzeitig zum Stehen und krachte seitlich in sein größeres Gegenstück. Der Rammschutz war gegen den Motorraum gedrückt worden. Aus dem Kühler zischte es und heißes Kühlwasser spritzte auf den Boden. Fahrer und Beifahrer hatten wegen des heftigen Zusammenstoßes den unfreiwilligen Ausstieg durch die Frontscheibe genommen und lagen reglos auf dem Boden. Palmer und seine Bewachung waren nach vorne geschleudert worden und dann wieder zurück auf den Boden. Der Wächter war ohnmächtig und Palmer hatte sich eine blutende Wunde am Kopf zugezogen. Irritiert versuchte er, auf die Beine zu kommen. Die Untoten ringsherum hatten das Schauspiel mitbekommen und fingen nun an, in Scharen zum Ort des Geschehens zu schlurfen. Van Moor kam kurz zur Besinnung und erkannte undeutlich und verschwommen ein paar Männer, die Palmer in ihren Laster luden und verschwanden. Einer von ihnen kam ihm bekannt vor. Dann umnebelte ihn wieder der dunkle Schleier der Ohnmacht.

– Sturm –

Zur gleichen Zeit in der Westzone. Micki saß früh morgens mit Mona oben auf dem Ausguck.

»Weißt du, Mona, wir hatten es immer und immer wieder versucht, aber es wollte einfach nicht klappen. Dann kam diese Seuche und hat unsere Pläne, Kinder zu bekommen, zunichtegemacht. Das macht mich sehr traurig. Immer noch.«

Mona sah sie verständnisvoll an und tröstete sie.

»Ach, Micki, vielleicht schaffen wir es, hier alles auf die Reihe zu bekommen, dann könnt ihr es immer noch versuchen.«

»Nein, das glaube ich nicht. Ich hatte in den letzten Tagen mit Jo darüber gesprochen und er will jetzt keine Kinder. Er zweifelt auch daran, dass es gut ist, Kinder in so eine Welt zu setzen.«

»Ja, das kann ich verstehen, aber was ihr braucht, ist einfach ein bisschen Zeit und Ruhe. Das wird euch guttun und dann kommen auch wieder positivere Gedanken auf.«

»Vielleicht«, sagte Micki traurig und sah aufs Meer hinaus. Dunkle Wolken kamen von der See her auf die Stadt zu und der untergehende Halbmond verschwand hinter dunklen Wolken am frühen Morgenhimmel. Das bizarre Lichtspiel warf groteske Schatten auf die Umgebung. Dann fing es an, zu regnen. Weit draußen über dem Meer waren grelle Blitze zu sehen und grollender Donner aus der Ferne schallte leise über die Westzone hinweg. Die beiden zogen sich zurück und gingen runter ins Esszimmer. Jo kam ihnen fröhlich entgegen.

»Hey, ihr beiden. Einer der Fischer ist krank geworden und kann heut Nacht nicht mit raus. Ich hab denen gesagt, dass ich mit rausfahre. Dann kann ich mir die Gegend mal vom Meer her ansehen.«

Micki reagierte ungehalten. »Was? Bist du verrückt geworden? Hast du gesehen, was sich da draußen zusammenbraut?«

»Ja, Micki, beruhige dich. Die Fischer haben mir gesagt, dass der Sturm nur ein oder zwei Stunden tobt, und dann ist wieder Ruhe im Karton. Sonst würden die ja nicht rausfahren. Die haben Erfahrung, Schatz.«

»Nein, kommt nicht in Frage, Jo.«

»Micki, hör auf, mich zu bemuttern, ich werde mit denen rausfahren und basta.« Wild entschlossen drehte er sich um und verschwand.

»Beruhige dich, Micki, die fahren bei dem Wetter bestimmt nicht raus. Lass ihm doch die Abwechslung.«

Micki kam wieder runter, aber es ließ ihr keine Ruhe. Sie schaute aus dem Fenster und da draußen tobte es jetzt heftiger als noch einen Moment vorher.

Südzone. Bär stand am Fenster seines Büros, als Kai eintrat. »Dein Abschaum hat sich sehr unhöflich gegenüber meinen Leuten hier verhalten. Besonders gegenüber der weiblichen Präsenz.«

Kai lachte herzhaft. »Hey, der Whisky kam nicht von uns. Meine Männer brauchen ein wenig Abwechslung. Die nächste Nacht wird kein Zuckerschlecken werden, da darf man sich doch vorher ein bisschen amüsieren, oder? Schickes Zimmer hier!«

»Für deine Raufbolde wird es ein Spaziergang.«

Bär drehte sich um, ging zu seinem Bürotisch und holte eine Zeichnung, die dort lag. »Das hier ist die Ostzone, so, wie ich sie in Erinnerung habe. Hier haben sie einen Beobachtungsposten eingerichtet.«

Bär zeigte mit dem Finger auf einen Punkt außerhalb der Zone. »Er ist in der Regel mit zwei Mann besetzt. Wenn ihr die lautlos ausschalten könnt, wird die Torwache nicht vorzeitig gewarnt werden, und ihr könnt problemlos zum Tor fahren und es durchbrechen. Während ihr von vorne kommt und sie ablenkt, schleichen wir uns in ihrem Rücken an, klettern über die Mauer und rollen sie von hinten auf.«

Kai dachte kurz nach und zeigte auf die hintere Mauer. »Was ist mit dem Wachposten hier?«

»Den schalten wir vorher aus. Lautlos. Ich habe Scharfschützen, die sehr gut mit einer Armbrust umgehen können. Und noch was: van Moor gehört mir, ich will ihn lebend.«

»Das sind aber schon zwei Personen! Bisher war es nur dieser Arzt.«

»Die Bedingungen haben sich geändert.«

Kai dachte kurz nach. »Der Preis auch.«

Bär wurde sauer, er konnte dieses Rattenpack nicht mehr ertragen. »Was willst du noch? Mehr gibt es nicht zu holen.«

»Oh, da wüsste ich schon was. Die kleine Prinzessin, die du letztes Mal dabeihattest. Für eine Nacht.«

Bär schnaubte vor Wut. »Niemals. Sie gehört mir.«

»Dann sind unsere Verhandlungen wohl gescheitert. Ich packe und wir gehen.«

Bär tobte. Aber er wusste, dass er zur Ausführung seines Plans auf diesen Abschaum angewiesen war. Er gab nach.

»Für eine Nacht.«

Kai grinste zufrieden.

Draußen im Gang huschte ein Schatten um die Ecke und verschwand, als Kai aus Bärs Zimmer kam.

Bär drehte sich wieder zum Fenster hin und entließ seine Gedanken in den verregneten Tag, als es an der Tür klopfte.

»Was ist?«

Carla trat ein und ging zu ihm. »Wie kannst du nur mit diesem Rattenpack gemeinsame Sache machen? Hast du vergessen, zu was die im Stande sind, was die uns angetan haben?«

»Nein, habe ich nicht, und es ist genau der Abschaum, den wir brauchen. Die erledigen die Drecksarbeit für uns, und wir kümmern uns danach um den Rest.«

»Aber …«

»Keine Widerrede, Carla. Heute Nacht wird alles entschieden. Entweder-oder. Geh jetzt. Ich brauche ein wenig Ruhe.«

Carla ging gereizt und knallte die Tür hinter sich zu.

Irgendwo nahe dem Zentrum von Wilhelmsbrück. Dave konnte nicht einschlafen. Immer wieder fielen ihm die Augen zu, doch der harte Boden fügte seinem Rücken Schmerzen zu. Dadurch wurde er immer wieder wach. Er sah zu Taina rüber und bemerkte, dass sie mit der Müdigkeit kämpfte und immer wieder einnickte.

Früh morgens schreckte Taina von Albträumen geplagt auf. Sie saß noch immer im Stuhl und bemerkte Dave neben sich, wie er den gegenüberliegenden Laden und die Untoten davor beobachtete.

»Scheiße, ich bin eingeschlafen«, fluchte sie und rieb sich die Augen.

»Pscht, du weckst die anderen auf. Ich hab es rechtzeitig bemerkt. Keine Sorge. Ich hab aufgepasst.«

»Tut mir leid, ich …«

Dave legte ihr einen Finger auf den Mund und gab ihr einen Kuss auf die Wange.

Wenn das jetzt schiefgegangen wäre, dann wären alle hier vielleicht draufgegangen, dachte sie sich.

Taina fühlte sich richtig mies und in ihr kam ein Gefühl hoch, als würde sich ihr der Magen umdrehen.

»Also gut«, sagte Dave entschlossen, als alle wach und bei Verstand waren, »wir gehen jetzt rüber. Finn und Loki, ihr lockt die Streuner weg. Wenn der Weg frei ist, lauf ich rüber zu dieser Tür da, breche sie auf und ihr folgt mir hinein. Wenn wir drinnen sind, verteilt ihr euch und haltet nach Streunern Ausschau. Finn, Loki, ihr haltet die Tür zu, bis wir etwas finden, um sie zu blockieren. Alles klar? Noch Fragen?«

»Wie wollt ihr die Untoten ablenken?«, wollte Sani wissen.

Loki holte zwei Stäbe und eine Rauchgranate aus seiner Tasche. »Hiermit. Notfackeln. Haben wir aus einem Schiff. Sie leuchten hell und zischen laut, das zieht die Streuner an. Die Rauchbombe verwirrt ihre mickrigen Sinne und wir können unentdeckt rüber.« Sani war beeindruckt, wie leicht man die Streuner ablenken konnte.

Sie gingen vorsichtig runter und machten sich bereit. Finn und Loki zündeten die Leuchtfackeln und warfen sie die Straße runter, weg vom Laden. Die Dinger zischten in der Tat laut und die Streuner begannen, sich darauf zuzubewegen. Dann warf Loki die Rauchgranate vor den Laden in die Mitte der Straße. Der Rauch begann, die Straße einzunebeln, und Dave sprang hervor. Er lief rüber zu Tür, benutze seinen Hammer als Rammbock und stieß kräftig gegen das Schloss. Die Tür sprang auf und er hechtete hinein. Die anderen liefen nun aus dem Laden und folgten Dave. Als Taina in den künstlichen Nebel hineinsprang, tauchte wie aus dem Nichts plötzlich eine üble und ekelerregende Fratze auf und griff nach ihr. Sie erschrak zuerst und wurde dann am Hals gepackt. Doch die faulende Haut des Streuners schien sich vom Fleisch zu lösen und Taina rutschte immer wieder ab, als sie sich befreien wollte. Der Streuner drängte sie zurück und versuchte, ihr ins Gesicht zu beißen. Er drängte sie auf die andere Seite gegen einen Pfosten des Überdachs zurück. Taina brauchte beide Hände, um den Untoten von sich fernzuhalten, und konnte so ihr Messer nicht erreichen. Sie sah dem Streuner in die Augen und ihr wurde wieder schwindlig. Die Fratze des Untoten sah immer verschwommener aus und schien sich langsam zu verwandeln – in ein Gesicht, das ihr bekannt vorkam. »Papa! Papa, ich bin es. Taina.«

Ihr wurde schwarz vor Augen. »Ich komme, Papa, ich bin gleich da«, sagte sie leise vor sich hin und gab jeden Widerstand auf. Dann schloss sie die Augen.

Eine Pranke schoss aus dem Nebel hervor. Dave hatte den Streuner auf sie zukommen sehen. Von der Seite packte er den Untoten am Hals und zog ihn von Taina weg, hin zum kaputten Schaufensterrahmen. Er wirbelte ihn herum und schlug dessen Kopf gegen den kantigen Rahmen. Die Kante spaltete seinen Hinterkopf. Der Streuner blieb am Rahmen kleben und gab keinen Ton mehr von sich.

»Taina, alles in Ordnung?« Sie sah Dave verwirrt an und ihr wurde schlecht. Sie fiel in sich zusammen, doch Dave fing sie auf und trug sie rüber. Verwirrt blickte Taina noch einmal zurück zum Untoten. Sein Gesicht sah arg verwest aus, und ihr fiel auf, dass er ihrem Vater nicht einmal ähnlich sah. Dann löste sich der Kopf langsam von dem Fensterahmen und sein Körper klatschte auf den Boden. Taina schloss die Augen.

Sani kam auf die beiden zugesprungen und wehrte noch einen Streuner ab, der Dave wohl im sich lichtenden Kunstnebel erspäht hatte. Sie zogen sich in den Laden zurück und blockierten die Tür mit einem herbeigeschleppten Regal. Dave legte Taina auf den Boden und sah sich um. In einem

Kühlregal standen noch Süßgetränke. Er holte eine Dose, öffnete sie und gab Taina zu trinken.

»Sie ist total erschöpft«, stellte Sani fest und Dave gab seiner Geliebten noch einen Schluck. Langsam kam sie wieder zu sich und lächelte Dave dankend an.

»Das war verdammt knapp, Süße. So was machst du nie wieder. Ich hatte schon gedacht, ich hätte dich verloren.«

»So einfach wirst du mich nicht los«, stammelte sie und fuhr ihm mit ihren zittrigen Fingern durch sein langes Haar.

Der Laden war tatsächlich unversehrt, die Regale noch voll mit nützlichen Dingen. Sie versorgten sich zuerst einmal selbst, denn alle waren erschöpft. Taina ging es langsam besser und sie kam wieder auf die Füße.

»Finn, Loki, seht im Hinterhof nach, ob wir da wegkommen. Hier vorne ist alles voller Streuner.«

Die beiden nickten und verschwanden im hinteren Teil des Ladens. Dave und Sani fingen an, Konserven und Getränkeflaschen in ihre Rucksäcke zu packen, als Finn wieder erschien.

»Dave, im Hinterhof steht ein Kleintransporter. Loki meint, er bekommt ihn wieder hin. Der Tank ist auch noch fast voll.«

»Prima, hilf ihm. Wir bringen das ganze Zeug raus und dann hauen wir hier ab.«

Taina wollte helfen, doch Dave sagte ihr, sie solle sich ausruhen. »Du hast genug durchgemacht, du wirst jetzt etwas langsamer treten.«

»Ich bin ok, mir ist nur noch ein wenig schwindlig.«

»Keine Widerrede.«

Plötzlich ertönte Lärm von der Straße. Taina sah aus dem beschmierten Fenster raus und erstarrte. »Mike?«

Mike, Kenji und der alte Sven kämpften sich durch die Straße, gefolgt von dutzenden Streunern. Genauso viele kamen ihnen jetzt entgegen. Sie saßen in der Falle. Mike vernahm ein klirrendes Geräusch – und er sah ein Regal aus einem Ladenfenster fliegen. Plastikflaschen und Konservendosen rollten über die Straße. Dave, Sani und Taina kamen herausgesprungen und halfen, die Untoten abzuwehren.

»Wo kommt ihr denn jetzt her?!«, schrie Mike.

»Die Frage müsste man euch wohl stellen!«, entgegnete Taina, übersah dabei eine Wasserflasche, trat drauf und fiel hin. Sie schlug hart im Straßendreck auf und hielt sich ihren Arm vor Schmerzen.

Dave sprang hin, half ihr auf und schubste sie beiseite. Hinter ihr war ein Streuner herangeschlichen. Der langhaarige Hüne wirbelte seinen Hammer herum und wuchtete ihn gegen den Kopf des Untoten. Dieser flog ein paar Meter über den Boden und blieb regungslos liegen. Ein zweiter Streuner kam von der Seite an Dave ran und packte seinen Arm. Er biss hinein, doch die dicke Lederjacke und die Eisenringe konnte der Streuner nicht durchdringen. Dave zog ruckartig seinen Arm aus dem Maul des Streuners. Seine blutverschmierten Zähne brachen ab und flogen durch die Luft. Dann schlug der Anführer der Westzone ihm seinen Ellbogen gegen den Kopf und der Streuner fiel hin. Wieder wirbelte sein Hammer durch die Luft und zerschmetterte den Kopf des Untoten. Dave sah auf Taina zurück und es schien ihm, dass ihr wieder schwindlig wurde. Er ging zu ihr, hob sie auf und legte sie kopfüber über seine Schulter.

»Los, in den Laden und dann in den Hinterhof, wir hauen hier ab«

»Hey, was soll das? Lass mich runter!«

»Nein.«

»Ich hab gesagt, du sollst mich runterlassen, du Sack.«

Dave ignorierte Tainas Forderung und alle begaben sich in den Laden. Dave stieg als Letzter ein, doch ein Streuner kam von der Seite und packte Daves Jacke. Der hielt seinen Arm zum Schutz hoch und der Streuner wollte gerade herzhaft zubeißen, als die scharfe Spitze einer langen Klinge den Kopf des Streuners durchstieß und dieser hinfiel. Kenji zog seinen Yari aus dem Kopf des Untoten und half Dave hinein. Zwei weitere Streuner kamen heran, doch der Speerträger machte kurzen Prozess und teilte ihre Köpfe entzwei. Dave nickte dankbar und dann eilten sie nach hinten. Er schloss die Tür zum Hinterhof, sodass sie sich eine Verschnaufpause gönnen konnten, ehe die Streuner wieder herankamen.

Taina schlug wild auf Daves Hintern ein. »Lass mich runter, verdammt.«

»Oha, die Wildkatze ist wieder voll da«, witzelte Sani. Dave ließ sie runter und musste für einen kurzen Moment grinsen.

»Du ... Du ...«

»Ich hab dich auch lieb«, entgegnete Dave und gab ihr einen Kuss auf die Wange. Taina schubste ihn verärgert weg. »Du Knallkopf.«

In dem Moment sprang der Motor an. Loki hatte es wirklich geschafft. »Los, Leute, rein da. Wir hauen ab«, befahl Dave.

»Ich fahre, Dave, ok?« Dave zeigte Mike den Daumen nach oben und der Jäger stieg ein und fuhr los. Die Ausfahrt des Hinterhofes war mit einem zusammengenagelten Bretterzaun verschlossen. Mike preschte hindurch, stieß ein paar Untote um und fuhr mit hohem Tempo die Straße entlang nach Norden.

»Schade um die ganzen Sachen, hätten wir gut gebrauchen können.«

»Was soll's, Sani. Dann kommen wir eben später zurück und holen uns das Zeug«, entgegnete Taina.

»Du brauchst jetzt Ruhe, Taina ...«

»Uuaahh«, schrie Mike. Glas splitterte und flog herum. Die Insassen wurden durcheinandergewirbelt.

Mike hatte sich eine Kopfwunde zugezogen und blutete. Er schüttelte seinen Kopf und versuchte, sich zu konzentrieren, um wieder klar denken zu können. Als er nach draußen sah, konnte er zwei Insassen eines Lasters sehen, die durch die Frontscheibe geflogen waren.

Wo zum Henker kamen die denn her?, dachte er sich. Er öffnete noch leicht benommen die Tür und stieg aus. Streuner kamen auf sie zu und Mike rief den anderen zu, nicht aus dem Wagen zu steigen. Die Gruppe im Wagen rappelte sich gerade erst wieder auf und versuchte zu verstehen, was passiert war.

Neben dem einen Kerl lag eine schallgedämpfte Pistole. Mike hob sie auf und erschoss zwei Untote, die sich ihm näherten, mit Kopfschüssen. Plötzlich hörte er Geräusche im Inneren des anderen Lasters und dass die Seitentür sich öffnete. Ein blutüberströmtes Gesicht spähte aus dem Fahrzeug hervor. Der Mann stöhnte und hielt sich eine Hand an den Kopf. Mike richtete die Waffe auf ihn.

»Nicht schießen! Bitte helfen Sie mir, ich bin verletzt!«

Mike suchte ihn zunächst nach Waffen ab, dann nahm er ihn am Arm und half ihm zu ihrem Laster.

Kenji hatte alles aus dem Wageninneren heraus beobachtet. Er hüpfte auf einem Bein aus dem Wagen und verzog sein Gesicht vor Schmerz. Er hatte sich beim Unfall den Fuß verstaucht. Etliche Streuner näherten sich ihnen und Kenji begann trotz seiner Verletzung, sie abzuwehren. Auch Finn und Loki halfen leicht benommen. Sani stieg aus und krallte sich die Maschinenpistole des Beifahrers des anderen Lasters. Sie bemerkte das Blut auf ihrem T-Shirt, wusste aber nicht, ob es ihres war oder das eines anderen Insassen. Als sie die Reihen der Untoten ausreichend gelichtet hatten, stiegen alle wieder ein und Mike startete den Motor. Ein Streuner schlug mit der Hand auf das Seitenfenster und Mike sah der verwesten Fratze einen Augenblick in die leeren Augen. Dann setzte er zurück und fragte Dave, wohin er fahren sollte.

»Fahr die Straße hier runter, Richtung Hafen. Wir biegen vorher ab und dann Richtung Westzone.«

Mike versuchte, den ersten Gang einzulegen, doch das Getriebe krächzte nur. Also legte er den zweiten Gang ein und der Motor würgte ab. Wieder drehte er den Zündschlüssel, lies die Kupplung mit viel Gas springen und sie holperten davon. Sie waren nur wenige hundert Meter weit gekommen, als es plötzlich zischte und knackte. Dave sah in den Rückspiegel. Sie wurden von einem Wagen verfolgt und der Beifahrer schoss auf sie. Kugeln zischten durch die Luft und bohrten Löcher in die Karosserie.

»Hinlegen, die schießen auf uns. Gib Gas, gib Gas«, schrie Dave und Mike trat die Pedale bis zum Bodenblech durch.

»Wer sind die?«, rief Taina und sah aus dem hinteren Wagenfenster hinaus.

»Keine Ahnung. Kopf runter, Taina«, schrie Mike. Er bretterte im Zickzackkurs die Straße in vollem Tempo hinunter, ohne auf die Streuner achtzugeben. Aus dem Verfolgerfahrzeug heraus schossen unentwegt Kugeln an ihnen vorbei oder trafen ihren Wagen. Ein Treffer ließ das hintere Fenster zersplittern. Sani erhob sich und feuerte gezielt mit Einzelschüssen aus der MP zurück. Mike zog die Pistole aus seiner Jackentasche und reichte sie nach hinten. Loki griff nach ihr und feuerte ebenfalls zurück. Sani sah, wie die Kugeln am gegnerischen Fahrzeug abprallten.

»Deren Fahrzeug ist gepanzert, unsere Kugeln prallen ab. Gib Gas, Mike.«

Mike fuhr kreuz und quer durch die Straßen, um ein schlechteres Ziel abzugeben. Dann ging es bergab Richtung Küste und er erreichte die Straße an der Uferpromenade. Hinter dieser lagen Wiesen, Dünen, Stacheldraht und das Meer. Anzuhalten war jetzt keine Option. Das Verfolgerfahrzeug hatte sie wieder im Visier. Kugeln zischten durch die Luft. Mike sah sich kurz um und gab wieder Vollgas.

»Mike, was machst du da? Wo fährst du hin?«, schrie Dave.

»Äääh, ich denke, wir machen einen Rio!«

»Einen was?«

Vor ihnen lag die militärische Sperrzone. Dieser Teil der Zone war nur durch einen zweieinhalb Meter hohen Sicherheitszaun von der Stadt abgegrenzt. Er war zusätzlich durch davorliegende Stacheldrahtverhaue verstärkt worden. Vor dem Stacheldraht hatte man einen circa einen Meter hohen Erdwall aufgetürmt, der mit angespitzten Stöcken zur Abwehr von Streunern bestückt war.

»Hat er Rio gesagt?«, schrie Sani erschrocken.

»Ja, was soll das sein?«, wollte Dave wissen.

»Haltet euch fest …«, schrie Sani noch, dann hob das Fahrzeug ab. Mike war mit voller Geschwindigkeit auf den Erdwall zugefahren. Ein Stock bohrte sich in den Kühlergrill des Fahrzeuges, dann wurde es in die Luft katapultiert. Die Räder des Wagens rissen am Zaun einen Teil des oberen Stacheldrahts kaputt. Auf der anderen Seite landete das Fahrzeug unsanft auf den Rädern. Die Reifen platzten. Mike und die anderen wurden herumgewirbelt wie Ölsardinen in einem Karussell. Der Wagen hüpfte noch einmal in die Luft, schlug hart auf, kippte und blieb schlussendlich auf der Seite liegen. Mike, Dave und die anderen lagen alle einer über dem anderen und quälten sich aus dem zerstörten Fahrzeug heraus.

»Houston, die *Rio* ist wieder gelandet«, scherzte Sani, doch ihr schmerzten die Glieder und Knochen, und sie verzog grimmig ihr Gesicht.

Dave sah Mike verwirrt an. »Wo zum Henker hast du fahren gelernt?«

»Hatte ich erwähnt, dass ich gar keinen Führerschein habe?« Dave rollte die Augen und beide versuchten, zu lachen, doch ihre Schmerzen ließen es nur gequält zu. Das Verfolgerfahrzeug hatte abgedreht und war schnell wieder verschwunden. Als Mike sich umsah, erschrak er plötzlich. Hinter ihrem Wagen kamen ein paar gut getarnte und bewaffnete Soldaten hervor. »Hände hoch!«

Jo war mit den Fischern runter zum Hafen gefahren. Micki hatte noch einmal versucht, ihn aufzuhalten, doch vergebens. Die See war rau und aufgewühlt, aber es sah so aus, als würde sich das Wetter wieder beruhigen.

»Wir fahren eh nicht weit raus, hier war immer Naturschutzgebiet, der Fischbestand in Küstennähe ist reichhaltig«, meinte einer der Fischer und reichte Jo eine Schwimmweste. »Nur zur Sicherheit.«

Jo freute sich über die Abwechslung, obwohl Fisch nicht auf seiner Speisekarte vorkam. Er wollte aus einem anderen Grund mit rausfahren. Er wollte ein besseres Gefühl für die Gegend bekommen und sich Orientierungspunkte merken. Das hatte Mike ihm beigebracht. Als sie raussegelten, genoss er den frischen, salzigen Seewind. Seegras schwamm hier und da an der Wasseroberfläche und weiße Schaumkronen schmückten die hohen Wellen. Als sie dort ankamen, wo die Fischer einen guten Fang vermuteten, warfen sie die Netze aus. Jo sah sich die Küstenlinie an und kritzelte Notizen auf ein Blatt Papier. Der Wind drehte nach einiger Zeit wieder. Die See peitschte immer höhere Wellen gegen das Boot und ließ es zum Spielball von Wind und Meer werden. Jo war es nicht gewöhnt, so hart durchgeschaukelt zu werden, und ihm wurde langsam schlecht. Die Fischer machten sich nun selbst Sorgen und waren der Meinung, dass sie abbrechen sollten, um wieder in den sicheren Hafen zurückzukehren. Sie holten die leeren Netze wieder ein. Der Skipper steuerte das Boot auf den Hafen zu, als eine hohe Welle das Schiff traf. Die Mannschaft wurde heftig hin- und hergeworfen. Alle hatten sich am Boot angeleint – nur Jo nicht. Er verlor das Gleichgewicht und wurde gegen die Bordwand geschleudert. Als er versuchte, wieder auf die Beine zu kommen, schwappte die nächste große Welle über das Deck, erfasste ihn und spülte ihn unbemerkt über Bord. Als Jo wieder an die Wasseroberfläche kam, konnte er das Boot nur noch einen Augenblick lang sehen, ehe es vom heftigen Seegang verdeckt wurde. Das Salzwasser brannte in seinen Augen und er hatte schon den einen oder anderen Schluck hinunterwürgen müssen. Jo schrie sich die Lungen aus dem Leib, doch das Boot segelte weiter in Richtung Hafen. Er vernahm ein tosendes Brausen und drehte seinen Kopf. Eine große Welle kam von hinten auf ihn zu. Er sah zu ihrem oberen Rand und verzog ängstlich das Gesicht. Sie brach und fiel wie ein Hammerschlag auf den Schiffbrüchigen nieder. Panik überkam Jo, er sah noch das Antlitz seiner Frau in seinem inneren Auge, als ihn Dunkelheit umgab und unter Wasser drückte.

Militärische Sperrzone. Mike, Dave und die anderen wurden von den Soldaten in eine Halle geführt. General Hoffmann kam auf sie zu und war überrascht, als er Palmer bemerkte.

»Doktor Palmer? Was war denn das für ein theatralischer Auftritt?«

»Wir hatten einen Unfall im Zentrum. Diese Leute haben mir geholfen. Sie haben mich aus den Fängen van Moors befreit. Wohl eher ungewollt.«

General Hoffmann sah sich die Gruppe an und blieb vor Dave stehen. »Sie? Sie hatte ich aber am wenigsten erwartet.« Dave zog wortlos die Schultern hoch.

»Gefreiter, bringen Sie die Leute zur Sanitätsstation. Doktor Palmer, ob wir uns kurz unterhalten könnten?

Mike und die anderen wurden weggeführt, während Hoffmann sich mit Palmer unterhielt.

»Doktor Palmer, es ist von immenser Wichtigkeit, dass ich mich darauf verlassen kann, dass van Moor im Besitz dieser Dokumente ist. Ich kann dieses Labor nicht aufs Spiel setzen. Wenn es eine Möglichkeit gibt, etwas gegen die Seuche zu unternehmen, ist dieses mobile Labor der einzige Ort, an dem noch geforscht werden kann. Ich hoffe, Sie verstehen die Tragweite der Entscheidung, die ich hier treffen muss.«

»Das ist mir durchaus bewusst, Herr General. Ich habe die Dokumente gesehen, durfte aber nur kurz Einsicht nehmen. Aber ich versichere Ihnen, dass van Moor sie hat.«

Hoffmann nickte zuversichtlich.

»Herr General, eine Frage: Was ist da drüben auf Langenmark wirklich los?« Hoffmann sah ihn lange wortlos an.

»Eine Katastrophe, von der nicht einmal die Kanzlerin weiß. Aber das spielt wohl keine Rolle mehr.«

»Ich verstehe nicht?«

»Das muss es auch nicht. Ich bringe Sie jetzt zur Sanitätsstation, Doktor Palmer.«

Ostzone. Ein paar Stunden später. Van Moor wachte auf und lag in seinem Bett. Seine Frau saß neben ihm und wusch ihm sein Gesicht. Der Industriemagnat dachte zuerst, er hätte nur geträumt, doch dann spürte er die Schmerzen in seinem Gesicht. Doktor Heiden kam dazu.

»Bleiben Sie ruhig liegen, Herr van Moor. Sie haben sich Prellungen und Schnittwunden zugezogen. Und eine Gehirnerschütterung.«

»Was … Was ist passiert?« Van Moor hatte das Gefühl, als hätte man die Erinnerungen der letzten Stunden in seinem Kopf gelöscht. Dann sah er das Gesicht von General Hoffmann vor sich.

Moment mal, dachte er; und dann kehrten seine Erinnerungen langsam aber verschwommen wieder zurück.

»Da war ein Auto«, sagte er.

»Du hattest einen Unfall, Liebling.« Devon nahm die Hand seiner Frau und sah sie liebevoll an.

»Mir geht's gut, Schatz, mach dir keine Sorgen. Würdest du mir bitte einen Whisky holen? Bitte?« Seine Frau nickte, nahm ihren Blindenstock und verließ das Zimmer für einen Augenblick.

»Heiden, rufen Sie mir meinen Leibwächter.«

»Herr van Moor, ich muss Ihnen leider mitteilen, dass er nicht mehr lebt.«

Dann fiel es van Moor schlagartig wieder ein. Alles. Der Aufprall, der Überschlag, das zersplitterte Glasdach, das ihm seine Gesichtsverletzungen beschert hatte.

»Ich wurde ohnmächtig, doch dann kam ich kurz zu mir.

Ich sah diesen Asiaten. Er ist einer von Bärs Männern. Der steckt dahinter. Wo ist Webber?«

»Machen Sie sich keine Sorgen um ihn, er liegt nebenan in seinem Zimmer und erholt sich von seinen Verletzungen. Es geht ihm gut, den Umständen entsprechend.«

Van Moor ließ sich wieder aufs Kissen zurückfallen und hielt sich seinen Kopf vor Schmerzen. Seine Frau kam zurück ins Zimmer und reichte ihm ein Glas Whisky. Er trank es gierig in einem Schluck aus. Dann sah er alles vor seinem inneren Auge ablaufen. Der Asiate hatte Palmer in deren Wagen geholfen.

Die wollten sich Webber zurückholen, dachte er. *Und beinahe wäre es ihnen gelungen. Mir wurde schwarz vor Augen und als ich aufwachte, lag Webber ohnmächtig neben mir. Die Schreie. Die Schreie meiner verletzten Männer, die von den Untoten zerfleischt wurden. Mein toter Leibwächter, der erwachte und nach mir griff, weil er von meinem Fleisch kosten wollte. Ich musste ihn erschießen. Verdammt, ich war unvorsichtig.* Dann wurde er aus seiner Gedankenwelt gerissen. Seine Frau zerrte an seinem Arm.

»Schatz? Schatz? Geht es dir gut? Warum antwortest du mir nicht.«

»Es geht mir gut, Liebling. Sehr gut.« Sein Gesicht verdüsterte sich zunehmend.

Heiden verließ währenddessen das Zimmer und ging rüber zu Leon. Er war erleichtert, festzustellen, dass Leon wieder unter den Lebenden weilte.

»Ah, Leon, Sie sind schon wach!«

»Ja, glaube ich zumindest. Was ist passiert? Mir tun alle Knochen weh.«

»Sie hatten einen Unfall mit dem Wagen. Sie können von Glück reden, dass Sie es überlebt haben.«

»Einen Unfall?«

»Ja. Erinnern Sie sich nicht? Doktor Palmer ist verschwunden. Die Männer, die Sie und van Moor gerettet haben, haben mir gesagt, dass Leute aus der Südzone dafür verantwortlich sind.«

»Nein, ich erinnere mich an gar nichts.«

»Das ist nicht gut, was dort passiert ist, Leon. Das bedeutet Ärger. Mächtigen Ärger. Ich hoffe, dass van Moor nicht mitbekommen hat, dass Palmer weg ist. Ich werde es ihm jedenfalls nicht sagen.«

Militärische Sperrzone. General Hoffmann kam zum Tor und verabschiedete sich von Daves Gruppe. Palmer hatte ihn gebeten, dort bleiben zu dürfen, doch Hoffmann befürchtete Probleme mit van Moor und hatte abgelehnt. Er war der Meinung, dass Palmer im Moment in der Westzone am sichersten sei. Der General hatte einen Laster bereitgestellt, um sie zur Westzone bringen zu lassen. Als er Dave die Hand gab, sah er ihn mitfühlend an. »Ich habe schlechte Nachrichten für Sie. Das Fischerboot …«

»Was ist damit?« fragte Dave erschrocken.

»Unser Patrouillenboot hat es entdeckt. Es ist gekentert und die Mannschaft wird vermisst. Wir suchen noch nach ihnen, aber das schlechte Wetter behindert die Suche.«

Dave rollte ärgerlich die Augen. »Bitte, versuchen Sie, sie zu finden, das sind gute Leute.«

»Wir tun alles, was wir können. Ich werde Sie auf dem Laufenden halten.« Dave nickte dankbar und stieg voller Sorgen in den Laster.

Als sie in der Westzone ankamen, liefen Micki und Mona gerade aus dem Hauptgebäude und freuten sich über ihre

Rückkehr. Sie erschraken, als sie sahen, wie mitgenommen ihre Freunde waren. Mona sah sich sofort Mikes Kopfwunde an.

»Was habt ihr wieder angestellt? Das sieht aber böse aus. Ich muss deinen Verband wiedermal täglich wechseln, sonst entzündet sich das.«

Mike nickte und bedankte sich bei ihr mit einem Kuss auf die Wange, was Mona in Verlegenheit brachte.

»Scheint zu einer lieben Gewohnheit zu werden, Mikey«, sagte sie und er grinste verlegen zurück.

Palmer bedankte sich bei denen, die ihn da rausgeholt hatten. Er war froh, nicht mehr unter van Moor leben zu müssen.

Dave hatte die ganze Zeit über kein Wort gesagt. Er stand etwas abseits und sah sehr besorgt aus. »Was ist denn los, Dave?«, fragte Taina.

»Das Fischerboot … es ist gekentert und die Mannschaft wird vermisst. General Hoffmann hat es mir vorhin erzählt.«

Micki und Mona erschraken.

»Nein, das kann nicht sein! Jo ist mitgefahren!«, schrie Micki und Tränen stiegen ihr in die Augen. Alle erstarrten und waren wie gelähmt. Dave fasste sich wortlos an den Kopf und setzte sich hin.

»Zuerst Leon und jetzt auch noch Jo. Uns bleibt wirklich nichts erspart. Ich hab so langsam die Schnauze voll«, fluchte Mike.

Palmer sah ihn verwundert an. »Leon? Meinen Sie etwa Leon Webber, den Arzt?«

Der Strand, irgendwo östlich von Wilhelmsbrück. Jo kam langsam zu sich. Meerwasser schwappte um ihn herum und ihm war kalt. Als er hochblickte, merkte er, dass er an den Strand gespült worden war. Die tobenden Wellen, die ihn immer wieder hochgespült hatten, zeigten ihm auch den Weg zum Strand. Er war bis zur Besinnungslosigkeit geschwommen. Wieviel Seewasser er geschluckt hatte, wusste er nicht mehr. Irgendwie hatte er den Strand erreicht und war erschöpft zusammengeklappt. Jo sah verschwommen die Silhouette einer Person, die sich auf ihn zubewegte.

»Hey! Hey, helfen Sie mir! Bitte, helfen Sie mir!«

Die Person antwortete, doch Jo konnte sie nicht verstehen. Dann erkannte er jedoch, in welcher Gefahr er sich befand. Ein Streuner kam auf ihn zu und fletschte seine gelb-schwarzen Zähne. Jo rollte zur Seite und stieß ihn von sich weg. Der Untote stolperte rückwärts, fiel hin und stieß mit dem Kopf gegen einen dicken Stein. Das Wasser ringsum färbte sich blutrot. Weitere Streuner näherten sich ihm. Er hechtete über die Dünen hinweg zu einer Anhöhe und sah noch einmal zurück aufs Meer. Er erblickte den Hafen, der weit auf der gegenüberliegenden Seite der Bucht lag, und erkannte, dass er an der Ostseite an Land gespült worden war. Die Streuner, die ihm gefolgt waren, fauchten ihn an und kamen näher. Er drehte sich um und lief in einen kleinen Wald hinein. An einer alten Lärche, deren mächtiger Stamm sich unterhalb der Baumkrone verzweigte, blieb er stehen. Die Verzweigung bildete eine natürliche, aber eher ungemütlich harte Sitzgelegenheit. Jo kletterte hinauf und lehnte sich atemlos gegen einen dicken Ast. Seine Augenlider fühlten sich an, als hätte sie jemand mit einer Tonne Blei beschwert. Er schloss die Augen, um sich kurz auszuruhen, und schlief erschöpft ein.

Südzone. Später Nachmittag. Kai Scholz war gerade mit seinen Männern abgerückt. Bär war erleichtert. *Diese Missgeburt wird sein blaues Wunder erleben. Gleich bin ich sie alle los – und dann wird nach meiner Pfeife getanzt*, frohlockte er in seinen Gedanken, als er den Staubschwaden von Scholz' Wagen zusah, die sich in der Ferne auflösten. Lisa kam zu ihm auf den Balkon.

»Ich gehe heute Nacht mit dir«, bestimmte sie entschlossen.

»Das brauchst du nicht, mein Schatz, ich komme …«

»Ich will es so. Wegen ihm hat mein Vater sein Leben verloren. Ich will diesem Scheusal in die Augen sehen.«

Bär nahm sie in den Arm und küsste sie. »Dann soll es so sein.«

Carla trat auf den Balkon und musterte die beiden missmutig. Bär drehte sich zu ihr, während Lisa sich an ihn schmiegte und zärtlich streichelte. Sie musterte Carla mit einem giftigen Blick. Carla fühlte sich sichtlich provoziert und das Gefühl brennender Eifersucht stieg in ihr auf.

»Die Männer sollen sich für zehn Uhr bereithalten. Dann geht es los«, ordnete Bär an.

»Ich werde es ihnen ausrichten. Sonst noch etwas?«

»Nein, das ist alles, du kannst jetzt gehen.«

Carla drehte sich verärgert um und ging. *Du kleines Biest*, dachte sie. *Dafür wirst du bezahlen. Bär gehört mir.*

Westzone. »Sind Sie sich sicher, Doktor Palmer?«, fragte Mike.

»Ja. Ich habe selbst mit Leon gesprochen. Van Moor will, dass wir an einem Impfstoff forschen. Die haben diesen Bastian irgendwo in der Stadt aufgegriffen und wollten ihn hängen, weil er auf sie geschossen hatte. Er winselte wie ein Hund und flehte van Moor an, sein Leben zu verschonen. Der machte sich über ihn lustig und sagte ihm, dass er ihn vielleicht als Testperson für einen neuen Impfstoff gebrauchen könnte, den er entwickeln würde. Da erzählte Bastian von einem *SKB*-Arzt, den sie zwei Tage vorher irgendwo aufgegriffen hatten. Und dass er ihn herbringen könne, wenn er ihm sein Leben lassen würde.«

Mike verzog verärgert sein Gesicht.

»Wissen Sie, van Moor kann sehr überzeugend sein. Er sagte Bastian, wenn er ihm den Arzt nicht brächte, würden sie nach ihm suchen, bis sie ihn fänden. Sie würden ihm die Lippen zutackern und im Zentrum den Streunern überlassen. Damit er nicht schreien kann und hört, wenn die Streuner ihm den Bauch bei lebendigem Leibe aufreißen und sich an seinen Innereien sattfressen. Genau dasselbe hat er mir gesagt, als ich gefordert hatte, in die militärische Sperrzone gehen zu dürfen. Van Moor duldet keinen Widerspruch. Aber er kann auch sehr entgegenkommend sein, solange sie ihm nützen.«

»Es reicht«, sagte Mike und sah Dave am anderen Ende des Tisches auffordernd an. »Wir holen Leon da raus.«

»Vergiss es, seine Zone ist so etwas wie ein Gefängnis, da spaziert man nicht so einfach hinein.«

»Er hat recht, sie kommen da nur rein, wenn er es will«, fügte Palmer hinzu.

»Dann fahren wir morgen zu diesem General. Wir werden ihn überzeugen, uns zu helfen. Und wir werden nach Jo suchen.«

Außerhalb der Ostzone. Van Moors Beobachtungsposten. Ein Scharfschütze saß an einem schmutzigen Fenster des zweiten Stocks eines Einfamilienhauses und beobachtete einen Untoten. Der Streuner hatte sich an einer Zaunabsperrung verfangen und kam nicht mehr los, obwohl er es unaufhörlich versuchte.

Wie grotesk, überlegte der Schütze. Er musste gähnen, doch dann fiel ihm etwas auf.

»Hey, Mark, sieh dir das mal an. Die Matschbirne da unten, ist das nicht der Kerl, der letztens auf uns geschossen hat? Hat van Moor den etwa umgelegt?«

Plopp. Plopp.

Der Untote sah hoch zum Haus, als er zwei helle Lichtblitze registrierte, die oben im Fenster des zweiten Stocks eines Hauses kurz aufblitzten. Der Scharfschütze saß immer noch auf seinem Stuhl. Er hatte die Augen weit aufgerissen. Blut rann aus seiner Nase und dem Mund. Und aus den Einschusslöchern im Hinterkopf.

»Bär scheint recht zu behalten, das ist ja wirklich ein Kinderspiel«, sagte Kai Scholz seinen Männern und senkte die schallgedämpfte Pistole. Ein weiterer Mann aus seiner Truppe betrat den Raum. »Der andere schläft, tief und fest.« Sein Mund verzog sich zu einem abartigen Lächeln, als er sein blutverschmiertes Messer in die Messerscheide zurücksteckte.

»Gut«, sagte Kai. »Macht euch fertig, gleich wird es ungemütlich da drüben.«

Er sah auf die einige hundert Meter entfernte Ostzone und zeigte seinen Männern den Wachtturm, den sie als Erstes auszuschalten hätten. »Holt die Artillerie raus.«

Südzone. Bär hatte sich mit zehn bewaffneten Männern und Frauen sowie Lisa auf den Weg zur Ostzone gemacht. Er fuhr einen weiten Umweg um die Stadt, um nicht von van Moors Beobachtungsposten entdeckt zu werden. Er wusste, dass der paranoide Wirtschaftsboss die halbe Stadt beobachten ließ. Als er kurz vor Mitternacht an einer geschlossenen

Bahnschranke ankam, gab er dem Fahrer den Befehl, anzuhalten.

»Ab hier gehen wir zu Fuß weiter. Immer den Schienen nach bis zur Rückseite der Ostzone. Redet nicht, macht keinen Lärm und bleibt immer hinter dem Gestrüpp, bis wir dort sind. Sind die Armbrustschützen klar?« Die beiden nickten ihm zu. »Gut, vergesst die Haken und die Strickleiter nicht. Dann los. Lisa, du bleibst immer bei mir.«

– Mahnmal –

Außerhalb der Ostzone. »Hey, Boss, warum schlagen wir nicht einfach los. Es wird langweilig hier.«

Kai beobachtete die Turmwache. Nur ein Mann stand da oben und es machte nicht den Eindruck, dass er seinen Wachdienst ernst nahm. Kai konnte ihn fortwährend gähnen sehen und er rieb sich die Hände durchs Gesicht.

»Bär sagte, die Männer dieses van Moor seien ehemalige Söldner. Der da oben sieht mir nicht danach aus. Der fällt gleich von der Mauer vor lauter Müdigkeit. Also gut, holt die Wagen, es geht los.«

Kai nahm in dem Laster Platz, der mit der Rammvorrichtung ausgestattet war. Der zweite Wagen, ein Pick-up, fuhr voran. Dann preschten sie los. Die Wache oben am Turm sah zwei Wagen auf die Zone zukommen und meinte, es wären Männer von den Außenposten, die zurückkehrten. Wieder musste er gähnen und versuchte zu erkennen, wer da auf die Zone zukam. Dreißig Meter vor dem Tor blieb der Pick-up stehen und ein Mann mit einer Panzerfaust erhob sich von der Ladefläche. Das Rohr leuchtete kurz auf und mit ungeheurer Geschwindigkeit flog ein Projektil auf den Wachmann zu. Der konnte nur noch verdutzt die Augen aufreißen und wurde dann durch eine heftige Explosion mehrere Meter hoch geschleudert und schlug hart auf dem Boden auf. Ein zweiter Mann auf dem Pick-up schoss ein weiteres Panzerfaustprojektil auf die Tür ab. Das Geschoss hinterließ einen dezenten Dunstschleier auf seiner Flugbahn. Es krachte gewaltig beim Einschlag, doch die Stahltür hielt stand.

»Los, los, schießt auf die Mauer! Auf die Mauer!«, schrie Kai aus dem hinteren Wagen, während seine Leute die ersten

Untoten erschossen, die von dem Lärm angezogen wurden und sich ihnen näherten. Die beiden Panzerfaustschützen luden ihre Waffen nach, zielten und drückten gemeinsam ab. Die beiden Projektile zischten durch die Luft und trafen gleichzeitig die Betonwand neben dem Tor. Sie löste sich in einer gewaltigen Explosion in Schall und Rauch auf. Plötzlich schoss jemand auf sie. Zwei von Kais Männern wurden getroffen und fielen. Kai sah den Schützen oben auf der Mauer und leerte das Magazin seiner MP. Der Schütze verzog sich. Als sich der Rauch an der Mauer gelegt hatte, konnte Kai ein mannshohes Loch in der Mauer sehen. Er gab dem Fahrer den Befehl, so nah wie möglich ranzufahren. Dann stürmten sie hinein. Drei von van Moors Männern kamen gerade aus seiner Privatresidenz gelaufen und fingen an, zu schießen. Zwei weitere aus Kais dreckigem Dutzend wurden tödlich getroffen und außer Gefecht gesetzt.

»Schießt, verdammt!«, schrie Kai seine Männer an. Er selbst zog seine Pistole und schoss einen Gegner um, steckte sie wieder in den Holster, legte sich auf den Boden und lud die MP nach. Einer seiner Männer entsicherte eine Handgranate, wartete ruhig zwei Sekunden und warf sie den beiden übriggebliebenen Verteidigern vor die Füße. Die Granate explodierte sofort und wirbelte die beiden durch die Luft.

Kai konnte das Adrenalin in seinem Körper spüren und sein Puls raste hoch.

»Jaaa! Vorwärts, ihr Bastarde, sucht mir diesen van Moor und den Arzt! Erschießt alle, die Widerstand leisten! Ach was – erschießt einfach alle!«, feuerte er seine Männer an.

Hinter der Ostzone. Bär war mit seinen Männern an die hintere Mauer der Ostzone herangeschlichen. Sie hatten sich hinter Hecken versteckt und beobachteten nun die beiden

Wachen auf dem Wachturm. Die zwei Männer kamen auf ihrem Wachgang wieder aufeinander zu und schienen miteinander zu sprechen. Bär gab seinen Armbrustschützen das Zeichen, sich bereitzumachen. Die beiden spannten ihre Armbrüste und legten die Bolzen ein. Plötzlich und viel zu früh knallte es. Explosionen und Gewehrfeuer waren zu hören.

»Schießt! Schnell!«, rief Bär seinen Männern zu. Die Armbrustschützen zielten und drückten gleichzeitig ab. Zwei Bolzen schwirrten, begleitet von einem leisen Pfeifton, durch die Luft und trafen die beiden Wachen zeitgleich. Dann eilte Bärs Gruppe hinter den Hecken hervor. Sie liefen zur Mauer und warfen zwei Haken, an denen jeweils ein Seil befestigt war, auf die Mauer. Zwei Mann zogen sich hoch. Als sie oben waren, befestigte einer von ihnen eine Strickleiter an den Haken und ließ sie runter. Der Rest kletterte hoch. Oben hatten sie eine gute Übersicht über das Gelände. Einige unbewaffnete Personen liefen vom Geschehen am Haupttor weg und in eine große Halle hinein. Bär trieb seine Männer vorwärts und diese liefen die Treppen des Wachturms hinunter.

»Los! Weiter zum Haupthaus! Findet diesen van Moor und den Arzt, bevor das Rattenpack noch Unheil anrichtet!«, schrie er sie an.

Die Hintertür der Halle, in der die unbewaffneten Personen verschwunden waren, öffnete sich wieder und zwei Frauen, bewaffnet mit MPs, kamen raus. Bärs Männer schossen sofort auf sie. Eine wurde getroffen und fiel zu Boden. Die andere warf sofort ihre Waffe weg, kniete nieder und hob die Hände hoch.

»Vorwärts! Vorwärts, zu van Moors Haus!«, rief Bär seinen Männern zu, ging selbst aber auf die kniende Frau zu und hielt ihr die Pistole an den Kopf.

»Wo ist Leon Webber, der Arzt?«

»Drüben, im Haupthaus. Sie sind im ersten Stock«, stammelte die Frau und zitterte vor Angst.

»Danke«, erwiderte er und drückte ab.

Ein Waldstück, nordöstlich der Ostzone. Jo schreckte auf. Er war tief eingeschlafen und wusste nicht, wie viel Zeit er auf dem Baum verbracht hatte. War das etwa eine Explosion gewesen, die ihn aus dem Schlaf gerissen hatte?

Was zum Teufel geht da vor?, überlegte er noch ganz duselig vom tiefen Schlaf, als er wieder Schüsse hörte. Er fasste an seinen Hosengürtel. Die Messerscheide hing noch an seinem Riemen, doch das Messer selbst war wohl auf See verlorengegangen. Er seufzte und sah sich um, konnte jedoch keinen Streuner in der Nähe ausmachen. Er kletterte den Baum hinunter und bewegte sich behutsam in die Richtung, aus der er die Schüsse vernahm.

Unterhalb des Waldrandes verliefen Schienen und weiter weg sah er loderndes Feuer und Rauch aufsteigen. Er bewegte sich vorsichtig entlang des Waldrandes und der Schienen vorwärts, als er an eine Bahnschranke kam. Dort stand ein Laster, den er sofort erkannte. Es war eines von den Fahrzeugen aus der Südzone. Vorsichtig ging er zu dem großen Wagen und öffnete die Fahrertür, um nach einer Waffe oder irgendetwas anderem zu suchen, das er zum Kämpfen gebrauchen konnte. Aber er fand nichts außer einer Wasserflasche, die unter dem Fahrersitz lag. Er roch daran und trank dann gierig die Flasche leer.

Ostzone. Kai war wütend. Er hatte sechs von seinen zwölf Männern verloren, während Bär nicht einen einzigen Verlust beklagte.

»Du hast dir verdammt viel Zeit gelassen. Meine Männer wären fast alle draufgegangen!«, motzte Kai Bär an, als dieser das vordere Tor erreichte.

»Heul mir hier keine Litanei vor. Mein Plan hat geklappt und nur das alleine zählt.«

Er sah runter auf einen Mann, dem man die Hände auf dem Rücken gefesselt hatte. Dieser sah ihn herablassend an, als Bär zufrieden lachte.

»Kannst du dich daran erinnern, van Moor, als du mir fast das Genick gebrochen hättest wegen dieser Korruptionsaffäre? Damals vor zwei Jahren? Fast wärst du mich los gewesen. Aber so schnell geb ich nicht auf, wie du siehst. Ich hatte dir geschworen, dass wir uns noch einmal sprechen würden! Ich glaube, heute ist der Tag gekommen.«

Bär holte tief Luft und pustete zufrieden wieder aus.

»Du bist ein korruptes, machtgeiles Schwein, Bär. Das warst du immer und das wirst du immer bleiben.«

Van Moor sah Kai abfällig an. »Du und dieses Dreckspack, ihr passt gut zusammen.«

Wut kochte in Kai hoch. Sein Leben lang hatte er für Leute wie van Moor und Bär für einen Hungerlohn von früh bis spät arbeiten müssen. Menschen, die sich auf seine Kosten bereichert hatten, während sein Geld hinten und vorne nicht reichte. Die einen nur ausgenutzt und dann aussortiert hatten, wenn man nicht mehr gebraucht wurde. Und jetzt hatten sich die Zeiten geändert.

Diese beiden Drecksäcke werden noch heute Abend das Zeitliche segnen, dachte Kai und freute sich auf diesen Moment.

Bär lachte bösartig. »Ich habe dein Geld vielleicht angenommen, van Moor, aber du warst nur allzu bereit, für deine eigenen Interessen Geld zu zahlen. Wer ist also hier das machtgeilere Schwein. Du oder ich? Aber was ich dir nicht verzeihe, ist dein Verrat. Meine Karriere zu ruinieren, nur weil du meintest, du bräuchtest mich nicht mehr! Weil dieser Emporkömmling der Opposition dir aus der Hand fraß, ohne dass du ihn bestechen musstest. Dabei hast du nicht einmal mitbekommen, dass er deine Frau gefickt hat, wenn du mal wieder auf Reisen warst«, provozierte er und lachte schadenfroh. »Ich hatte dich gewarnt, dass ich mich nicht zur Seite schubsen lasse. Aber du hattest nicht hören wollen. Und dann kam mir das Schicksal zu Hilfe und jetzt kniest du vor mir.«

Bär drehte sich zu Kai um. »Wo ist der Arzt?« Der zeigte auf van Moors Haus.

Zwei seiner Männer kamen gerade aus dem Haupthaus und führten eine gefesselte Person gegen ihren Willen mit sich. Es war Leon. Auch Lisa hatte ihn gesehen, blieb aber im Hintergrund, damit Leon sie nicht sofort bemerkte.

»Lasst mich los, ihr gehirnlosen Schufte!«

»Aber Leon, wer wird denn gleich so undankbar sein?«, sagte Bär. »Wir sind hier, um Sie zurückzuholen und in Sicherheit zu bringen.«

Leon schnaubte vor Wut. »Sind Sie von allen guten Geistern verlassen? Ihre Männer haben drinnen ein Blut…«

»Leon, Leon. Beruhigen Sie sich. Es ist alles unter Kontrolle.«

»Nichts ist hier unter Kontrolle. Lassen Sie mich sofort los.« Leon wehrte sich mit aller Kraft und trat einem Kerl aus Kais Truppe gegen das Schienbein. Bär nickte einem seiner Männer zu und dieser zog Leon mit seinem Gewehrkolben eins über den Schädel. Leon brummte kurz auf und brach ohnmächtig zusammen. Lisa erschrak innerlich, ließ sich jedoch nichts anmerken.

»Bringt ihn in den Wagen dort. Du hast ja nichts dagegen, wenn ich mir deinen Wagen ausleihe, Kai? Meiner steht zu weit weg entfernt und ich will schnellstens hier weg.«

»Nicht so hastig. Was ist mit dem hier?« fragte Kai und zeigte auf van Moor.

»Wenn er es nicht überlebt, ist es mir egal, was du mit ihm anstellst.«

Kai leckte sich die Lippen feucht und lachte so widerlich, dass Lisa es mit der Angst zu tun bekam. Sie erinnerte sich nur allzu gut daran, was Kai mit diesem Raffa angestellt hatte. Kai zog seine Machete aus der Lederscheide. »Nimm das, du Abschaum.«

Dann holte er kräftig aus und schlug van Moor die Klinge in den Kopf. Blut spritzte aus der Wunde, doch van Moors Körper blieb auf den Knien sitzen und fiel nicht um. Er hatte nicht einmal geschrien oder um Gnade gewinselt.

Bär hatte die Augen zugekniffen und drehte sich nun zu Lisa um. Auch sie hatte weggeschaut und wischte sich Tränen aus dem Gesicht.

Kai freute sich sichtlich über dieses Bild. Er heulte auf wie ein Wolf im Blutrausch. Van Moors Körper saß wie ein Mahnmal da, Kais Machete im Kopf, blutüberströmt. »Hahaha, das würde ein schönes Bild abgeben.«

Dann drehte er sich zu Bär um und wischte sich Blutspritzer aus seinem Gesicht.

»Kommen wir jetzt zum letzten Teil unserer Abmachung.«

Er lachte Lisa gierig an und legte seine Hand auf den Pistolengriff am Holster. Lisas Gesichtszüge verdunkelten sich und sie griff nach ihrem Messer. Noch bevor Kai seinen Plan ausführen konnte, Bär zuerst zu beseitigen, zog der Ex-Politiker plötzlich seine Pistole und feuerte auf zwei von Kais Männern, während seine Leute den Rest erledigten. Dann richtete er die Pistole auf Kai. Die Überraschung stand diesem ins Gesicht geschrieben.

»Was zum Teufel ... Was soll das?«

Kai drehte sich um und sah alle seine Männer auf dem Boden liegen. »Du verdammter hinterhältiger Drecksack.«

»Unsere Geschäftsbedingungen haben sich gerade eben geändert und mussten angepasst werden. Du verstehst das sicherlich.«

Kaltblütig drückte Bär ab. Die Kugel durchbohrte Kais Brustbein und riss eine große Wunde in seinen Rücken. Er fiel hin und bewegte sich nicht mehr.

»Gleich wirst du die Welt mit anderen Augen sehen, hahaha. Los weg hier, ehe die Streuner kommen.«

Westzone. Um Mitternacht. Dave kam in Mikes Schlafzimmer gerannt und weckte ihn brutal aus seinen Träumen. »Komm mit hoch, schnell.«

»Hä? Was ist denn los.«

»Schnell!« Mike folgte Dave hinauf auf die Aussichtsplattform und dieser zeigte Richtung Osten. Mike sah Feuer und Rauch am anderen Ende der Stadt. »Was ist das? Was ist da los?«

»Die Ostzone«, sagte Dave knapp und reichte Mike ein Fernglas.

»Die Wache hat mir gesagt, dass es ein paar Explosionen gab.«

Mike beobachtete das Geschehen einen Augenblick lang.

»Ok, Dave. Ob du es willst oder nicht. Ich fahr da jetzt hin und hole Leon raus.«

»Wenn es nicht schon zu spät ist.«

»Das ist mir egal.« Mike drehte sich um und wollte die Plattform verlassen.

»Warte, Mike, ich begleite dich. Ich weiß nicht, ob es schlau von mir ist, aber was soll's. Wir nehmen Big Daddy!«

»Wen?«

»Den alten Ami mit der Schneeschaufel!«

Als sie unten waren, kamen ihnen die anderen entgegen.

»Was ist los?«, fragte Kenji. Mike erklärte allen, was sie oben beobachtet hatten und dass sie jetzt zur Ostzone fahren würden. Alle meldeten sich freiwillig.

»Hey, hey!«, wandte Dave ein. »Wir können nicht alle hin. Wir wissen nicht, was da los ist. Ich brauch euch hier für den Fall der Fälle.«

Kenji bestand darauf, mitzukommen, und Mike bestand auf Sani aufgrund ihrer Polizeierfahrung. Sie machten sich fertig, nahmen Big Daddy und verließen rasch die Westzone Richtung Osten.

Ostzone. Jo hatte den Ort erreicht, wo die Schüsse herkamen. Er sah Feuer und Rauch aufsteigen. Als er sich der hinteren Mauer näherte, sah er eine Strickleiter an der Mauer hängen. Vor der Leiter trieben zwei Untote ihr Unwesen.

Mist, verdammter, das hat mir noch gefehlt, dachte sich Jo. Er suchte nach irgendetwas, das er zur Abwehr gebrauchen konnte, und fand einen handgroßen Kieselstein. Er nahm ihn an sich und ging zur Leiter. Einer der Untoten bemerkte ihn und kam auf ihn zu. Jo schlug ihm mit voller Wucht den Stein auf den Kopf und der Streuner fiel hin. Dann sah er rüber auf den anderen und schreckte auf. Der war gut zwei Köpfe größer als er selbst.

»Mein Gott, was bist du denn für eine Missgeburt?« Jo ging ein paar Schritte zurück, zielte und warf dem Untoten den Stein an den Kopf. Der Getroffene fiel hin und ächzte. Jo erkannte seine Chance, sprang auf die Strickleiter und kletterte hoch zum Wachturm. Als er oben ankam, sah er zwei tote Wachleute, die mit Armbrustbolzen getötet worden waren. Einer der Toten begann gerade, sich wieder zu bewegen. Jo sah, dass der Kerl an seiner Hose ein Bajonett trug. Er sprang auf ihn, drückte dessen Kopf nieder und zog das Messer aus der Scheide. Der Untote fauchte und Jo stieß ihm das Bajonett mit einem festen Hieb in den Hinterkopf. Dann verließ er rasch den Wachturm und ging vorsichtig auf ein Haus zu, das vor ihm lag. Er bemerkte hier und da Tote, wobei ein paar dabei waren, sich zu Untoten zu verwandeln.

»Aaah, in welche Scheiße bin ich hier reingeraten? Und natürlich ist wieder niemand zur Stelle, um mir zu helfen«, sagte er leise vor sich hin.

Als er an der Rückseite des Hauses ankam, sah er um die Ecke und schlich dann an der Seite entlang zur Vorderseite. Er beobachtete eine Person, die dort regungslos kniete. Erst als er sich ihr näherte, sah er, dass man ihr den Schädel gespalten hatte und die Machete immer noch im Kopf steckte. Um ihn herum lagen mehrere Tote und ein paar Waffen. Jo sah sich den Kerl mit der Machete im Kopf noch einmal an.

Was ist das nur für eine Welt, dachte er sich bei diesem Anblick. Das Bajonett steckte er in seinen Riemen und nahm sich eine MP. Er überprüfte das Magazin und sah, dass es nur noch ein paar Kugeln enthielt. Der Kerl, dem es gehört hatte, trug Magazintaschen am Riemen. Er zog eines raus und lud es in die Waffe. Zwei weitere steckte er sich in die Jackentasche und sah sich um. Streuner traten durch ein Loch in der Mauer in den Innenbereich und er wusste, dass er hier schleunigst verschwinden musste. Er ging zum Haus zurück und glaubte, an einem der Fenster im Parterre eine Bewegung gesehen zu haben. Jemand hatte herausgeblickt und den Vorhang dann wieder geschlossen. Jo lief zur Eingangstür, öffnete sie und trat ein, die Waffe im Anschlag. Rechts von ihm führte eine geschlossene Tür zu dem Raum, aus dem er die Bewegung gesehen hatte. Jedenfalls glaubte er es. Er drückte vorsichtig die Klinke, drückte die Tür auf und sprang ins Zimmer hinein.

»Bitte. Bitte. Tun Sie uns nichts! Bitte!«

Ein älterer Mann mit einem Knüppel bewaffnet, ein weiterer, der erschrocken einen Stuhl in den Händen hielt, sowie zwei Frauen mittleren Alters befanden sich im Zimmer.

»Wer sind Sie?«, fragte eine der Frauen.

»Keiner von denen, die das da draußen zu verantworten haben. Und Sie?«

»Wir leben hier.«

»Was ist das hier? Die Ostzone?«

»Ja«, antwortete der Mann mit dem Knüppel und man konnte die Angst in seiner Stimme heraushören. »Aber wer sind Sie, wenn Sie keiner von denen sind?«

»Ich wurde draußen auf See von meinem Boot gespült. Der Sturm. Und dann bin ich von den Wellen ...« Jo bemerkte, dass dem älteren Mann die Kinnlade runterfiel und dieser ihn ungläubig ansah.

»Was soll's. Machen Sie sich keine Sorgen, ich tue Ihnen nichts. Wir sollten hier schleunigst verschwinden. Draußen ist gleich die Hölle los, wenn Sie verstehen, was ich meine.«

Eine der Frauen sah den Mann mit dem Knüppel unsicher an. »Edgar?«

»Wir können nicht weg, oben sind noch Leute von uns. Und ... Und da ist noch ein Kerl, einer von denen.« Er zeigte mit dem Finger nach draußen.

»Ok, Edgar, dann gehen wir mal hoch und sehen nach«, sagte Jo.

»Ich? Aber ... Aber ich bin nicht bewaffnet.«

»Nur einer von denen, sagten Sie? Sind Sie sich sicher?«

»Ja, absolut sicher.«

»Dann reicht der Knüppel. Zeigen Sie mir nur, wo es langgeht.«

Edgar führte Jo zur Treppe und beide gingen leise hoch. Von oben kam ihnen ein Mann entgegen, der sich den Reißverschluss seiner Hose hochzog. Es war einer von Kais Lakaien, der oben im Haus geblieben war und von all dem da draußen nichts mitbekommen hatte. Als er Jo sah, dachte er, es wäre einer von Bärs Männern.

»Hey, wenn ihr auch noch ran wollt, müsst ihr euch beeilen. Die Alte wird es nicht lange …«

Jo hatte sein blutiges Messer bemerkt und dem Mann in den Kopf geschossen. Dieser fiel und polterte die Treppe hinunter. Jo und Edgar gingen weiter die Treppe hinauf in den ersten Stock. Ein langer dunkler Flur befand sich vor ihm und Edgar zeigte auf ein Zimmer an dessen Ende. Leise gingen die beiden vorwärts, als Jo das unverwechselbare Geräusch eines Untoten aus dem Zimmer hörte. Ein Schatten war auf dem Boden zu sehen und dann trat ein Streuner aus dem Zimmer hervor.

Edgar erschrak. »Oh nein. Heiden?« Jo sah ihn fragend an.

»Er ist unser Arzt gewesen«, antwortete Edgar, der am ganzen Körper zitterte.

»Tut mir leid.« Jo näherte sich dem Untoten und erlöste ihn mit einem Schuss in den Schädel. Er bemerkte einen Schnitt am Hals der Leiche.

Edgar lief der Angstschweiß die Stirn runter. »Frau van Moor? Hören Sie mich? Ist alles in Ordnung?«

»Pscht!«, zischte es Jo leise. »Sind Sie verrückt?« Er ging vorsichtig weiter zum Zimmer, die Waffe im Anschlag. Als er in das Zimmer trat, sah er einen Kinderwagen auf dem Boden liegen, der mit Blut durchtränkt war. Auf dem Bett daneben lag eine Frau, halbnackt und mit Händen und Füßen an den jeweiligen Ecken des Bettes festgebunden. Jo verstand, was mit der Frau geschehen war. Edgar blieb, von Angstschweiß gebadet, wie angewurzelt stehen. Sein Knüppel fiel ihm aus der Hand, als er sich angewidert die Hände vor den Mund hielt. Jo ging zum Bett und zog eine Decke über den Unterkörper der Frau. Er bemerkte eine Stichwunde unterhalb ihrer rechten Brust.

»So sollte niemand sterben.« Jo nahm sein Messer raus und wollte der Frau die Klinge in den Kopf stechen, bevor sie als Streuner erwachte, aber Edgar hielt ihn zurück.

»Nein, nicht! Nicht so.«

»Was meinen Sie, nicht so? Sie wird sich in einen von denen verwandeln. Wollen Sie das?«

»Nein. Aber Frau van Moor war ein Herz und eine Seele. Die Einzige hier, die uns mit Respekt behandelte. Sie hat es nicht verdient. Nicht so.«

Jo nickte und verstand. Er schnitt ihr die Fesseln durch und Edgar bedeckte sie respektvoll bis zum Hals mit der Decke. Jo nahm sein Messer, führte es an ihr Ohr, hielt den Kopf fest und stach sanft aber tief hinein. Dann zog er die Decke über ihren Kopf. Edgar sprach leise ein Gebet und beide blieben einen Augenblick andächtig vor dem Bett stehen.

»Tut mir leid, Edgar, aber wir müssen gehen. Es werden immer mehr Streuner kommen.«

Edgar nickte traurig und beide verließen das Zimmer. Als Jo in den Flur trat, hörte er wieder ein verdächtiges Geräusch aus dem Zimmer. Er hob seine Waffe.

Zentrum von Wilhelmsbrück. Dave hatte das Gaspedal bis zum Anschlag durchgedrückt. Immer wieder gab es einen dumpfen Knall, wenn die Schneeschaufel einen Untoten beiseite katapultierte. Blut spritzte hoch und beschmierte die Frontscheibe.

»Oh Mann, wie ich das hasse«, klagte Sani und drehte ihren Kopf weg. Als sie am Tor der Ostzone ankamen, sahen sie eine ganze Schar Streuner, die sich durch ein Loch in der Mauer in die Zone hineindrängen wollte.

»Mist, verdammter, was machen wir jetzt?« fragte Dave ratlos.

»Fahr seitlich an das Loch heran, sodass wir von der Seitentür des Wagens aus ins Innere gelangen können. Drück die Streuner einfach beiseite«, befahl Mike ihm.

Sani liefen kalte Schauer über den Rücken und sie schloss die Augen. Dave fuhr seitlich an die Mauer heran und dann beherzt in den Pulk hinein. Die Streuner flogen nach allen Seiten davon. Er blieb so nah an der Mauer stehen, dass sie von der hinteren Seitentür des Wagens aus ins Innere gelangen konnten. Kenji sprang als Erster hinein und köpfte gleich einen Untoten.

Ostzone. Jo und die vier Überlebenden kamen gerade aus van Moors Haus, als Edgar van Moors Leiche dort kniend vorfand. »Mein Gott, nein!«

Die Frauen hielten sich schockiert die Hände vor die Augen. »Herr van Moor!«

»Er hat es überstanden. Das werden wir auch, wenn wir hier stehen bleiben«, warnte Jo.

Ein Streuner hatte sie bemerkt und kam auf sie zu. Jo schoss ihm in den Kopf. Plötzlich hörte er, dass sich ein Fahrzeug näherte.

»Verdammt, die kommen wieder! Schnell weg hier. Lauft zum hinteren Wachturm. Schnell!«

Dave, Mike, Sani und Kenji kämpften sich zu van Moors Haus in der Ostzone durch. Ein Streuner hatte sich Dave von hinten genähert, als dieser gerade einen Untoten vor sich mit dem Hammer erledigte. Er wollte gerade zubeißen, als Kenji herbeieilte und ihm seine Lanze in den Kopf stach. Dave drehte sich überrascht um und sah Kenji unwirsch an.

»Das ist das zweite Mal, dass ich dir dein Leben rette«, sagte Kenji und lächelte Dave spitzbübisch an.

»Das will aber nicht heißen, dass wir jetzt Freunde werden.«

»Könntet ihr beiden euch mal um das Wesentliche kümmern?«, mischte sich Mike verärgert ein. Dann erblickte er als Erster den Mann, der kniend auf dem Boden hockte und in dessen Kopf eine Machete steckte.

»Van Moor«, bestätigte Kenji.

Mike seufzte und sah sich um. »Wir müssen Leon finden.«

»Das brauchen wir nicht«, entgegnete Kenji. »Ich bin mir sicher, dass Bär ihn hat. Sie sind wohl jetzt in der Südzone.«

»Dann fahren wir jetzt dahin. Wir werden das Ganze ein für alle Mal beenden.«

»Einen Augenblick«, wandte Dave ein. »Zu viert wäre das wohl ein Selbstmordkommando. Nein. Wir fahren zurück und dann machen wir uns morgen früh alle auf zur Südzone.«

Kenji und Sani gaben ihm recht, während Mike kurz nachdachte und sich dann einverstanden erklärte. Das unverwechselbare Geräusch eines Untoten war zu hören. Einer der getöteten hatte sich verwandelt und stand auf. Er grölte Dave an und bewegte sich auf ihn zu. Der Anführer der Westzone nahm seinen Hammer und wollte ihn gerade dem Untoten an den Kopf hämmern, als Kenji ihn zurückhielt.

»Der gehört mir. Bitte.« Dave nickte widerwillig und trat

zurück. Kenji ging auf den Untoten zu und nahm ihn fest am Hals. Er sah ihm einen Augenblick lang in die milchigen Augen.

»Ich hätte mir gewünscht, es wäre noch zu deinen Lebzeiten gewesen, dann hätte ich dir mit Freuden deinen Kopf abgehackt. Für all' meine Freunde, die du auf dem Gewissen hast. Jetzt ... leide ewig.«

Kenji stieß ihn von sich weg und der untote Kai fiel um.

Am frühen Morgen versammelten sich die Leute der Westzone um Dave und Mike und wollten wissen, was im Osten los war.

»Hört zu«, sagte Dave, »Bär hat die Ostzone überfallen und dort jeden töten lassen. Ich habe von diesen Machtspielchen endgültig die Nase voll. Ich werde mit Mike und seiner Gruppe zu Bär fahren und ihm den Arsch versohlen.« Die Menge war erbost und schrie auf.

»Wir werden dich begleiten!«, grölte Loki. Seine Kumpels nickten und wollten ihre Waffen holen.

»Wartet! Ein paar von uns müssen hierbleiben und die Zone beschützen. Big Daddy bietet Platz für maximal zehn Personen. Loki, du, Ansgar und Tobi – ihr kommt mit mir. Finn, du übernimmst hier das Kommando. Macht euch bereit.« Es gab keine Widersprüche.

Dave ging zu Taina und erkundigte sich nach ihrem Befinden. »Jetzt mach dir mal keine Sorgen, mir geht es gut. Ich war erschöpft und die Nerven gingen mit mir durch. Und komm nicht auf die Idee, mich hier zurückzulassen. Leon ist mein Freund und ich geh mit, klar?« Dave nickte und lächelte, als Mona vorbeischaute.

»Hey, ich bleibe hier. Micki geht es nicht gut wegen Jo. Habt ihr schon was gehört?«

Dave verneinte. »Sag ihr, dass ich Finn zum Hafen schicke. Er wird sich bei General Hoffmann danach erkundigen.« Mona nickte erleichtert und ging wieder, als Mike und Kenji den Raum betraten.

»Dave, wir sind bereit.«

»Gut«, sagte Taina, »dann los, holen wir uns Leon zurück.«

»Einen Moment«, sagte Dave und zeigte auf Kenji. »Wir hätten da noch was zu klären, Kenji San.«

»Jetzt kriegt euch ein, wenn ihr euch raufen wollt, wartet, bis wir in der Südzone sind. Da werdet ihr sicher Gelegenheit dazu bekommen«, mahnte Taina die beiden.

Dave bückte sich, griff unters Bett und zog eine schwere Holzkiste hervor. Er öffnete sie und holte ein langes, flaches, in ein rotes Seidentuch eingewickeltes Bündel hervor. Kenji schien es sehr gut zu kennen, denn er erstarrte bei diesem unerwarteten Anblick.

»Ich glaube, das ist es, wonach du damals gesucht hast«, sagte Dave feierlich und hielt ihm das Bündel respektvoll hin. Kenji sah man an, dass er den Tränen nah war, doch er zwang sich, es sich nicht anmerken zu lassen. Er verneigte sich ehrfürchtig vor dem Bündel und nahm es mit beiden Händen an. Dann faltete er das weiche Seidentuch beiseite und hervor kam ein wunderschönes, mit japanischen Gravuren verziertes Katana. Eine Träne lief seine Wange hinunter. Mit wässrigen Augen zog er das Schwert aus der edel verzierten Bambusscheide.

»Das Schwert meiner Vorfahren. Seit ewigen Zeiten ist es im Familienbesitz. Es repräsentiert die Seele meiner Familie. Im Feuer der besten Schwertschmiede Japans, auf Okinawa, meiner Heimat, wurde es hergestellt. Ich bin der Letzte in der Reihe meiner Ahnen. Mir oblag es, dieses Schwert in Ehren zu halten und es an meine Nachkommen weiterzugeben. So, wie mein Vater es mich lehrte und sein Vater ihn. Ihr könnt euch nicht vorstellen, welche Unehre auf mir gelastet hätte, wenn dieses Schwert verloren gegangen wäre.«

»Ich hatte mich damals gefragt, weshalb du so scharf warst, in diesen kleinen Laden reinzukommen, als wir dich beobachteten«, sagte Dave. »Es gab lohnendere Objekte in der Gegend. Als du nicht rein konntest wegen der vielen Streuner, hab ich mir gedacht, es bei Nacht zu versuchen, und es gelang mir, hineinzukommen. Als ich das Schwert gefunden hatte, dachte ich mir, dass du auf der Suche danach warst. Sagen wir es mal so: Ich habe es an mich genommen und verwahrt, bis sich eine gute Gelegenheit bieten würde, es seinem Besitzer zurückzugeben.«

Kenji verneigte sich dankbar und Taina zeigte Zeichen der Rührung. Dave bemerkte, dass sie sich eine Träne aus den Augen wischte, während Mike Dave stolz auf die Schulter klopfte.

»Gut, dass wir das geklärt haben«, meinte Mike und verließ mit Kenji den Raum, während Taina Dave ein »Danke« ins Ohr flüsterte und ihn umarmte.

Kenji stellte den Yari in die Ecke seines Zimmers und trug nun stolz sein Katana, als sie in den Wagen stiegen und Richtung Südzone fuhren.

Als sie dort ankamen, hatten die Wachen sie schon längst gesehen und Bär alarmiert.

»Fahr nicht zu nah ran, Mike. Ich traue Bär nicht«, warnte ihn Dave. Mike stoppte knapp fünfzig Meter vor dem Tor der Südzone.

Lisa saß auf dem Balkon von Bärs Zimmer, als sie den Politiker etwas rufen hörte. Sie sah hinunter und bemerkte den alten amerikanischen Kastenwagen mit der Schneeschaufel, der vor dem Tor stand. Einige der Personen, die gerade ausgestiegen waren, erkannte sie. Sie drehte sich um und lief davon.

Bär stand auf der Schutzmauer und sah sich Mikes Gruppe schmunzelnd an. »Sieh an, sieh an. Wir bekommen Besuch.«

– Charonspfennig –

»Bär, lass Leon frei! Sofort!«, rief Mike ihm zu. Ein Streuner, der sich hierher verirrt hatte, wurde von einem Armbrustbolzen in den Kopf getroffen und fiel um. Mike sah nur kurz hin, verstand aber die Warnung.

»Angesichts eures lächerlich aggressiven Auftrittes hier wüsste ich nicht, wieso ich das tun sollte. Leon gehört mir. Ich habe ihn befreit.«

Bär erblickte Kenji in der Gruppe. »Und du? Hast du dich nicht geirrt? Du stehst auf der falschen Seite! Ist das der Dank für meine Fürsorge dir gegenüber?«

Mike trat hervor. »Leon gehört nicht zu dir. Er gehört niemandem außer sich selbst. So wie ihr alle hier. Es gibt keine Seite mehr unter uns. Es gibt nur noch die Überlebenden, die Toten und die Zukunft. Wenn wir weiter überleben wollen, dann sollten wir lernen, friedlich zusammenzuleben. Es gibt da unten im Hafen ein mobiles Labor. Leon könnte vielleicht irgendetwas finden gegen diese Seuche. Wäre es nicht wunderbar, wenn wir all unsere Kraft gemeinsam dieser Sache widmen würden, anstatt uns gegenseitig abzuschlachten?«

Alle Anwesenden hatten aufmerksam zugehört und Dave bemerkte die Unsicherheit in den Augen von Bärs Männern, die sich gegenseitig ansahen.

»Eine schöne, niedliche Rede. Doch diese neue Welt braucht einen Führer, jemanden, der alles managen kann, der die Obhut über alles hat. Und was ich hier geschaffen habe, zeigt doch wohl, dass es unter meiner Führung gelingen kann. Ich habe uns alle am Leben gehalten. Unter meiner Führung werden wir wieder aufblühen. Was hast du denn schon geleistet, *Mike*?« Er spie den Namen aus, als ob es eine Beleidigung wäre.

»Ich habe überlebt, mit weitaus weniger als dem, was dir zur Verfügung stand. Und jetzt lässt du Leon frei, Bär.«

»Tut mir leid. Aber es gibt da ein paar Individuen, die was dagegen haben«, entgegnete er und zog einen Hebel. Kenji ergriff sofort sein Schwert und zog es aus der Bambusscheide.

»Ach ja, stimmt«, sagte Bär und tastete seine Jacke ab. Aus seiner Brusttasche holte er die Münze hervor, die er in Kais Lager gefunden hatte, lachte bösartig und warf sie Mike entgegen. »Die ist für den Fährmann.«

Die Tür neben dem Haupttor öffnete sich. Mike vernahm das typische Ächzen von Streunern. Aus der Tür kam eine Unmenge von ihnen herausgeströmt und die Gruppe vor dem Tor wich ein paar Schritte zurück.

»Bildet einen Keil«, schrie Kenji. »Dave und ich als Spitze, links Loki, Ansgar und Tobi seitlich hinter Dave versetzt. Mike, Sani rechts von mir auch nach hinten versetzt. Taina, bleib hinter Dave und mir. Alles, was durchkommt, erledigst du. Halt uns den Rücken frei.«

Alle nickten und machten sich bereit. Die ersten Streuner waren schon fast auf Höhe von Kenji und Dave, als beide anfingen, ihre Waffen kreisen zu lassen.

Bär verschränkte seine Arme und sah dem Kampf genüsslich von der Mauer aus zu, als Lisa hastig auf das Podest der Mauer stieg und entsetzt zu Mikes Gruppe hinübersah.

»Warum hast du das getan?«, schrie sie Bär an, doch dieser ignorierte Lisa und lachte, als er Mikes Gruppe beim Kämpfen zusah. Lisa zog ihren Revolver, um auf die Streuner zu schießen, doch Bär reagierte blitzschnell, nahm ihn ihr ab und warf ihn Carla zu, die unter ihm am Haupttor stand.

»Aber nicht doch, Schatz. Du verdirbst uns doch den ganzen Spaß!«

Währenddessen hatte Mikes Gruppe Mühe, die Streuner

auf Distanz zu halten. Dave packte einen Streuner am Hals und schleuderte ihn nach hinten. Er fiel Taina vor die Füße und sie spaltete ihm mit einem wuchtigen Hieb ihrer Machete den Kopf. Ein weiterer Streuner war nah an Dave drangekommen, aber der Hüne hielt ihm nur lässig seinen Arm hin. Der Streuner biss hinein, jedoch war die verstärkte Lederjacke zu dick, als dass er sie hätte durchbeißen können. Er schubste ihn zu Boden, um ihm mit seinem schweren Stiefel den Kopf einzutreten. Kenji wirbelte an einem Streuner vorbei und schwang sein Schwert heftig gegen dessen Beine. Es schnitt ohne Probleme durch verweste Knochen und Muskeln, und der Streuner fiel zu Boden. Mit einem Stich der Schwertspitze in den Nacken war auch dieser erledigt. Doch der Druck der nachrückenden Untoten wurde stärker und Mikes Gruppe zog sich weiter zurück. Taina drehte sich verzweifelt um und sprang in den Wagen. Sie startete den Motor, trat das Gaspedal durch und drückte die Hupe. Kenji, Dave und die anderen sprangen überrascht zur Seite, und Taina preschte an ihnen vorbei in die Streunerphalanx hinein. Untote flogen durch die Luft oder zerschellten an der massiven Schneeschaufel. Blut spritzte auf die Frontscheibe. Taina konnte nichts mehr sehen, die Scheibenwischer brachten gar nichts, doch fuhr sie schnurstracks geradeaus weiter und knallte gegen die Mauer. Die Holzwand zitterte, und Bär, Lisa und ein paar seiner Männer auf der Mauer mussten sich festhalten, um nicht herunterzufallen. Ein Streuner, der an der Schneeschaufel hängen geblieben war, war von der Schaufel unterhalb der Brust in zwei Teile zerrissen worden, wobei sein Oberkörper mit Kopf und Armen an der Schaufel haftete. Er fauchte und versuchte weiter, an Taina heranzukommen. Sie war mit dem Kopf gegen die Windschutzscheibe geknallt und hatte die Besinnung verloren, aber es vorher noch geschafft, einen Großteil der Streuner zu überfahren oder unschädlich zu machen.

»Taina«, schrie Dave und lief zum Wagen, doch Bärs Männer hatten die Waffen auf ihn gerichtet. Der Anführer der Westzone blieb jedoch nicht stehen und da die Männer auf der Mauer zögerten, auf ihn zu schießen, zog Bär selbst seine Pistole und feuerte. Dave schrie auf, seine Arme ruckten hoch und der Hammer fiel in den Staub vor der Mauer. Er stolperte und landete auf ein paar überrollten Streunern. Kenji und die anderen erledigten die übriggebliebenen Untoten und eilten aufgeschreckt zu Dave. Mike kam zuerst bei ihm an und drehte ihn um. Dave verzog das Gesicht und hielt sich sein blutendes, schmerzendes Bein.

»Alles klar, Alter, nur eine Fleischwunde, das wird schon wieder«, beruhigte Mike und klopfte Dave auf die Schulter, als er bemerkte, dass sich das Haupttor öffnete. Bär kam mit Leon, dem man die Hände auf dem Rücken gefesselt hatte, und einigen bewaffneten Männern heraus. Lisa war auch dabei und sah, dass der Torso des Streuners, der zwischen der Schneeschaufel und der Wand eingeklemmt war, immer noch versuchte, an Taina heranzukommen. Sie nahm einem der Männer den Speer weg und rammte ihn dem Streuner in den Kopf. Dann lief sie zu Taina, die wieder zu sich gekommen war und Lisa irritiert ansah.

Mike erhob sich und trat einen Schritt auf Leon zu, als Bär plötzlich seine Pistole zog und sie auf Leon richtete.

»Nicht so forsch, junger Mann. Leon wird hierbleiben, daran hat sich nichts geändert ...«

Bärs Rede wurde durch den Lärm eines Lastwagens der Armee unterbrochen, der sich der Südzone näherte. General Hoffmann, gefolgt von Finn und einem Dutzend Soldaten, stieg aus und gesellte sich zu Mikes Gruppe.

»Aaah, jetzt haben wir alle Spieler am Tisch sitzen. Dann können die Vertragsverhandlungen ja jetzt beginnen«, frohlockte Bär.

General Hoffmann trat neben Mike und musterte Bär argwöhnisch. »Es gibt nichts mehr zu verhandeln. Ich habe gehört und gesehen, was mit der Ostzone geschehen ist. Das hört jetzt auf. Sie werden Doktor Webber auf der Stelle freilassen, oder …«

»Oder was?«, zischte Bär, zwang Leon in die Knie und hielt ihm die Waffe an den Kopf. Kenji sprang vor, doch Mike hielt ihn auf.

»Nur zu, kommt her und holt ihn euch. Aber seid sicher, dass ich ihn zuerst erschießen werde.«

Lisa hatte das Ganze ungeduldig mit angehört. »Bär, was soll das? Lass Leon sofort frei!«

Erstaunt drehte Bär seinen Kopf zu Lisa, deren Befehlston ihm gar nicht passte.

»Wer hat dich gebeten, dich hier einzumischen? Zurück in die Reihe, wo du hingehörst. Dafür brauche ich dich nicht.«

Lisas Gesicht verzog sich zu einer hassverzerrten Fratze.

»Und jetzt zu euch: Ihr bringt mir dieses Labor. Leon wird hier unter meiner Obhut forschen. Ihr werdet so lange für die äußere Sicherheit der Südzone sorgen, bis unser guter Leon etwas gegen die Seuche entwickelt hat. Und wenn ihr schön das macht, was ich von euch verlange, dürft ihr Leon auch mal besuchen kommen.«

»Genug!«, blaffte Hoffmann und gab seinen Männern den Befehl, Leon zu befreien. Als die Soldaten auf Leon und Bär zugingen, hob der Politiker warnend seine Pistole und hielt sie Leon an den Kopf.

»Noch einen Schritt weiter, und ich erschieße ihn.«

Die Soldaten blieben stehen und sahen General Hoffmann an.

»Uuuh«, gurgelte Bär, während er erschrocken die Augen aufriss. Er ließ die Pistole fallen und sank auf die Knie. Lisa hatte unbemerkt ihr Messer gezogen, war hinter Bärs Rücken auf ihn zugegangen und hatte ihm die Klinge in die Seite gerammt.

Mike und Kenji sprangen hervor und zogen Leon auf ihre Seite, während Bärs Männer dem Ganzen erschrocken und tatenlos zugesehen hatten.

Bär richtete seinen Blick auf Lisa. »Warum? Warum hast du das getan?« Dunkelrotes Blut lief aus der Wunde und seine Jacke verfärbte sich zusehends.

»Hast du wirklich geglaubt, ich würde dich lieben? Ich stand auf dem Balkon, als du meinen Vater vor die Streuner geworfen hast, um deine abscheuliche Existenz zu retten. Ich habe es mit eigenen Augen gesehen. Und ich habe gehört, wie du mich wie eine billige Ware verschachert hast. Eine Nacht mit diesem Kai für seine Dienste, die nur dazu dienten, dein grausames Ego zu befriedigen. Ich stand hinter der Tür deines Büros und habe euer Gespräch belauscht. Du hast die ganze Zeit gedacht, mich für deine Zwecke manipulieren zu können, doch in Wahrheit habe ich dich die ganze Zeit benutzt. Und jetzt hat all dies hier ein Ende.«

Lisa zog blitzschnell das Messer aus Bärs Rücken und stach noch einmal zu. Mike wollte sie aufhalten, als ein Schrei ertönte. »Nein!«

Hinter Bärs Männern war Carla hervorgetreten und hatte gesehen, wie Bär auf den Boden gesunken war und regungslos liegenblieb. Wütend sah sie Lisa an, die das blutige Messer noch in der Hand hielt.

»Du kleine Hure!«, schrie sie. Blitzschnell zog sie einen Revolver aus ihrer Jackentasche und schoss dreimal auf Lisa. Die jüngere Frau wurde getroffen, verlor das Gleichgewicht und fiel hin. Kenji zückte sein Schwert noch im Sprung und führte einen beherzten Schlag gegen Carla. Die ehemalige Geliebte Bärs blieb regungslos stehen, während Kenji sein Schwert wieder in die Bambusscheide gleiten ließ. Langsam löste sich der Revolver aus ihrer Hand und fiel zu Boden. Eine dünne, aber immer deutlicher erkennbare blutrote Linie zeichnete sich an ihrem seitlichen Haaransatz ab. Blut tropfte zuerst langsam und dann immer schneller ihre Wange hinunter. Dann brach sie zusammen und fiel zu Boden. Mike und Sani halfen Dave auf die Beine und die anderen eilten zu Lisa. Taina, die sich wieder berappelt hatte, hob Lisas Kopf an und rieb ihr mit der Hand den Staub vom Gesicht. Leon sah sich ihre Wunden an und blickte zu Mike auf.

»Es ... Es tut mir leid. Ich wollte nicht ...«

»Pscht«, flüsterte Taina beruhigend, »es ist alles in Ordnung, mein Schatz.«

Lisa lief eine Träne die Wange entlang und ihr Kopf wog immer schwerer in Tainas Hand. »Papa.«

Ihre Augen weiteten sich, ihr Augenlicht wurde fahl und das Gesicht blass. Einen Augenblick lang herrschte eine bedrückende Totenstille. Bärs Männer warfen ihre Waffen weg und ergaben sich. Mike schaute hoch in den Himmel und auch ihm lief eine Träne hinunter.

– Totgeglaubte leben länger –

Allmächtiger, lass es enden, hier und jetzt. Bitte, flehte Mike innerlich. Zu viele hatten es nicht geschafft. Am meisten schmerzte ihn aber die Ungewissheit über Jo. Die beiden hatten so viel erlebt und waren richtige Kumpel geworden. Dave humpelte auf den Jäger zu, legte ihm seinen Arm freundschaftlich um die Schultern und tröstete ihn. Leon hatte währenddessen Lisas Messer genommen und ihre Verwandlung verhindert.

Das unverwechselbare Grölen und Brummen eines Untoten störte die Totenruhe. Bär hatte sich verwandelt; er hob den Kopf und fauchte, als ein Schuss seinem Dasein das ewige Ende bescherte. General Hoffmann steckte seine Pistole wieder in sein Holster.

Stunden später hatten Bärs Männer ein Grab für Lisa ausgehoben. Die Leichen von Bär und Carla aber hatten sie gemeinsam im nahen Wald in einem namenlosen Grab verscharrt.

Sani und Mike wickelten Lisas Körper in ein Tuch und legten ihre Leiche ins Grab. Dann begruben sie sie, während Taina aus bunten Wiesenblumen einen Blumenkranz geflochten hatte, mit dem sie das Grab verzierte. Leon hatte die Namen Pepe und Lisa in ein Brett geschnitzt und es an einem Stock befestigt. Andächtig verweilten sie einige Minuten lang und gedachten all' den Strapazen, die sie erlebt hatten, und all' ihren Freunden, die es nicht geschafft hatten.

General Hoffmann kam auf Dave zu, der von einem Sanitäter behandelt wurde und jetzt einen Verband angelegt bekam.

»Es tut mir leid. Aber ich muss Ihnen mitteilen, dass wir drei der vier Fischer tot aus der See gezogen haben. Sie sind ertrunken und hatten sich verwandelt. Wir mussten sie ... Sie haben eine Seemannsbestattung erhalten.«

Dave nickte traurig und sah zu Mike rüber, der noch an Lisas Grab stand.

»War ein kleiner Kerl dabei?« fragte er General Hoffmann leise.

»Nein«, antwortete er, »das hier waren die üblichen Leute aus Ihrer Zone.« Dave nickte und sah bekümmert auf den Boden.

»Es tut mir leid, mehr können wir nicht mehr tun.«

General Hoffmann drehte sich um und befahl seinen Männern, alle Schusswaffen einzusammeln und aufzusteigen. Dann rief er Dave noch zu: »Wir sprechen uns noch, ich komme später zu Ihnen.«

Mike und Kenji unterhielten sich über die Südzone.

»Du musst nicht hierbleiben, Kenji. Zusammen können wir die Westzone vergrößern. Mit den Leuten hier schaffen wir es spielend, den Stadtteil bis zur Sperrzone zu erweitern und zu sichern.« Kenji nickte und Dave gesellte sich auf Taina gestützt dazu.

»Vorausgesetzt, Dave will uns dort haben, wären wir bereit, mitzuhelfen. Aber wir können das alles hier nicht zurücklassen. Ich schlage vor, dass wir nach und nach alles zur Westzone schaffen«, sagte Kenji und sah zu Dave auf.

»Was meinst du?«, fragte Mike Dave.

»Es wäre mir eine Ehre, dich und deine Leute bei uns begrüßen zu dürfen, Kenji San. Platz haben wir genug. Nur weiß ich nicht, ob wir all' die Leute ernähren können«, bedachte er, doch Mike beruhigte ihn.

»Die haben hier Gewächshäuser, züchten Hühner und Kaninchen. Der alte Sven hat mir erzählt, dass sie Saatgut haben, um Getreide zu säen. Gemeinsam können wir es schaffen. Wir vergrößern die Westzone um die brachliegenden Felder daneben. Wir werden den Stadtteil bis zum Sperrbezirk vergrößern, sichern und wieder rausfahren und fischen. Ich bin sehr optimistisch, dass wir das schaffen können. Wenn wir nur zusammenhalten.«

Dave nickte und ein Lächeln kam über seine Lippen. »Packen wir es an.«

Mike wollte gehen, als Dave ihn kurz anhielt.

»Noch was. Der General hat drei der vier Bootsmänner gefunden. Sie sind leider ertrunken.« Mike stockte der Atem. »Jo war nicht dabei.« Obwohl es Mike für Daves Leute leid tat, empfand er Erleichterung wegen Jo.

»Dieser kleine Mistkerl ist irgendwo da draußen. Ich kann es spüren. Er ist wie ein Klette, so leicht werden wir ihn nicht los«, munterte er alle, aber vor allem sich selbst auf. »Wir werden ihn finden, mach dir keine Sorgen. Und dann versohle ich ihm seinen Hintern.«

Sie gingen zurück zum Wagen, doch Mike merkte, dass er auf der Münze stand, die Bär ihm zugeworfen hatte. Er hob sie auf und betrachtete sie nachdenklich einen Augenblick lang. Dann warf er sie weit weg und sie fuhren zurück zur Westzone.

Es war später Nachmittag, als sie dort ankamen. Mona hatte die ganze Zeit auf ihre Rückkehr gewartet. Sie war besorgt wegen Mickis Zustand. Sie hatte seit Jos Verschwinden nichts mehr gegessen und ihr ging es nicht gut. Als Leon aus dem Wagen stieg, musste sie vor Erleichterung weinen und fiel ihm um den Hals.

»Alles in Ordnung, Mona, mir geht es gut«, beruhigte er

sie. Auch Palmer kam auf ihn zu. »Ich bin echt froh, Sie gesund und munter wiederzusehen.«

»Danke, Doktor Palmer. Ist Doktor Heiden auch hier?«

»Nein. Er wird vermisst. Ihre Leute waren gestern in der Ostzone, sie haben niemanden mehr lebend angetroffen. Und van Moor ist tot.«

»Ja, Mike hat es mir auf dem Weg hierhin erzählt. Ich hoffe, dass das ganze Töten jetzt ein Ende hat.«

»Das hoffen wir alle.«

Die Turmwache schrie nach Dave und er eilte hin. Ein ganzer Konvoi aus dunkelblauen Lastwagen kam vom Hafengebiet herangefahren. Dave lies das Tor öffnen und der Konvoi fuhr hinein. General Hoffmann stieg aus und begrüßte Dave und die anderen.

»General? Was soll das?« fragte Dave erstaunt.

»Nun, ich würde vorschlagen, dass wir, Ihr Einverständnis vorausgesetzt, das Labor hier aufbauen werden. Ihre Zone ist ruhig gelegen und sie werden durch dicke Mauern geschützt. Außerdem war das mal eine Klinik. Ich denke, das ist ideal.«

Dave war erstaunt, hatte aber Bedenken wegen des benötigten Stroms.

»Machen Sie sich keine Sorgen. Wir helfen Ihnen. Wir bauen eine funktionierende Stromversorgung auf. Und wenn uns was fehlt, fahren wir zur Ostzone. Van Moor hatte vieles gebunkert, was wir gebrauchen können. Ich habe schon ein Vorauskommando dorthin geschickt, das die Zone absichern wird. Wenn es sicher ist, werden wir damit beginnen, alles Benötigte hierher oder ins Hafengebiet zu transportieren. Ich wäre froh, wenn wir da auf Ihre Hilfe zählen könnten.«

»Natürlich General, wir werden dabei helfen«, versprach Dave.

Auch Leon und Palmer bedankten sich beim General und versprachen, alles zu tun, was in ihrer Macht stehe, um die Forschung wiederaufzunehmen.

»Auch wenn es nur in einem bescheidenen Rahmen stattfindet; es entspricht dem letzten Befehl der Kanzlerin und somit habe ich den Befehl ausgeführt«, fügte General Hoffmann erleichtert aber stolz hinzu.

Leon sah General Hoffmann auffordernd an. »Was ist dort drüben passiert, General?«

General Hoffmann schweifte einen Augenblick mit seinen Gedanken ab und wägte sichtlich seine Worte ab. Doch dann straffte sich sein Gesichtsausdruck.

»Circa drei Monate nach dem Untergang konnten wir Funkkontakt mit den Briten aufnehmen. Zwei britische Minister bildeten die Führung der rund tausend Überlebenden auf Scapa Flow, einer ehemaligen britischen Marinebasis. Kanzlerin Lehmann wurde eingeladen, dorthin zu kommen, um über die aktuelle Lage zu sprechen. Sie fuhren mit der U1 Richtung Schottland. Dann riss irgendwann der Funkkontakt ab und wir haben seitdem nichts mehr von ihnen gehört. Ich habe unser Flugzeug starten lassen, um die Funkreichweite zu erhöhen. Aber es hat nichts gebracht.«

Hoffmann wischte sich den kalten Schweiß von der Stirn und Leon bemerkte, wie ihn all dies bedrückte.

»Drüben im Bunker waren alle Gefolgsleute, VIPs und sonstigen Persönlichkeiten untergebracht, die irgendwie wichtig waren. Dreihundert an der Zahl. Als die Kanzlerin wegfuhr, kam es zu Ausschreitungen. Einige glaubten, die Politiker würden sich in Sicherheit bringen und uns alleine zurücklassen. Doch plötzlich liefen Untote in der Bunkeranlage herum und infizierten weitere Menschen. Die kamen nicht von draußen, sondern aus ihren Reihen. Niemand hatte einen

Gesundheitscheck durchgeführt, als sie da reingingen. Wir wurden der Lage nicht mehr Herr.«

»Was ist mit den Überlebenden geschehen, die noch im Bunker waren?«

»Ich ließ die Bunkeranlage schließen und versiegeln, als der befehlshabende Marineoffizier auf der Insel infiziert wurde. Ich hatte keine Ärzte mehr und konnte nicht abschätzen, wer infiziert ist und wer nicht.«

Hoffmann sah Leon kopfschüttelnd an und brachte keinen Ton mehr hervor. Leon verstand. Um die Sicherheit und das Überleben seiner restlichen Soldaten nicht zu gefährden, hatte der General die Eingeschlossenen im Bunker opfern müssen. Und mit dieser Entscheidung musste er für den Rest seines Lebens klarkommen.

»Ich hätte wahrscheinlich nicht anders entschieden, aber ich bin froh, dass ich es nicht zu entscheiden hatte«, versuchte Leon den General zu trösten. »Ich hätte diesen Mut nicht aufbringen können. Sie haben nur Ihre Pflicht getan und Ihren Männern das Leben gerettet.«

»Vielleicht«, war General Hoffmanns knappe Antwort.

Wieder rief die Turmwache nach Dave und er sah zum Tor. Ein Laster kam ans Tor herangefahren. Die beiden Vorderreifen waren platt und schlugen laut gegen die Karosserie. Dave ließ das Tor öffnen und das Gefährt rumpelte hinein. Durch das aus einer Mixtur von Staub und Streunerblut verschmierte Fenster konnte man nicht erkennen, wer dort am Steuer saß.

Als das Fahrzeug zum Halten kam, öffnete sich die Fahrertür und ein kleiner, quirliger Kerl stieg aus, gefolgt von vier weiteren Begleitern. Der kleine Mann musterte die Anwesenden, die wortlos dort standen und ihn ansahen. Taina hatte einen großen Kopfverband und stützte Dave, der mit einem blutigen Knieverband auf einer Holzkrücke unterwegs war.

Sani, Kenji und Mike hatten immer noch ihre von Streunerblut befleckte Kleidung an.

»Kann man euch eigentlich nicht mal für fünf Minuten alleine lassen? Ihr seht aus wie ein zerfledderter Hühnerhaufen«, stellte Jo fest.

»Wo zum Teufel hast du gesteckt, Josef Joachim?!«, schrie Mike ärgerlich.

»Was heißt hier *ich*? Wo warst du? Ich frier mir da draußen den Arsch ab und du lässt es dir hier gut gehen!«

»Was? Wir haben uns hier Sorgen gemacht!«

»Ach ja? So seht ihr mir auch aus!«

Dann mussten beide herzlich lachen und umarmten sich freudig. Einen Augenblick lang hatten die anderen das Begrüßungsritual der Beiden als ernste Auseinandersetzung gedeutet. Doch als sie merkten, dass die beiden nur Unfug trieben und außerordentlich froh waren, sich lebend wiederzusehen, wurde die Stimmung heiter.

Mona war so glücklich, als sie Jo sah. Sie lief sofort ins Haupthaus und holte Micki.

»Jooo! Jooo!«, schrie Micki, als sie aus dem Haupthaus gelaufen kam und ihren kleinen Schatz sah. Sie lief auf ihn zu und umarmte und küsste ihn unentwegt. Jo war sichtlich gerührt. Einen Moment lang hatte er da draußen auf See gedacht, er würde seine geliebte Frau und seine Freunde nie mehr wiedersehen. Er hatte gebetet, obwohl er nicht religiös veranlagt war. Und in Gedanken dankte er jetzt auch allen guten Geistern dafür, seine Frau und seine Freunde wiedersehen zu können.

»Mach das nie wieder, Schatz, ja? Nie wieder? Ich wäre fast gestorben vor Kummer!«

»Das verspreche ich dir. Ab jetzt bleiben wir zusammen«, sagte Jo.

Micki drückte ihn an sich und wollte ihn gar nicht mehr loslassen. Mona war so gerührt, dass ihr die Tränen die Wangen herunterliefen und Mike sie in die Arme nehmen musste, um sie zu beruhigen.

»Micki, du erdrückst ihn ja!«, maßregelte Leon sie in einem gespielt strengen, ärztlichen Ton. Alle lachten und die Freude war überschwänglich.

»Warte, Micki«, sagte Jo und erinnerte sich an etwas, das er fast vergessen hatte. »Es gibt da noch etwas, das ich dir zeigen muss. Mona, würdest du mitkommen?«

Beide gingen zum Transporter und Jo fasste in die geöffnete Seitentür hinein. Mona zuckte kurz zurück und hielt sich geschockt die Hände vor den Mund. Sie sah Micki an und konnte sich weitere Tränen nicht verkneifen.

Jo nahm ein weiches Bündel heraus und reichte es Mona. Dann beugte er sich noch mal hinein und barg ein weiteres Bündel aus dem Wageninneren. Jo und Mona gingen auf Micki zu.

Mona öffnete das Bündel und zum Vorschein kam das liebliche Gesicht eines wunderschönen kleinen Babys. Sie reichte es Micki und diese fing an, vor Aufregung am ganzen Körper zu zittern. Jo stellte sich neben Micki und zeigte ihr das andere Baby. Er war noch so klein und sah doch schon so stark aus. Micki konnte es nicht fassen.

»Wie ... Jo, ich ...«

»Sag jetzt nichts, Micki. Es ist reiner Zufall gewesen, dass ich sie gefunden habe. Die beiden haben keine Eltern mehr. Und ... Na ja, ich dachte mir, dass sie bei uns gut aufgehoben wären. Ich denke, wir sind bereit dazu. Natürlich nur, wenn du möchtest!«

»Aber natürlich will ich! Was für eine Frage!«

»Und ihr seid nicht alleine«, fügte Mona gerührt hinzu.

»Wir sind eine große Familie hier und wir werden euch nach Kräften helfen.«

Alle versammelten sich um Jo und Micki und sahen sich begeistert die beiden kleinen Helden an. Ein Fünkchen Hoffnung keimte in jedem auf.

»Das werden wir gebührend feiern«, sagte Dave freudig.

»Nein, keinen Fisch. Bitte!«, wehrte Jo ab und alle lachten. »Aber bevor ich es vergesse: Ich hab da *noch* was.«

Er reichte Mona das zweite Kind und ging wieder zum Laster, zog eine schwere Aktentasche raus und stellte sie Leon vor die Füße.

»Das hier hab ich bei den Kleinen gefunden. Die beiden lagen darauf. Das könnte dich interessieren.«

Leon sah sich die Dokumente an.

»Das ist der Abschlussbericht und der letzte Stand der Forschung in Sachen Seuche. Verfasst von meinem alten Chef.«

General Hoffmann kam hinzu und warf einen Blick darauf. »Adressiert an die Kanzlerin! Können Sie damit was anfangen? Ich meine wegen der Forschung.«

»Ich muss das Ganze durchlesen. Ich denke, mit Hilfe von Doktor Palmer haben wir das in einer Woche durch, dann kann ich mehr sagen.«

Palmer nickte aufgeregt. Leon blätterte durch die letzten Seiten und las ein paar Textstellen durch.

»… Möglichkeit … bei Erregern um pathogene Prionen handelt … evolutionären Prozess …«, murmelte Leon, blickte auf und dachte angespannt nach.

»Sie hatten mir doch erzählt, dass Sie daran forschen«, erinnerte ihn Palmer.

»Ja.«

»Hört sich doch gut an«, sagte General Hoffmann. »Oder etwa nicht? Tun Sie jedenfalls, was in Ihren Möglichkeiten liegt, und scheuen Sie nicht, nach mir zu rufen, wenn Sie meine Hilfe benötigen.«

Leon und Palmer nickten zufrieden. Alle zog es wieder zu den kleinen Helden, nur Leon blieb hocken und war in Gedanken versunken, als Palmer ihn fragte: »Leon, was ist los?«

Leon schweifte zurück zur Realität. »Was? Ja. Ich ... Wenn es etwas mit Prionen zu tun hat, dann ... Ach nichts, Palmer. Ziehen wir uns das in den nächsten Tagen zu Gemüte. Dann sehen wir weiter.«

Palmer klopfte ihm auf die Schulter und ging zu den anderen. Leon blieb alleine zurück und versank wieder in Gedanken.

Den ganzen Tag und die halbe Nacht hatte die Westzone durchgefeiert. Nur Leon hatte sich mit dem Aktenkoffer zurückgezogen. Die Stimmung war so heiter und gelöst, dass es niemandem aufgefallen war – außer Mike. Er ging auf das Zimmer, um nach ihm zu sehen.

»Was ist los, Leon? Warum feierst du nicht ein bisschen mit?«

Leon sah ihn an und bat ihn, sich zu setzen.

»Ich habe ein paar Seiten des Berichts durchgelesen. Ich denke, ich lag richtig mit meiner These.«

»Gut! Du kannst also was dagegen machen?«

»Die Toten sind tot«, sagte Leon kopfschüttelnd. »Und das werden sie auch bleiben. Und dass wir alle infiziert sind, das weißt du ja. Wenn überhaupt, können wir nur die Verwandlung verhindern. Also eine Art Blocker entwickeln. Und das alleine ist schon ein Lotteriespiel und könnte Jahre dauern. Sollte uns das gelingen, und ich bin da äußerst pessimistisch, wären die Gefahren da draußen immer noch nicht gebannt. Die Streuner wird nur die Zeit heilen können.«

»Durch ihren körperlichen Verfall, ich verstehe«, nickte Mike und starrte die Wand an.

»Wir müssen wohl oder übel noch eine ganze Weile mit den Streunern und den Gefahren da draußen leben. Außer wenn ein Wunder geschieht und es irgendwo in der Welt noch Überlebende gibt, die über bessere Forschungsmöglichkeiten verfügen.«

Mike bedankte sich für Leons Ehrlichkeit und wünschte ihm trotzdem viel Glück beim Forschen.

Spätabends hatte sich Mike oben auf die Aussichtsplattform zurückgezogen. Er sah hoch zum klaren und wunderschönen Sternenhimmel. Mona gesellte sich zu ihm.

»Na, was sagen die Kopfwunden?«

»Scheint alles gut zu verheilen, soweit. Dank der Pflege einer netten und fürsorglichen Arzthelferin.«

Die beiden lächelten sich an und saßen wortlos eine ganze Weile zusammen. Als es kälter wurde und Mona anfing, zu frieren, zog Mike seine Jacke aus und legte sie ihr wärmend um die Schultern. Er nahm sie in den Arm und Mona schien dies zu gefallen.

»Kannst du dich an Pauls letzte Worte erinnern? Ob wir alleine hier draußen sind?« Sein Blick wanderte über ihr Gesicht und blieb für einen Moment an Monas Lippen hängen.

»Wir sind es nicht. Egal wie schwer die Umstände auch sind. Wir sind eine große Familie von Überlebenden. Und was wir daraus machen, nur das zählt.«

Beide sahen sich an und Mike verspürte das große Bedürfnis, Mona zu küssen. Doch sie kam seinem Vorhaben zuvor.

– Epilog –

Insel Langenmark. Tags darauf. Ein Obergefreiter eilte mit einem erschrockenen Gesichtsausdruck in General Hoffmanns Büro. »Herr General?«

»Was gibt es, Obergefreiter?« Hoffmann stellte seine Tasse Tee auf den Tisch und sah den Mann überrascht an.

»Was ist denn mit Ihnen los? Sie sind ja kreidebleich.«

Die See hatte sich nach dem Sturm der letzten Tage wieder beruhigt. Die Sonne sandte ihre Strahlen übers Meer und lies es funkeln wie ein endloses blaues Seidentuch, besetzt mit edel glitzernden Diamanten. Plötzlich spritzte unweit der Insel das Wasser auf und der stählerne Turm der U1 durchbrach die ruhige Wasseroberfläche.

ENDE

Fortsetzung folgt.